Christian Geiß

Seelenkrieg

Der verlorene Garten

EDITION WORTSCHATZ

Druck und Bindung des vorliegenden Buches erfolgten in Deutschland

Das verwendete Papier ist FSC-zertifiziert. Als unabhängige, gemein-
nützige, nichtstaatliche Organisation hat sich der Forest Stewardship
Council *(FSC) die Förderung des verantwortungsvollen und nachhalti-*
gen Umgangs mit den Wäldern der Welt zum Ziel gesetzt

Die Deutsche Bibliothek verzeichnet diese Publikation in der
Deutschen Nationalbibliografie; detaillierte bibliografische
Daten sind im Internet über www.d-nb.de abrufbar

Bibelzitate, sofern nicht anders angegeben, wurden der Übersetzung
Hoffnung für alle entnommen © 1986, 1996, 2003 by *International*
Bible Society. Verwendet mit freundlicher Genehmigung des Verlages

Lektorat: Roland Nickel, Altdorf bei Böblingen
Umschlaggestaltung: Bärbel Bangel, Hüttenberg
Umschlagbild Soldat: Christian Geiß
Satz und Herstellung: Edition Wortschatz

© 2015 Christian Geiß

Edition Wortschatz im Neufeld Verlag Schwarzenfeld
ISBN 978-3-943362-18-3, Bestell-Nummer 588 837

www.edition-wortschatz.de

EDITION WORTSCHATZ

Inhalt

Prolog

»GEH NICHT HINEIN, ES IST gefährlich!«, schallt der mahnende Ruf durch die verlassene Seitenstraße. Doch Abid drückt behutsam die nur angelehnte Tür auf und tritt ein in das unscheinbare Haus. Der Raum, in dem er nun steht, ist in ein sanftes Licht getaucht. Nur noch von fern ist hier der an- und abschwellende Abendgesang der Zikaden zu hören. In der Luft hängt der würzige Geruch nach gebratenem Essen. Auf dem Boden liegen Kissen und auf dem niedrigen Tisch stehen eine Karaffe mit Wein und ein Korb mit Brot. Vorsichtig durchschreitet Abid das Zimmer. »Wo bin ich hier?«, geht es ihm durch den Kopf.

Von irgendwo dringt wildes Vogelgezwitscher und ein Stampfen wie von Hufen an sein Ohr. Jetzt spürt er sogar einen milden Luftzug. All das scheint von dort her zu kommen, wo ein schwerer Vorhang einen Durchgang verdeckt.

Abid lässt seinen Wassersack auf den Boden gleiten und ist mit wenigen Schritten beim Vorhang angekommen. In diesem Moment hat er die unsäglichen Strapazen seiner Reise und seine wunden, schmerzenden Füße völlig vergessen. Vorsichtig schiebt er den Vorhang zur Seite und steht plötzlich in einer anderen Welt. Geblendet von dem hellen Licht muss er erst einmal seine Augen mit den Händen abschirmen. Was er dann jedoch erkennt, verschlägt ihm den Atem.

Zum Greifen nah thront direkt vor ihm ein ausgewachsener Adler auf einem Felsplateau. Jetzt hebt das majestätische Tier seine ausladenden Schwingen und gleitet hinab in ein weites, scheinbar endloses Tal. Erhaben segelt der Greifvogel über einen reißenden Fluss, der in einen glitzernden See mündet. Das Ufer des Sees säumen fremdartige Büsche, Sträucher und ein geheimnisvoller Wald. Noch nie zuvor hat Abid solche Pflanzen gesehen. Er entdeckt bunte Blumen, deren geöffnete Kelche bis zu den Baumwipfeln reichen. Schlingpflanzen ranken an der groben Rinde uralter Bäume empor und wachsen durch Geäst und Blätter dem Himmel entgegen. Der Talboden ist übersät mit flauschigem Moos und zwischen zwei schmalen Stämmen schaukelt eine Hängematte friedvoll im Wind. Da tritt aus dem Uferdickicht ein gewaltiges Geschöpf hervor. Es hebt seinen Kopf mit dem riesigen Geweih und stößt einen fanfarenartigen Ruf aus. Dann stürzt es sich in den See und tobt sich in dem erfrischenden Nass aus. Wieder zurück am Ufer schüttelt es seine prächtige Mähne, sodass Millionen von glitzernden Wassertropfen umhersprühen. Manche dieser Tropfen ziehen sich zusammen und bilden kleine Blasen, die in allen Farben leuchtend durch die Luft schweben, bis sie schließlich am Fell eines mächtigen Löwen zerplatzen, der mit geschlossenen Augen im hohen, saftigen Gras liegt. Direkt neben seinen muskulösen Pranken grast friedlich ein kleines Lamm.

Am Horizont zieht eine Büffelherde durch die Ebene einer schneebedeckten Bergkette entgegen. Blaureiher gleiten in kunstvoller Formation durch das gläserne Firmament. Gleichmäßig und nahezu lautlos heben und senken sie ihre Schwingen, bis sie in der Ferne aus Abids Blick entschwinden.

Abid weiß nicht, wie lange er nun schon hier steht und diese unbeschreibliche Szene bestaunt. Alles ist so anders und das milde Leuchten des sonnenlosen Himmels überzieht jedes Detail mit einem ganz besonderen Zauber. Abid spürt in sich ein unaussprechliches Glücksgefühl. Es durchströmt wohlig seinen ganzen Körper und am liebsten würde er nie wieder seine Augen von dem lösen, was er sieht. Es sind besonders die beiden Bäume in der Mitte des Tals, die seinen Blick auf sich ziehen, ihn fesseln. Diese Bäume sind so hoch gewachsen, dass man ihre Wipfel im Himmel nicht erkennen kann. Dabei sind sie von einem golden schillernden Glanz umgeben.

Je länger Abid sie betrachtet, desto genauer erkennt er, dass ihre Rinde mit Diamanten, Saphiren und Rubinen bestückt sein muss. Obwohl die Steine nur das Licht reflektieren, sieht es aus, als ob sie aus ihrem Inneren heraus strahlen würden. Abid hat die ganze Welt bereist, Länder und Meere gesehen, Berge bestiegen und Wüsten durchquert, jedoch ist er noch nie an einem Ort gewesen, der diesem annähernd gleicht. Nahezu alles ist perfekt.

Nahezu alles – vielleicht bis auf einige Stellen, an denen der Garten etwas zu verwildern scheint. Hier erkennt er einige morsche Äste zwischen den Blättern, dort erblickt er einige Algen auf der Wasseroberfläche. Am meisten jedoch schmerzt ihn, dass dieser Garten zwar unsagbare Schönheit hervorbringt und hier alle Tierarten der Welt friedlich beieinander wohnen, hier aber anscheinend keine Menschen leben.

Dabei sieht das, was er da hinter der Hängematte erblickt, aus wie ein abgebranntes Lagerfeuer. Und auf der Wiese dort könnte ein Reigentanz aufgeführt worden sein.

Dieser Ort wäre doch ein traumhafter Lebensraum für jeden Menschen. Ein Ort der Ruhe, ein Ort des Lebens, ein Ort der Begegnung und Gemeinschaft. Eine Welt, die man gerne bebaut und bewahrt.

»Ein wundervoller Garten, nicht wahr?« Abid schreckt aus seinen Gedanken auf, denn er hat den Mann gar nicht kommen hören, der plötzlich an seiner Seite steht. Jetzt legt der ihm sogar sanft seine Hand auf die Schulter. »Wenn es das ist, was du suchst, dann komme mit mir und lass dir eine Geschichte erzählen.«

TEIL 1

Der Weg nach Sarajevo

Juni 1914 – die dunkle Insel

UNTER SEINEN ZERFLEDDERTEN KLEIDERN VERBARG sich ein vermoderter Körper. Die Haut hing in Fetzen und in seinem offenen Bein ernährten sich Maden von seinem gammeligen Fleisch. Das war nun einmal das Los der Läufer. Und er war ein Läufer. Er gehörte zu denen, die in regelmäßigen Abständen die Insel verließen, um sich auf die Suche zu begeben.

Jedoch konnten die Läufer nie länger als zwei Wochen die Insel verlassen, denn die Strahlen der Sonne zerstörten ihre Körper. Auf dem Festland herrschten einfach andere Naturgesetze. Allein die Tatsache, dass sich dort Licht und Finsternis abwechselten, machte diese Maßnahme erforderlich. Es gab keine andere Möglichkeit, als die Läufer in diesem Rhythmus auszutauschen.

Immer und immer wieder waren sie mit demselben Auftrag aufgebrochen. Alle Kräfte richteten sich auf das eine Ziel, aber bisher blieb jede Fahrt erfolglos. Bis heute. Nun ruderte er mit seinem kleinen Kahn zurück. Der Bug zerteilte schwankend das dunkle Nass. Längst war das Blau des Meeres verschwunden und das Wasser schimmerte düster, während ihm die Brandung donnernd entgegenrollte.

Seine Reise hatte den Läufer dieses Mal tief in das Innere von Aserbaidschan geführt und er war bis in die Stadt Baku gekommen. Dort hatte er von dem gehört, was sie schon so lange vergebens suchten. Es war ihm gelungen, einen Mann namens Abid zu belauschen. Bei Honiggebäck und schwarzem Tee hatte dieser Mann seiner Tochter von den Erlebnissen seiner Reise ins Zweistromland berichtet. Die beiden mussten sich wohl sehr nahe stehen, denn der Alte hatte seiner Tochter während der ganzen Erzählung durchs Haar gestreichelt.

Die Erinnerung an diese Szene ließ den Läufer erschaudern. Ihn widerte diese menschliche Zuneigung an. Dann zog er seinen Handschuh aus und fingerte aus den verwahrlosten Kleidern einen rötlich schimmernden, labberigen Wurm hervor. Seine letzte Mahlzeit lag nun schon einige Stunden zurück – da kam ihm dieser kleine Happen zwischendurch ganz gelegen. Mit offenem Mund zerquetschte er zwischen seinen Zahnstummeln das Tier, das sich eben noch von seinem Körper ernährt hatte.

Erneut packte er die Riemen, ließ die Ruder schwerfällig ins Wasser klatschen und paddelte weiter. Schwarzer Nebel breitete sich aus und lebendige Kerzen verrieten ihm den Weg durch die rauen Klippen und die heimtückische Strömung. Um sich herum hörte er das Brüllen und Tosen der Gischt der Wellen, die sich an den Felsen brachen. Darunter mischte sich das Schreien, die qualvollen Rufe und das Stöhnen derer, die an den Riffen zerschellt oder im Meer ertrunken waren.

Das düstere Wasser war inzwischen tintenschwarz. Allmählich hatte sich das Meer in einen Morast und schließlich in einen stinkenden Sumpf verwandelt. Aus dem Nebel tauchten die Berge der Insel auf. Gestaltlose Existenzen schwebten über der Küste oder saßen auf Felsen aus Totenschädel. Ein beißender Geruch lastete schwer in der Luft, die von kaltem Staub erfüllt war. Finsternis quoll aus Kratern hervor und ein unheimlicher Gesang hallte zu dem Läufer herüber. Eine verhängnisvolle Melodie, dirigiert vom eisigen Wind. Unerlässlich, niemals endend, schallte diese über die Insel und raubte einem den Schlaf. Er hatte die Fahrt überstanden.

Als der Rumpf seines Bootes den Grund berührte, rollte er sich über die Reling. Zwischen Reet und dornigem Unterwuchs zerrte er seinen Kahn an Land – voller Hoffnung auf eine Belohnung und eine gute Zukunft. Denn sein Meister hatte ihm und allen anderen

Läufern versprochen, dass sie für immer im Überfluss und völligem Glück leben würden. Sie müssten nur diesen Baum finden.

Noch ehe er die Ruder im Boot verstaut hatte, hörte er von Weitem das Klappern von Pferdehufen. Kurz darauf erschien die Kutsche seines Meisters vor ihm. Auf dem Kutschbock saß der persönliche Sekretär des Meisters. Dieser Leibeigene lebte mit wenigen anderen Bediensteten auf dem mächtigen Landgut im Herzen der Insel und gehörte zu den Auserwählten. Diese wurden bevorzugt behandelt, erhielten bessere Kleidung und durften auf Strohmatten in kärglichen Hütten hausen. Alle anderen lebten in Höhlen und fensterlosen Kellern. Gleichberechtigung gab es auf der Insel nicht. Stattdessen herrschten Angst, Verzweiflung und Misstrauen. Nur wer stark war, hatte eine Chance, den nächsten Tag zu erleben.

»Stopp!«, rief der Meister forsch, und sogleich kamen die Pferde zum Stehen. Gierig nach erfreulichen Neuigkeiten, sprang er mit einem Satz von der Kutsche.

»Ihr ergebener Diener.« Der in Lumpen gehüllte Mann warf sich vor seinem Meister auf den Boden und küsste ihm die Füße. Erst nach Erlaubnis des Meisters war es ihm gestattet, sich aufzurichten. Danach würde sein Bericht über die nächsten Tage entscheiden: entweder schuften auf den Feldern oder unzählige Nächte im Bunker durchstehen.

»Steh auf!«, befahl der Meisters in verächtlichem Ton.

Langsam rappelte sich der Läufer mit Hilfe seiner hageren Hände auf.

»Was gibt es? Wurdest du fündig?«, fuhr der Meister sein Gegenüber harsch an.

»In Baku konnte ich einen Mann belauschen, der anscheinend gefunden hat, was wir suchen«, würgte der Läufer verängstigt hervor. Trotz der offensichtlich guten Nachricht schlotterte sein Körper vor Angst.

Der Meister hörte gespannt, was sein Läufer ihm sonst noch zu berichten hatte. An einem anderen Tag hätte er sich vermutlich direkt aufgemacht, um diese Spur zu überprüfen. Jedoch hatten sich in den letzten Tagen die Ereignisse überschlagen. Solch eine Gelegenheit, Zerstörung in die Welt zu bringen, würde sich so schnell nicht wieder bieten.

»Geh! Sammle die Steine von den Feldern!«, kommandierte der Meister und schnippte einen Krümel verdorbenes Brot vor seinen Läufer in den Dreck.

»Und wir müssen los«, wandte er sich an seinen persönlichen Sekretär. »Wie es aussieht, haben wir gerade noch ein weiteres Ziel erhalten.«

Das Leder der Kreuzleine klatschte auf den Rücken der Pferde und unversehens rollte die Kutsche weiter.

Nur wenig später setzten sie zusammen von der Insel des Meisters auf das Festland über. Irgendwo dort war dieser grässliche Garten versteckt. Nur wenn der Meister diesen eines Tages finden würde, hätte er eine Chance, den entscheidenden Sieg zu erringen.

Noch vor wenigen Stunden hatte der Meister auf seinem Stuhl gesessen und verschlagen die Sanduhr auf dem einfachen Tisch betrachtet. Eine solche Uhr gab es nur ein Mal. Sie war gefertigt worden aus dem Holz einer uralten Eiche. Ihr verschnörkeltes Gehäuse erinnerte an eine barocke Kirche. Eine perfekte Uhr – und doch nur ein missliches Imitat.

Feiner Sand rieselte durch die schmale Öffnung hinab. Die Körner gaben keinen Ton von sich – lautlos verschwand die Zeit. Nichts konnte sie aufhalten. Die Zeit rann unaufhaltsam und mit ihr die Geschichte, bis diese ihr Ende fände und schließlich alle Uhren still stehen würden.

Als das letzte Körnchen Sand drohte, nach unten zu fallen, fasste der Meister mit seiner Hand nach der Uhr und drehte sie erneut um. Dabei sah es fast so aus, als ob er lächelte. Doch sein Vollbart verbarg nahezu jede seiner Regungen, so auch diese.

Wieder las der Meister den Auftrag, den er per Telegramm erhalten hatte. Er hatte es geschafft. Sie waren auf seine Lügen hereingefallen und hatten sein Angebot angenommen. Sie wussten nicht, mit wem sie sich hier einließen, und sollten es auch nie erfahren. Sie hielten ihn für einen General. Für sie war er General Iblis, einer ihrer fähigsten Soldaten.

Dabei war er weit mehr als dieses Blendwerk seiner eigentlichen Identität. Tief verborgen, hinter seinen äußeren Schalen und Facetten, lag sein grausiges Geheimnis. Er lebte mitten unter ihnen und doch gehörte er zu einer anderen Welt.

Still saß er im Hades, dem Ort, den er liebte, und den außer ihm keiner betreten durfte. Die Säulen bestanden aus Schädeln, die Wände aus Knochen und der Boden aus Skeletten.

Jetzt entfernte er sorgsam einen Orden nach dem anderen von seiner Brust und wurde äußerlich wieder zu einem gewöhnlichen Bürger. Als er jedoch die letzte Medaille auf den Tisch legte, brach die ganze Dunkelheit aus ihm heraus. Seine Finger verkrümmten sich, seine Hand wurde zu einer Klaue. Das Weiße seiner Augen verschwand und leuchtete schwarz wie die Nacht. Seine gespaltene Zunge schnellte nach vorne. Eine dunkle Träne rann über seine Wange und aus seiner höckerigen Nase floss zäher, übel riechender Schleim. In ihm lebte das, was es doch eigentlich nicht geben sollte: die Finsternis.

Dieser Ausbruch des Bösen dauerte nur einige Sekunden, dann hatte er sein wahres Wesen wieder verborgen. Entschlossen erhob sich der Meister und steckte die Sanduhr in die Innentasche seines Mantels. Dann nahm er noch seine kleine Handsichel sowie ein unsichtbares Seil aus seiner Schublade. Wie die Sanduhr und die Sichel trug General Iblis diesen Strick als Instrument des Tötens immer bei sich. Das unsichtbare Seil wurde bei Bedarf zur Schlinge des Todes. Er konnte es sogar um ganze Länder legen und sie damit fesseln.

Dort stand er: General Iblis. Ein magerer, sehniger Mann mit zerfurchtem Gesicht, schütterem Haar und einer Warze zwischen Vollbart und rechtem Auge.

Entschieden schritt er die Treppe ins Erdgeschoss hinauf. An seinem Gang konnte man seine militärische Vergangenheit und die Zukunft der Welt erahnen. Jeder seiner Schritte entsprach dem vorherigen. Mechanisch gesteuert, wie bei der Parade eines einzelnen Kämpfers, betrat er die Diele. Die große Wanduhr, deren Metallpendel monoton hin- und herschwang, zeigte kurz nach sechs. Kein anderer Bewohner hatte bisher sein Gemach verlassen. Stets stand er als Erster auf und ging als Letzter zu Bett, und auch dann brauchte er keinen Schlaf.

Alles ging seinen Gang. General Iblis hatte immer alles im Griff. Er spielte die Figuren, die zu ihm gehörten, gegen seinen Gegner und gegeneinander aus. Ganz wie es ihm und seinen Zielen diente.

Seit Ewigkeiten regierte er seine Insel mit eiserner Hand und trieb auch auf dem Festland sein Unwesen. Dort war seine Macht jedoch begrenzt. Nicht jeder unterwarf sich seiner Herrschaft.

Zudem veränderte sich die Welt der Menschen ständig. Regierungen gewannen an Macht – und verschwanden ebenso schnell wieder von der Bildfläche. Neue Techniken und Maschinen brachten unschätzbare Möglichkeiten. »Ressourcen« lautete das neue Schlagwort dieser Zeit. Im Mittleren Osten wurde das »schwarze Gold« aus den Tiefen der Erde zutage gefördert – der wohl wichtigste Rohstoff der kommenden Epoche. Wer sich hier den Zugang zum Erdöl verschaffte, würde mit Sicherheit in den kommenden Jahren und Jahrzehnten in Europa das Sagen haben.

Mit diesem Argument war es ihm gelungen, einige große Herrscher von seinem Plan zu überzeugen. Es ging darum, den Ausbau der Eisenbahnlinie von Berlin, der Metropole im Herzen Europas, bis nach Bagdad zu verhindern.

General Iblis öffnete die Tür und trat auf seine Veranda. Im Tal hingen Rauchschwaden, die wie eine undurchdringliche Wand alles verbargen. In der Ferne ragten braunschwarze, mit Schnee bedeckte Gipfel empor. Weil es an diesem frühen Morgen recht kalt war, sog er die Luft durch seine Nase ein und blies sie durch den Mund wieder aus. Gleich würde die Morgendämmerung verschwinden und dann wäre es wieder Nacht, denn auf dieser seiner Insel gab es keinen Tag.

»Bursche!« Mit seiner alles übertönenden Stimme rief er nach seinem persönlichen Sekretär. Er hatte nach mir verlangt.

Müde von der morgendlichen Arbeit öffnete ich das Stalltor. Selbst ohne Mistgabel und Strohhut hätte man mir angesehen, dass ich zu einer anderen Schicht der Gesellschaft gehörte. Sicherlich stand ich über den Tagelöhnern, Läufern und anderen Sklaven, die hier auf dem Landgut schuften mussten. Aber würde es diese billigen, rechtlosen Arbeiter nicht geben, stünde ich am Ende der Kette. Ich war der Sklave meiner Herkunft und würde dies auch bleiben, daran bestand für mich kein Zweifel.

»Pferde anspannen! Wir verreisen!«

Nie wurde anders mit mir gesprochen. Noch nie hatte ich ein »Bitte« oder »Danke« gehört. Warum auch? Ich musste nur gehorchen, ich hatte nur zu funktionieren, und das achtzehn Stunden am Tag. Ruhetage gab es keine und von einem warmen Bad in einer Zinkwanne konnte ich nur träumen.

»Brauchst du eine schriftliche Einladung oder soll ich nachhelfen?«

Nachhelfen war angenehm ausgedrückt. Wenn der Meister vom Nachhelfen sprach, bedeutete dies für jeden im Haus nur eines: Schmerzen. Er würde den Lederriemen vom Haken im Wohnzimmer nehmen und noch vor der Dämmerung wäre mein Rücken von tiefen roten Striemen gezeichnet.

Also drehte ich mich um, stellte die Mistgabel an das Tor und eilte los, um die geflügelten Gäule von ihrer steinigen Koppel zu holen. Der Weg führte durch ein ausgetrocknetes Flussbett, vorbei an brodelnden Seen aus Schwefel, verkohltem Gehölz und stinkenden Sümpfen. Am Wegesrand lagen aufgedunsene Kadaver, Untiere streunten über das dürre Land und der süßliche Geruch von Verwesung umhüllte uns.

Die Mähnen der Pferde bestanden aus Dornen. Schmeißfliegen schwärmten um ihre Köpfe und anstelle eines Fells kleidete sie ein silberner Panzer. Zwischen den einzelnen Schuppen ragten giftige Stacheln empor, deren Kontakt den Tod bedeuten konnte.

Am Herrenhaus angelangt band ich die beängstigenden Mähren an einen knorrigen Baum, ließ sie aus einer Pfütze Brackwasser trinken und begab mich zur Sattelkammer.

Der General sah, dass seinem Befehl Folge geleistet wurde. Nun würde es nur noch wenige Minuten dauern, bis die Pferde angespannt und zur Abreise bereit stünden. Versonnen stopfte er sich eine Pfeife, zerbröselte ein wenig verschimmeltes Brot und fütterte mit den Krümeln die ausgemergelten Krähen vor seiner Veranda. Nachdem der Tabak verglüht war, klopfte er den Pfeifenkopf an dem schwarzen Stützpfosten des mit Pech überzogenen Daches aus.

Dann drehte er sich hastig um und ging mit eilenden Schritten in seine Schreibstube. Den Fernschreiber, der dort auf einem separaten Tisch stand, besaß er noch nicht lange. Aber abgesehen vom Automobil war er wohl eine der größten Erfindungen des letzten Jahrhunderts und ermöglichte, schneller als je zuvor mit anderen zu kommunizieren.

»Werde ihren Anweisungen Folge leisten. Können sich auf mich verlassen. Ergebenst, General Iblis«, bestätigte er den Auftrag, den er erhalten hatte.

Welch ein Betrug, denn eigentlich war er nicht ihnen ergeben, sondern sie ihm. Sie gehorchten seinen Befehlen und liebten die Ideen, die er ihnen scheibchenweise eingab. Jedoch spielte er seine Rolle so gut, dass sie nicht sahen und hörten, was wirklich geschah. Er trieb seinen Schabernack mit ihnen und sie merkten es nicht.

General Iblis stand auf und verließ das Haus. Das, was nun vor ihm lag, würde all seine bisherigen Taten übertreffen. Sein Plan war bestialisch und schlechthin perfekt. Diesmal würde alles noch überwältigender werden als je zuvor. Der Schneeball, den er ins Rollen brachte, würde sich in eine Lawine von ungeahntem, noch nie da gewesenem Ausmaß verwandeln. Die Sanduhr ließe sich dann gar nicht so schnell wenden, wie die Menschen ausgelöscht würden.

»Bursche! In dein Quartier, Beeilung! Wir sind lange unterwegs, hol dein Zeug und verstau das Gepäck in der Kutsche«, brüllte er von der Veranda zu mir herüber.

Nachdem ich alles verladen hatte, stieg ich auf den Kutschbock, ließ die Gerte in die Luft schnellen und lenkte die Kutsche mit ihrem grässlichen Gespann vom Hof. Um mich vor der morgendlichen Kälte zu schützen, hatte ich nur eine dünne Decke, die sich über meinen Beinen spannte. Der modrige Gestank der Pferde wehte mir entgegen und in den gläsernen Laternen neben der Pritsche befanden sich glühende Kohlen.

Vor mir lag eine Reise in eine andere Welt.

Hinter mir unter dem Kutschendach saß mein Meister. In seiner Hand hielt er eine kleine Sanduhr und drehte diese mit ungewohnt langsamen Bewegungen immer und immer wieder um. Ich hörte, wie der General dabei leise vor sich hin murmelte. »Ich werde eine neue Welt erschaffen, die Erde wird danach eine andere sein.« Was er damit meinte wusste ich nicht, doch ich befürchtete Schlimmes.

Dann erhob er in seinem üblichen Befehlston seine Stimme und donnerte mir zu: »Schneller! Wir müssen zum Strand!«

Über einen schlammigen Weg, der zu einem Tunnel aus Eis führte, erreichten wir die Küste. Dem Läufer, der sich dort vor meinem Meister in das Geröll warf und mit gesenktem Kopf etwas berichtete, war ich bisher noch nie begegnet. Seine Worte waren Kauderwelsch für mich, doch offensichtlich erfreuten sie meinen Meister. Nachdem der Läufer den Krümel Brot aus dem Dreck gepult hatte und sich mit wankenden Schritten entfernte, lenkte ich die Kutsche zum Anlegeplatz der Insel. Versteinert starrte ich auf das Meer, als wir den verwitterten Steg erreichten.

Geheimnisvoller Dunst waberte über dem Wasser. Der sumpfige Ozean war totenstill. Dann tauchten langsam die Umrisse eines Floßes aus dem Nebel auf. Seine Planken waren von Löchern übersät, eine kleine Kajüte befand sich an seinem hinteren Ende und ein Fährmann stand, in seinen Mantel gehüllt, am Bug. Als es den Strand erreichte, sah ich schemenhaft einen Mann mit einem schneeweißen Bart, der neben dem Floß ging und dieses zog. Seeschlangen wanden sich um seinen Kopf und Krebse hatten sich an seinem Körper festgebissen. Je näher er kam, desto deutlicher konnte ich den Herrn des Meeres erkennen. Er bewegte sich mit einer mächtigen Flosse vorwärts und den Dreizack in seiner linken Hand hielt er wie ein Zepter empor. Als er das Ufer erreichte, tauchte er ab und grub sich in das Sediment. Lediglich der mit einer goldenen Spitze besetzte Dreizack ragte noch aus dem Wasser heraus. Über eine knarzende Seilwinde ließ der Fährmann die Brücke des Floßes herunter und trat zur Seite.

Ich begriff nicht wirklich, was hier vor sich ging, denn ich begleitete meinen Meister viel zu selten auf seinen Reisen. Doch jedes Mal, wenn wir mit der Fähre die Insel verließen, überkam mich ein Unbehagen. Es graute mir davor, dem Mann, der das kleine Holzfloß steuerte, und seinem dreiköpfigen Hund zu begegnen.

Das Gesicht des Schiffführers war zum größten Teil hinter einer dunklen Kapuze verborgen. Nur seine vogelähnliche Hakennase und der zottelige Bart waren vage zu erkennen. Sobald der Meister an Bord ging fuhr die dürre Hand des Fährmanns in seinen Mantel und er reichte General Iblis einen Beutel mit Münzen.

Als ich die Klepper über die Brücke auf das Floß lenkte, knurrte und bellte der dreiköpfige Hund und fletschte seine Zähne. Verängstigt warfen die Pferde ihre Hälse hin und her. Sie versuchten, ihre Flügel zu öffnen, was ihnen jedoch nicht gelang, da ich diese mit Seilen an ihre Körper gebunden hatte. Umgeben von Dunst und Dunkelheit brachen wir auf und verließen die Insel Hellis.

Die Fähre glitt durch das düstere Nass, doch ich konnte nichts von dem sehen, was während der Fahrt geschah. Denn bei jeder Fahrt stülpte der Fährmann einen dunklen Sack über meinen Kopf, den er dann noch sorgfältig verschnürte. Am anderen Ufer ange-

kommen, waren die Flügel der Rösser verschwunden, die Dornen-
mähne war einem edel schimmernden, weiß-braun gefleckten Fell
gewichen. Auch mein Meister hatte sich verändert. Seine Erscheinung erinnerte mich jetzt wieder an den Tag, als ich ihm zum
ersten Mal begegnet war.

Bedrohliche Zeiten

ALS UNSER FLOSS DEN KIESIGEN Strand von Island erreichte, konnte ich nicht einschätzen, wie lange wir gereist waren. Vielleicht einen Tag – oder war es vielleicht ein ganzes Leben lang? Jedes Mal, wenn ich die Pferde von dem Floß herunterlenkte, erschien es mir, als würde ich aus einem bösen Traum erwachen. Oft wusste ich nicht mehr, was die Wirklichkeit war: die Welt, aus der ich kam, oder die, in der ich jetzt unterwegs war.

Gemächlich lenkte ich die Pferde über einen verwinkelten Sandweg die Dünen hinauf, zu dem kleinen Pfad, der uns zu der südlich gelegenen Hafenstadt Reykjavík führen würde.

Auf unserer Fahrt vermischte sich das Klappern der Hufe mit dem Gesang der Vögel. Während die Landschaft an uns vorbeizog, sah ich in der Ferne den aufsteigenden Dunst von Geysiren. Der Atlantik warf seine Wellen gegen die Küste und die karge, hügelige Vulkanlandschaft fesselte meine Blicke.

Als ob sie uns begrüßen wollten, stieg aus den Vulkantrichtern Rauch empor, dem immer wieder Feuerschwaden folgten. Gesteinsbrocken schleuderten in die Höhe und Aschewolken trieben auf uns zu. Die ganze Luft war erfüllt von Donnergrollen. Dann verließen wir die verschlungenen und schroffen Pfade zwischen den Vulkanen. Ich schnalzte mit meiner Zunge und das Gespann begann zu traben.

Nun sah ich, dass sich in der Ferne weite Felder und Wiesen ausbreiteten. Hinter Zäunen grasten Pferde, Kühe weideten friedlich oder tranken Wasser aus einem Flusslauf. Auf einer Weide nicht weit von uns erkannte ich eine Schafherde.

Unsere Pferde trabten gleichmäßig dahin. Ihre Mähnen wehten im Wind und Stück für Stück näherten wir uns einem Gehege, in dem Lämmer und Hammel beisammen standen. Weder die Islandpferde noch die Kühe hatten von unserer Anwesenheit Notiz genommen, doch als sich unsere Kutsche nun auf der Höhe der Schafe befand, rannten die sonst so sanftmütigen Tiere blökend in den entferntesten Winkel ihrer Weide. Verängstigt drängten sie sich aneinander, ein Schaf verhedderte sich sogar im Zaun.

Am frühen Abend erreichten wir das Stadttor von Reykjavík. Eine kalte Brise aus salziger Luft wehte um meine Nase. Durch holprige Gassen kamen wir auf einen großen, überfüllten Platz. Das Geschrei der Marktverkäufer drang an meine Ohren und ich spürte den Herzschlag einer aufstrebenden Stadt.

Ganz Europa hatte in den letzten Jahren einen unglaublichen Aufschwung und Umbruch erlebt. Die Menschen mussten nicht mehr darben wie in früheren Zeiten. Sie waren satt und zufrieden. Gleichzeitig begann die Welt sich rasend zu verändern. Die Reichen steuerten mit neuartigen Automobilen durch die Straßen und die Großsegler, wie sie einst von Kapitän James Cook und dem Freibeuter Störtebeker gelenkt worden waren, verschwanden aus den Häfen. Dort lagen Dampfschiffe, die schneller und sicherer ans Ziel kamen. Selbst der Untergang der Titanic vor zwei Jahren hatte diese Veränderung nicht stoppen können.

Diese Welt kam mir bekannt vor – zumindest hatte ich sie einst gekannt. Gleichzeitig wirkte alles unwirklich. Meine Erinnerungen waren wie von Nebel umhüllt. Ab und an tauchten einzelne Bruchstücke meiner Vergangenheit auf, doch verschwanden sie noch bevor ich sie wirklich greifen konnte.

Jetzt aber lebte ich mit meinem Meister. Er versorgte mich und schützte mich. Und vor allem hatte er mich gerettet, als ich vor dem Nichts stand. Sein Regiment war hart, aber ohne ihn hätte ich niemanden. Und während meine Gedanken an frühere Zeiten völlig verblassten, blickte ich dankbar zu meinem Meister auf.

»Halt an«, schallte es rüde. Prompt führte ich meine rechte Hand vor die Linke und zog die Zügel zu mir heran. Die Köpfe der Pferde bäumten sich auf, doch sie hatten den Befehl verstanden und die Kutsche kam quietschend zum Stehen. Schnell verzurrte ich die Leinen und zog die Bremse an.

»Kümmere dich um die Pferde!« Er donnerte diese Worte zu mir herüber und sprang von der Kutsche, sodass sein Säbel rasselte. Mit Mantel, Zylinder und hohen Stiefeln, wirkte er wie ein Mann mit Schneid. Einer, der zu dieser Gesellschaft gehörte, der es zu etwas gebracht hatte. Ich sah ihm hinterher, wie er auf die nächste Hafenschänke zuging. Ein rotznäsiger Bursche mit verkrüppelten Fingern näherte sich ihm mit geöffneten Händen und schnorrte um etwas Kleingeld. Skrupellos stieß mein Meister ihn zu Boden und verschwand hinter der Tür im Wirtshaus.

»Ruhig, ganz ruhig!« Mit einer Hand hielt ich Zeus beherzt an seinem Nasenriemen fest und spannte die Pferde aus. Beide Tiere schnauften laut durch die Nüstern und versprühten ihren Schnodder in die Luft. Sie brauchten ganz offensichtlich ihre Pause und einen Sack Hafer, der ihnen auch gewiss zustand. Also führte ich Zeus und Apollo zu einem der Verschläge. Dann ließ ich mich gemütlich vor dem Stall nieder, pflückte mir einen Grashalm, auf dem ich geistesabwesend herumkaute, und lauschte dem Summen der Fliegen.

Die Wolken am Himmel bildeten immer wieder neue Formationen und boten mir das schönste Freilichttheater, das man sich vorstellen konnte. Aus Drachen wurden Boote, aus Türmen ein Meer von Kriegern und am Horizont schwebte ein Einhorn. Durch die Strahlen der untergehenden Sonne leuchtete der Himmel in den schönsten Farben.

Immer wenn sich die Tür der Hafenschänke öffnete, drangen die Töne eines Akkordeons und die Stimme einer Frau zu mir heraus. Gleichzeitig drifteten meine Gedanken mit den dahinziehenden Wolken in die endlose Ferne, bis ich schließlich einschlummerte.

General Iblis hatte zwischenzeitlich auf einem der Holzstühle in der Gaststube Platz genommen und spielte Poker. Noch einmal betrachtete er die beiden Karten in seiner Hand. Kreuz-Dame und -Bube. Mit den Karten, die auf dem Tisch lagen, ergab dies mindestens zwei Paare und die nicht unerhebliche Chance auf ein Full House. Außer dem Mann, der sich ihm als Óskar Kosningar vorgestellt hatte, war keiner mehr im Spiel.

»Raise«, General Iblis Stimme klang kantig und die Scheine, die er in die Mitte des Tisches schob, belegten seine Zuversicht.

»Wo geht ihre Reise denn hin?«, fragte Óskar Kosningar, unterdessen in gelassenem Ton und zog mit dem Einsatz gleich.

General Iblis musterte den Mann, der ihm schräg gegenübersaß. Dessen Haar bestand aus dichten kleinen Locken, sein Schnurrbart war an den Enden nach oben gezwirbelt. Sein Kinn wirkte gedrungen und ein Ohr vermeintlich kleiner als das andere.

»Wieso sollte ich verreisen?«, erwiderte der General und wischte sich einen Tropfen Whisky von seiner Lippe.

»Ich lebe hier schon sehr lange. Fremde Männer, die sich in einer Schänke im Hafen rumtreiben, sind auf der Durchreise.«

Óskars Stimme klang beinahe gelangweilt. Seine Worte flossen ineinander und keiner konnte sagen, ob er sich wirklich für sein Gegenüber interessierte oder diesen lediglich in der Konzentration stören wollte.

»Turn.« Der Dealer legte die vierte Karte auf den Tisch. General Iblis hätte gerne vor Genugtuung in die Hände geklatscht. Sein Full House war komplett und die Chance, dass sein Mitspieler an dem Tisch ein höheres Blatt als er in seinen Händen hielt, lag beinahe bei null.

»Caen ist mein Ziel.« Vermutlich war es die Kombination aus Zufriedenheit über das gute Blatt und die Unbekümmertheit gegenüber dem Fremden, die ihn zu der spontanen Antwort bewegten.

»All in.« Óskar Kosningar schob die Scheine, die vor ihm lagen, in die Mitte des Tisches. »Das sind dreißig Pfund«, bemerkte er ohne ein Zucken.

Verzückt betrachtete der General die Karten in seiner Hand und wippte dabei mit dem Stuhl. Der Akkordeonspieler gab derweilen ein Repertoire alter Seemannslieder zum Besten, begleitet von einer Frau, die ihre Stimme auf wunderschöne Weise beherrschte.

Das viele Geld in der Mitte des Tisches war nicht zu verachten. Bei dem Blatt zwischen seinen Fingern musste General Iblis gleichziehen.

»Call.« Nun schob auch General Iblis seinen Einsatz nach vorne und beäugte gleichzeitig seinen Gegner. Die anderen Mitspieler schauten gebannt auf das Duell der beiden Männer und warteten auf den Ausgang des Spiels.

Das Akkordeon spielte seinen letzten Ton, die rothaarige Sängerin, die mit ihren feurigen Locken bis dahin die Blicke der meisten Gäste auf sich gezogen hatte, verkam im Duell der beiden Männer zu einer Randerscheinung. Immer mehr Personen drängten sich in die Nähe des Tisches, um das Geschehen verfolgen zu können. Die Sekunden, in denen der Dealer seinen mit Schiffen, Ankern und Meerjungfrauen tätowierten Arm zu dem Kartenstapel in der Mitte führte, fühlte sich für die Zuschauer wie eine Unendlichkeit an. Als er schließlich das leicht vergilbte Blatt mit den abgegriffenen Rändern berührte, war die Spannung so groß, dass jeder im Raum den Atem anhielt. Keiner sprach ein Wort und man konnte jetzt sogar das Zwitschern der Vögel durch die geschlossene Tür hören. Mit Daumen und Zeigefinger drehte der Dealer die Karte um. Als Erstes sah General Iblis, dass es weder ein Herz noch ein Karo war. Die Karte auf dem Tisch, die ihn dann unverhohlen verspottete, war ein Pik-Ass.

»Lassen Sie sich die Reise nicht vermiesen, es kommen auch wieder bessere Tage.« Mit diesen Worten legte Óskar Kosningar triumphierend seine Karten auf den Tisch: Pik-Zehn und Pik-König. Dieses Schlitzohr hatte gezockt und gewonnen. Vor ihm lag ein »Royal Flush«.

Ein greiser Mann mit Seemannshut erhob sich von seinem Platz und pfiff durch seine Zahnlücke. Der Akkordeonspieler, der neben dem Klavier auf der Bühne stand, klimperte einen Tusch und ein Hafenarbeiter, der am Tresen saß, konnte sich ein zynisches Grinsen nicht verkneifen.

General Iblis starrte zähneknirschend auf den Tisch, als der Mann, den er erst seit ein paar Stunden kannte, das Geld süffisant lächelnd mit beiden Händen zu sich zog. Am liebsten hätte er diesem Kerl mit seinem Sichelmesser das feiste Grinsen bis zu den Ohren gezogen. Es juckte ihn in den Fingern. Keiner dieser Winzlinge wäre ihm gewachsen. Niemand könnte ihn aufhalten, und doch durfte er sich jetzt nicht gehen lassen. Er wollte unerkannt bleiben und seine Ziele erreichen. Doch falls er diesem grinsenden Nichts, das ihm dort gegenüber saß, noch einmal begegnen sollte, wäre er fällig. Ab heute stand für Óskar Kosningar eine offene Rechnung zu Buche!

»Mach dir nichts draus«, säuselte ihm eine Stimme sanft ins Ohr. Gleichzeitig spürte er, wie die Hand der rothaarigen Sängerin sich auf seine Schulter legte. »Ich liebe wütende Männer, die ihren Frust abbauen und sich mal austoben müssen.« Dass dabei die Spitze ihrer Zunge sein Ohr berührte, war mit Sicherheit kein Zufall.

Ihm fiel nicht auf, dass sie unversehens zu seinem Mitspieler blickte und ihr Wimpernschlag einen Deut zu lang dauerte. Aber hier lief mehr als nur ein abgekartetes Spiel. Für den Mann, der sich als Óskar Kosningar ausgab, und seine wunderschöne Begleiterin war General Iblis kein Unbekannter. Sie hatten ihn schon des Öfteren beobachtet und als gefährlich eingestuft. Doch auch sie hatten Regeln, an die sie sich halten mussten, und so hieß es für sie, erst einmal die Gründe für diese unerwartete Reise zu erfahren.

Als die Musik und die Stimmen in der Schänke verklangen, dachte ich kurz daran, hinüberzugehen und mir anzuschauen, was dort los sei. Doch dann spürte ich meine ungeheure Müdigkeit und konnte ein mächtiges Gähnen nicht unterdrücken. Erschöpft raffte ich mich von meinem Platz im Gras auf und schlenderte in die Scheune, in der die Kutsche und die Pferde standen.

Schon am Tor stieg mir der Duft des frischen Heus und der Geruch der beiden Pferde in die Nase. Ich hatte den richtigen Ort gewählt. Hier in der Scheune konnte ich mich ausruhen. Damit das Tageslicht mich bei meinem Schlaf nicht störte, kletterte ich über die Leiter nach oben auf die Tenne und ließ mich in das getrocknete Gras plumpsen. Sofort begannen meine Tagträume mit den Gedanken der Nacht zu verschwimmen.

Gerade in dem Moment, als ich in meinem Traum mit ausgebreiteten Armen über die Stadt flog und die Welt von oben betrachtete, mischte sich zu dem Geruch aus Heu und Pferden der Gestank von Tabakrauch und Whisky. Gleichzeitig begannen die Pferde zu schnaufen und unruhig mit den Hufen zu scharren. Ich erwachte. Meine Augen brauchten einen Moment, um sich an die Dunkelheit zu gewöhnen. Dann robbte ich auf dem Bauch zu dem Loch, durch das man das Heu nach unten werfen konnte.

Ich erkannte die Konturen eines Unbekannten, der sich an der Kutsche zu schaffen machte. Was wollte er dort? Mein Meister würde mit Sicherheit nicht in einer Scheune schlafen, auch passte diese Silhouette nicht zu ihm. Von der Seite erkannte ich unterhalb des Zylinders einen Schnauzer. Der übrige Körper war in einen dicken Mantel gehüllt.

Vor der Abreise hatte ich das Gepäck wie üblich auf die verschiedenen Stauräume der Kutsche aufgeteilt. Ein Teil befand sich in dem Fach zwischen den Rädern, der Rest unter der Bank des Kutschbockes. Die persönlichen Dinge wurden in der Kabine verwahrt.

Wer auch immer sich dort an der Kutsche herumtrieb, er suchte etwas. Achtsam holte der Fremde die Bagage meines Meisters heraus und öffnete diese. Dann drang das Geräusch von sich schließenden Scharnieren an meine Ohren – die Inspektion des Koffers war abgeschlossen. Der Körperhaltung und dem leisen Seufzer nach zu urteilen, hatte der Eindringling bei seiner Suche bisher keinen Erfolg gehabt.

Aus meinem verborgenen Winkel konnte ich gut erkennen, dass der Mann die Kutsche nach weiteren möglichen Nischen und Verstecken durchsuchte. Nun drangen Klopftöne zu mir herauf. Er klopfte langsam, Stück für Stück das Holz nach möglichen Hohlräumen ab. Eine ganze Zeit lang hallten lediglich dumpfe Töne durch die Scheune. Doch plötzlich hörte ich ein Geräusch, auf das der Mann scheinbar gewartet hatte. Hinter dieser Stelle klang es verdächtig hohl.

Lautlos schob ich meinen Kopf ein Stück weiter über die Öffnung. Der Mann mit dem Zylinder lehnte in der Kutsche und entfernte vorsichtig den Stoff der Innenverkleidung. Völlig abgeklärt zog er einen kleinen schwarzen Koffer aus dem Versteck hervor, den ich zum ersten Mal sah.

In aller Gelassenheit durchkramte er dessen Inhalt. Irgendetwas gab ihm die Gewissheit, dass er keine Angst haben musste, in die Arme meines Meisters zu laufen. Pedantisch genau verbarg er seine Spuren, stibitzte den Koffer und verließ die Scheune.

Ich verharrte noch einen Moment in meiner Position. Was sollte ich tun? Ich musste ihm folgen, denn mein Meister würde mich für das, was hier passiert war, verantwortlich machen. Er würde mich bestrafen und womöglich degradieren, der ich bislang in seiner Gunst stand. Er war doch so gut zu mir, denn viele andere durften Hellis nie verlassen. Immerfort schufteten die Sklaven auf seinen Feldern, aber ich konnte meinen Meister auf seinen Reisen begleiten. Ich durfte ihn auf keinen Fall enttäuschen! Geschwind fasste ich meinen ganzen Mut zusammen und nahm vorsichtig die Verfolgung auf.

General Iblis schaute den vielen Geldscheinen grimmig hinterher und starrte mit einer immer dunkler werdenden Miene auf den schmutzigen Tisch.

Während er so da saß, spürte er den prallen Busen der Sängerin, die sich an seinen Rücken geschmiegt hatte. Ihr unverblümtes Angebot, ihm trotz seiner Niederlage am Pokertisch die Nacht zu versüßen, klang immer noch in seinem von der Zunge feuchten Ohr unverhohlen nach.

Eigentlich hatte er ja vorgehabt, nach dem gewonnenen Kartenspiel hinaus zu seinem Burschen zu gehen und ihm zu befehlen, dicht bei der Kutsche zu schlafen und sie gefälligst gut zu bewachen, aber vermutlich würde der das ohnehin tun.

»Haben Sie hier ein Zimmer oder darf ich uns eins besorgen?«, fragte er stattdessen mit aufgesetzter Freundlichkeit.

Eine Nacht mit diesem rothaarigen Vollblutweib wäre bestimmt eine schöne Erinnerung, bevor er morgen nach Caen weiterreiste.

»Ich heiße Gunde«, stellte sich die Sängerin mit hauchenden Worten vor. »Du kannst mir einfach folgen, ich habe ein kleines Gemach im oberen Stock.«

Allein, wie sie in ihrem luftigen Rock die Treppe vor ihm hinauf wandelte, war ein Augenschmaus.

Knarrend öffnete sich der Zugang in das Gelass und nacheinander betraten sie das Zimmer. Als sich die Tür schloss, drehte sich die geheimnisvolle Sängerin auf den Zehenspitzen um, drückte General Iblis mit einer Hand sanft an die Tür, fuhr sich dann mit ihrer rechten Hand durch ihre wallenden Haare und schürzte ihre Lippen.

»Wenn du machst, was ich dir sage, wird dies die aufregendste Nacht deines Lebens.«

Neckisch zog Gunde ihre Hand von ihm zurück und begab sich zu der spanischen Wand, die sich in der anderen Ecke des Raumes befand. Im flackernden Schein von brennenden Kerzen konnte General Iblis ihr Schauspiel verfolgen. Knopf um Knopf öffnete sie ihre Bluse. Nach und nach entfernte sie die Kleidungsstücke von ihrem Körper. Verspielt drehte sie sich zu ihm hin und kam in ihrer Unterbekleidung auf ihn zu.

General Iblis genoss das Schauspiel, das sie ihm bot. Sie reizte ihn, dabei hatte sie gerade erst mit ihrer Verführungskunst begonnen. Die Rothaarige räkelte ihren Kopf, ging in die Knie, um anschließend in sanften Bewegungen an ihm nach oben zu gleiten.

Einige der roten, wilden Locken fielen ihr über ihren makellosen Rücken, der Rest bedeckte ihre Schultern und ihre üppigen Brüste.

»Magst du es gerne sanft oder lieber etwas härter?«, fragte sie und legte ihre Hand auf seine Brust.

»Hart und dreckig.«

Bei der Antwort schlang der General seine linke Hand um ihren Hals und presste sie brutal gegen die Wand.

Mit einem verächtlichen Blick und einem abscheulichen Lachen schaute er zu, wie sie panisch nach Luft japste, nach ihm trat und versuchte seine Hand zu lösen.

»Hart und dreckig«, wiederholte er seine Worte und warf sie aufs Bett. Bedrohlich öffnete er den Gürtel seiner Hose.

»Leg dich hin, den Bauch nach unten«, sagte er hitzig.

Weiter um Luft ringend, stierte Gunde den Mann, der dort an der Bettkante stand an und spürte: Ein falscher Ton könnte ihren Tod bedeuten. Sie musste gehorchen.

Als General Iblis Stunden später an die Decke des Zimmers starrte, wusste er, dass er diese Frau für immer gebrochen hatte.

Gunde schaute ihren Peiniger nicht an und hielt die Augen geschlossen. Im Stillen flehte sie, dass es nun vorbei wäre. Sie musste hier weg, doch traute sie sich nicht, sich zu bewegen – aus Angst, es könnte wieder sein Interesse wecken. Das aber durfte auf gar keinen Fall geschehen! Auch der Erfolg ihrer Mission würde ihr nicht zurückgeben können, was sie heute Nacht verloren hatte.

Gassen und Winkel

NUR EINIGE HÄUSER ENTFERNT VON mir erhaschte ich die Silhouette des geheimnisvollen Mannes mit dem Zylinder. Er ging weder hektisch noch unsicher, sondern passte sich dem Tempo der anderen Passanten an. Keinem konnte auffallen, dass dieser Mann nur einige Minuten zuvor in den geheimen Unterlagen meines Meisters gestöbert hatte.

Ich hatte bisher nur sehr begrenzte Erfahrung in Verfolgungsjagden. Um nicht aufzufallen, ließ ich mich deshalb noch ein paar Meter weiter zurückfallen.

Gerade in dem Moment, als ich die Distanz wieder verringern wollte, schoss ein Pferdegespann um die Ecke. Ein Schwarm Tauben flatterte auf und ein verärgerter Mann mit stattlichem Wanst plärrte der Kutsche nach. Schnell sprang ich zur Seite und verbarg mich hinter einer Laterne.

Staub wirbelte durch die Gasse und als ich aus meinem Versteck hervortrat, war der Fremde meiner Sicht entschwunden.

Auf der Straße herrschte immer noch ein reges Treiben und die Menschen waren nach der Störung wieder zu ihren Tätigkeiten zurückgekehrt.

Hektisch prüfte ich die Umgebung. Nichts. Wo konnte der geheimnisvolle Fremde nur sein? War er vielleicht hinter jener Tür verschwunden, die gerade langsam ins Schloss fiel? In dieser Straße standen die Häuser dicht an dicht und es gab wenig, das sie voneinander unterschied. Nur jenes Haus, auf das ich nun meine ganze Aufmerksamkeit richtete, stach etwas aus der Reihe hervor.

Die Fensterläden im Erdgeschoss waren geschlossen und neben der Türschwelle döste ein Bettler mit angewinkelten Beinen und gesenktem Kopf.

Unauffällig ging ich an ihm vorüber, doch irgendetwas ließ mich stutzig werden. Hier passten partout ein paar Dinge nicht zusammen. Vielleicht bildete ich mir auch viel zu viel ein und er genoss möglicherweise nur die Wärme eines Ofenrohres, das an dieser Stelle an der Innenseite des Hauses verlief. Dabei war es zu dieser Stunde gar nicht kalt. Trotzdem trug der Mann einen weiten, grünen Regenmantel, als ob er darunter etwas verbergen wollte. Und während die meisten Landstreicher und Bettler, an die ich mich erinnern konnte, abgelaufene Schuhe und zerschlissene Kleidung trugen, besaß dieser Mann feste Stiefel aus gutem Leder, die bis weit über seine Knöchel reichten. Verhalten schlenderte ich noch einige Meter weiter und stoppte dann unmittelbar hinter dem Nachbarhaus. Dort stand in einem Durchgang eine ältere Frau und kehrte mit einem Reisigbesen den Hof.

»Entschuldigen sie, gnädige Frau. Können sie mir sagen, wer in diesem Haus dort wohnt?«

Die Frau schaute auf und musterte mich. Ihr Ausdruck wechselte zwischen Skepsis und Neugier. Einen Augenblick später hatte sie sich entschieden und kam zu mir an die Straße. Sie warf einen kurzen Blick um die Hausecke auf das Gebäude, auf das ich mit meinem Kopf hingedeutet hatte, und gab mir zur Antwort: »Eine gute Frage. Bis vor wenigen Tagen haben dort die Sigmundssons gewohnt. Aber jetzt? Da bin ich überfragt.«

»Vielen Dank.« Für mich war damit das Gespräch schon zu Ende, doch die Frau wollte mir nur zu gerne noch mehr verraten. »Ich weiß zwar nicht, wer jetzt dort wohnt, aber als Nachbar macht man sich doch so seine Gedanken …«, flüsterte sie mir zu.

»Was wollen sie damit andeuten?«, hakte ich nach, denn meine Neugier war geweckt. Und sie ließ sich nicht lange bitten: »Nun, ich frage mich schon, was sich hier abspielt. Vor wenigen Tagen ist Familie Sigmundsson einfach verschwunden. Kein Mensch weiß wieso oder wohin. Und dann zieht dort sofort eine Gruppe von Männern zusammen mit einer Frau ein! Ich sag ihnen, das ist mir nicht ganz geheuer.« Immer wieder hatte die Frau dabei verstohlen zu dem Haus hinübergeschaut. Doch jetzt blickte sie mir fest in die Augen.»Warum interessiert sie das eigentlich, junger Mann?«, fragte sie offen heraus.

Ich konnte die Frau nicht einschätzen: Sollte ich mich ihr anvertrauen? Aber die Geschichte hatte mich gepackt. Was war im Haus der Sigmundssons geschehen? Es gab für mich kein Zurück mehr. Außerdem machte die Frau einen redlichen Eindruck und ich durfte meinen Meister nicht enttäuschen.

Also antwortete ich ihr im Flüsterton:»Ich verfolge einen Mann, der heimlich etwas aus unserer Kutsche gestohlen hat. Ich bin mir sicher, dass er in diesem Haus verschwunden ist.«

»Was sie nicht sagen«, presste sie hervor. Die ganze Geschichte hatte offensichtlich jetzt auch ihr Interesse geweckt. Also wagte ich eine kühne Bitte:»Wäre es vielleicht möglich, dass ich mich hier bei ihnen noch etwas gründlicher umschauen könnte?«

»Sicherlich, gegen einen gemeinsamen Tee zum Abend sollte nichts einzuwenden sein, oder?«, sagte sie, zwinkerte mir verschwörerisch lächelnd zu und gemeinsam gingen wir zur Tür ihres Hauses.

Die ganze Zeit über schien uns der fremde Bettler vor dem Nebenhaus aus den Augenwinkeln beobachtet zu haben; seine Körperhaltung verriet seinen Argwohn. War meine Absicht durchschaut worden? Die Nachbarin hatte wohl denselben Eindruck, denn aus heiterem Himmel sagte sie auffallend laut, sodass es auch jeder hören musste:»Schön, dass du es geschafft hast, deine alte Tante nach so vielen Monaten zu besuchen.« Diese Worte waren für den Mann im Regenmantel bestimmt.

»Gerne, ich hatte dir doch versprochen, einmal bei dir vorbei zu kommen«, erwiderte ich unbeholfen.

Dann zog sie in aller Ruhe ihren großen Schlüssel aus der Manteltasche, öffnete die Tür und bat mich in ihr Haus.

Ein mulmiges Gefühl beschlich mich: Was sollte ich dieser Frau erzählen, wenn sie mich nach meinem Leben fragen würde? Was wusste ich denn wirklich über mich und meine Vergangenheit? Da waren nur Bilder und Bruchstücke, die meist dann in meiner Erinnerung auftauchten, wenn ich mit meinem Meister auf dem Festland unterwegs war. Spuren einer fremden, vergessenen Welt. Fragile Erinnerungen an etwas, das mein Leben gewesen zu sein schien.

Einmal sah ich mich, wie ich auf einem kleinen Holzstuhl saß und einen Lehrer betrachte, der neben einer Tafel stand. In seiner rechten Hand hielt er einen Stock. Auf der Tafel standen Wörter in verschiedenen Sprachen und Zahlen, die sich zu Formeln zusammensetzten. Anscheinend war ich einst in vielen Dingen unterrichtet worden, hatte Menschen aus aller Herren Länder getroffen und in vornehmen Kreisen gelebt. Dann vermischte sich das Bild mit dem eines Jungen, der auf einem Pferd saß und an einer Treibjagd teilnahm. Ich erkannte mich in ihm wieder, und doch fühlten sich diese Eindrücke so fremd und unwirklich an.

Solche Momente blieben nicht lange. Die Erinnerungen gingen, angstvolle Ungewissheit kam, die Leere blieb. Ohnmacht und eine schmerzvolle Unruhe quälten mein Herz. Was war mein Leben? Wer war ich?

Hinter uns fiel die Tür ins Schloss und die Frau sicherte sie mit einem zusätzlichen Metallriegel. Auch wenn sie auf mich einen eher biederen Eindruck machte, fühlte ich mich etwas unwohl in meiner Haut.

»Wissen sie«, flüsterte die Frau, »etwas stimmt hier absolut nicht.«

Leicht verwirrt schaute ich mich um. Der Eingangsbereich bestand lediglich aus einem schmalen Flur, auf dessen Boden ein abgetretener Läufer lag. Zwei Türen auf der rechten Seite ermöglichten den Zugang zu anderen Räumen.

Dahinter gab es eine einfache Holztreppe, die nach oben führte. An der Treppe hing ein metallener Gong, der eventuell dazu diente, die übrigen Bewohner des Hauses zum Essen zu rufen.

An einer der Wände entdeckte ich einige Schwarz-Weiß-Fotografien und von der Decke hing eine unförmige Schirmlampe herab. Die Frau schien wohlhabend genug zu sein, um ihre Wohnung geschmackvoll einrichten zu können.

»Was meinen sie damit, dass hier etwas nicht stimmt?«, fragte ich halblaut.

Sie legte nur den Zeigefinger auf ihren Mund und gab mir zu verstehen, leise zu sein. Nun drückte sie ihr Ohr an die Wand des Flures und hielt sich das andere Ohr zu.

»Ich muss wohl nicht betonen, dass, wenn wir sie hören können, dies umgekehrt genauso gilt«, flüsterte sie.

Nun legte auch ich mein Ohr an die Wand zum Nachbarhaus. Tatsächlich hörte ich Stimmen. Sie drangen von der anderen Seite wie durch einen Filter zu mir herüber. Die hohen Töne hatten es schwerer als die tiefen, aber einzelne Wortfetzen kamen an.

»Was geht da vor sich?«, raunte ich und nahm meinen Kopf von der Wand.

Die Frau schaute mich klar und unerschrocken an.

»Im Nachbarhaus halten sich Preußen auf ...«

»Preußen? Sind sie sich da wirklich sicher?«, unterbrach ich die Frau und ahnte doch gleichzeitig, dass sie mit ihrer Vermutung richtig lag.

»Vor einigen Jahren reiste ich in einer Familienangelegenheit nach Danzig. Von daher ist mir diese harte Sprache in Erinnerung geblieben«, fuhr sie fort.

Für einen Moment standen wir uns schweigend gegenüber. Dann begann sie zögernd von Neuem: »Wissen sie ...« Anscheinend war sie noch unsicher, ob sie ihr Geheimnis preisgeben sollte. Sie fixierte mich mit ihren Augen und nahm allen Mut zusammen.

»... auf dem Speicher befindet sich ein Durchgang zum Nachbarhaus. Davon weiß niemand außer mir. Es handelt sich um eine kleine Luke, die auf die andere Seite führt.« Erneut legte ich den Kopf an die Wand und versuchte etwas zu erlauschen. Doch selbst wenn ich den Rest des Abends hier stünde, könnte ich doch nicht verstehen, was sich auf der anderen Seite der Wand abspielte.

Die Fremden im Haus der Sigmundssons sprachen tatsächlich deutsch, denn ich verstand einzelne Bruchstücke und hatte diese Sprache anscheinend einst gelernt. Allerdings ergaben die Worte für mich keinen Sinn.

»Dürfte ich sie denn bitten, mir den erwähnten Durchgang zu zeigen?«

»Warten sie, denn die Wände in diesem Haus können keine Geheimnisse für sich bewahren«, flüsterte sie. Dann schlurfte sie ins Nachbarzimmer. Dort holte sie eine Platte aus dem Schrank, hob den silbernen Arm des Grammophons vorsichtig an und legte die Scheibe auf. Zunächst vernahm ich nur ein leises Kratzen, dann hörte ich eine singende Männerstimme. Jetzt trat die Frau wieder heraus auf den Flur.

»Normalerweise bin ich nicht so vorsichtig. Aber das, was dort drüben vor sich geht, ist mir einfach nicht geheuer«, erklärte sie ihr Verhalten.

Dann stiegen wir die Treppe hinauf und ich folgte ihr leise auf den Dachboden. Dort angekommen zog sie mit einem Haken an einer Öse, die fast unsichtbar in der Decke versteckt war. Eine Holztreppe klappte wie aus dem Nichts herunter und vor uns befand sich der Einstieg zum Speicher.

»Bitte sehr.« Nacheinander stiegen wir langsam und vorsichtig die raue Leiter hinauf. Oben angekommen zündete meine Gastgeberin eine kleine Öllampe an, die an einem Dachbalken hing.

»Schauen sie, dort hinter den Holzfässern befindet sich die verborgene Öffnung, die hinüber führt.«

Im flackernden Schein der Öllampe wälzte ich vorsichtig die Fässer zur Seite, entfernte ein Brett und kroch durch die frei gewordene Öffnung. In dem stickigen Speicher des Nachbarhauses herrschte fast völlige Dunkelheit. Nur durch eine kleine dreckige Dachluke drang das fahle Licht des Mondes.

Hier oben entdeckte ich einzelne Kisten. Einige waren recht lang, auf manchen klebte ein Totenkopfsymbol. Direkt unter dem Fenster, wo es am hellsten war, lagen einzelne Gewehre mit aufgeschraubten Bajonetten. Die Preußen, denen das Haus als Unterschlupf diente, hegten mit größter Sicherheit keine guten Absichten.

Am Ende des Speichers stieß ich auf eine steile Holztreppe, die in das darunterliegende Stockwerk führte. Vorsichtig bewegte ich mich Schritt für Schritt die Stufen hinunter, zog die Tür einen Spalt auf und betrat den verlassenen Raum.

Allem Anschein nach befand ich mich nun in einem der Schlafzimmer dieses Haues. Auf dem eisernen Bett lag eine Matratze mit Decken. Die Türen des Kleiderschranks waren mit versierten Schnitzereien versehen und ein Stapel Papier auf einem Sekretär verriet, dass hier ab und zu jemand herein kam.

Wer lebte hier? Was ging hier vor sich? Wo waren die Sigmundssons und warum lagerten Waffen auf dem Speicher? Alle diese Fragen drehten sich in meinem Kopf. Um Antworten zu bekommen, musste ich mich weiter in dem Haus umschauen. Vorsorglich zog ich meine Schuhe aus und schlich bedächtig zur Treppe, die nach unten führte. Je weiter ich hinunter huschte, desto deutlicher drangen Stimmen an mein Ohr. Offensichtlich war eine wilde, hektische Diskussion im Gange. Es klang, als ob hier jeder auf seiner Meinung beharrte. Irgendwie musste es mir gelingen, einen Blick in den Raum zu werfen, aus dem die Stimmen kamen.

In dem Flur vor dem Zimmer hing ein kleiner Spiegel an der Wand. Wenn ich nicht in den Raum gehen konnte, dann bot dieser zumindest die Chance, von außen einen Blick in das fremde Zimmer zu werfen. Vorsichtig nahm ich den Spiegel ab und hielt ihn in verschiedenen Winkeln in die nur angelehnte Tür.

Fünf düster blickende Männer mit langen Mänteln und schweren Stiefeln saßen und standen um einen Tisch. Spätestens jetzt wusste ich, dass der Bettler vor der Tür zu dieser Truppe gehörte, denn fünfmal das gleiche Schuhwerk konnte kein Zufall sein. Auf dem Tisch befand sich ein ähnlicher Fernschreiber wie ihn mein Meister besaß. Die Diskussion, die geführt wurde, drehte sich darum, welche Botschaft durch dieses Gerät übertragen werden sollte. Als ich den Winkel des Spiegels ein wenig veränderte, erkannte ich an der Rückwand des Raumes eine große Landkarte von Europa.

Bisher hatte ich keine Ahnung, weshalb wir uns auf dieser Reise befanden, aber vielleicht hatte es ja mit dieser Karte und dem seltsamen Koffer zu tun, der nun geöffnet auf dem Tisch stand. Überall lagen Dokumente herum, die von den Männern akribisch untersucht und besprochen wurden.

Schließlich einigten sich die Männer auf die Botschaft, die sie übermitteln wollten. Während einer den Text vorgab, betätigte ein anderer das Gerät. Da war er! Der Mann aus dem Stall.

»Mittelmächte sollen in einen Krieg gezogen werden. Weiterbau der Eisenbahn soll verhindert werden. Schutz der Adeligen und Politiker muss erhöht werden. Versuchen Weiteres in Erfahrung zu bringen.«

Im Spiegel konnte ich erkennen, wie sich die Männer besorgt anschauten. Dann wurden die Sachen wieder sorgfältig in den Koffer geräumt.

»Bring das Gepäck wieder zur Kutsche«, sagte ein Mann mit Vollbart zu jenem, dem ich gefolgt war. »Wir müssen abwarten, welchen Auftrag wir erhalten. Vorher können wir keine Entscheidungen treffen.«

Wenn ich Glück hatte, dann würde mein Meister nie erfahren, dass jemals etwas aus unserer Kutsche gestohlen wurde. Anscheinend wendete sich noch einmal alles zum Guten.

Lautlos verschwand der Spiegel wieder an seinen Platz und unhörbar betrat ich die erste Stufe der Treppe. Knapper hätte mein Abgang kaum sein können, denn just in dem Moment, als meine Ferse hinter der ersten Biegung verschwand, öffnete sich die Haustür. Nun war es für mich unmöglich, die Treppe weiter nach oben zu gehen. Selbst ohne Schuhe war die Gefahr zu groß, dass eine der Dielen knarren würde. Wie versteinert stand ich dort und wartete ab, was passieren würde.

»Wisst ihr, ob unsere Nachbarin Verwandte hat?«

In der Küche entstand ein Gemurmel und ich hörte wie Stühle nach hinten gerückt wurden.

Es konnte nur noch Sekunden dauern, bis sie mich entdeckten. Dann wäre es aus mit mir. Keiner würde mich vermissen und mein Meister würde sich einfach einen neuen Diener suchen.

Doch plötzlich ertönte durch die angrenzenden Gassen ein durchdringender Klang, dessen Ursprung ich direkt zuzuordnen wusste. Dies war meine Rettung! Wild und unbändig hämmerte die Nachbarin auf ihren metallenen Gong. Dazu rief sie mit lauter Stimme die Menschen dazu auf, Fenster und Türen zu schließen – immer und immer wieder. Erst nur laut, dann gellend.

Die Männer rannten nun zur Haustür und zum Fenster und reckten die Hälse, um zu sehen, was dort draußen vorging. Ich aber nutzte die Verwirrung und den Lärm im Haus, um so schnell es ging die Treppe nach oben zu hasten. Durch das Schlafzimmer erreichte ich den Aufgang zum Speicher und verschwand auf dem Dachboden.

Hier war das Dämmerlicht des Abends dem Schein des Vollmonds gewichen und der Stauraum unter dem Dach war nun sogar heller erleuchtet als zuvor. Unter dem Fenster lagen immer noch die Gewehre und die geheimnisvollen Kisten. Als ich mich gerade neben einem der länglichen Kästen befand, stieg ein schrecklicher Gedanke in mir auf. Ein Schauer der Erkenntnis durchströmte meinen Körper. Wahrscheinlich barg diese Kiste das Rätsel um die verschwundene Familie Sigmundsson. Irritiert hielt ich inne und überlegte, ob ich nicht so schnell wie möglich vom Speicher verschwinden sollte. Aber irgendetwas drängte mich, die Wahrheit herauszufinden. Also drückte ich vorsichtig den Deckel der Kiste ein Stück nach hinten. Der faulige Geruch nach Verwesung bestätigte meine Befürchtungen.

Als ich mich endlich traute, direkt in die Öffnung zu schauen, erwartete mich ein grauenvoller Anblick, den ich nie wieder vergessen werde. Von Würmern zerfressen lag eine männliche Leiche in ihrem getrockneten Blut und verrottete. Durch die zum Teil eingeschlagene Schädeldecke waren Stücke des Gehirns zu sehen. An anderen Stellen war das Fleisch schwarz und fleckig. Ein Schauder durchfuhr mich. Ich wollte den aufsteigenden Brechreiz unterdrücken, doch ich schaffte es nicht – was ich sah war zu furchtbar. Ein Schwall aus Flüssigkeit und Resten meiner letzten Mahlzeit ergoss sich über Herrn Sigmundsson. In Panik zog ich den Deckel wieder zurück und verschwand durch das Loch in der Wand in das Nebenhaus.

Dort kletterte ich leise über die hölzerne Stiege hinab in das Dachgeschoss und eilte dann weiter in das untere Stockwerk. Noch ehe ich das Ende der Treppe erreicht hatte, sah ich die Hausherrin, die mir außer Puste entgegenkam.

»Ich habe mich um sie gesorgt«, redete sie verängstigt los. »Der Bettler, er hatte seinen Platz verlassen und …«

»Danke, sie haben mein Leben gerettet!«, erwiderte ich und hielt mich erleichtert am Geländer fest.

Immer noch völlig aufgelöst, wiederholte ich in groben Zügen, was ich zuvor aufgeschnappt hatte: Die Mittelmächte sollen in einen Krieg gezogen werden, Adelige und Politiker sind in Gefahr.

Ein besorgter Schatten huschte über ihr Gesicht und die Adern an ihren Schläfen pulsierten. »Anscheinend plant jemand einen Anschlag und die Deutschen haben Wind davon bekommen«, kommentierte sie das Gesagte und blickte sorgenvoll auf die Wand zum Nachbarhaus. »Und was ist mit den Sigmundssons? Wo sind sie?«, fragte sie zögernd.

Ich haderte mit mir selbst, doch vielleicht war es besser, sie nicht mit dem zu belasten, was ich gesehen hatte. Hilflos zuckte ich mit meinen Schultern.

»Darf ich sie noch nach draußen begleiten?«, fragte die Frau, als ich mich zur Tür drehte. Ich nickte und folgte ihr zur Haustür.

»Danke«, sagte ich, als wir gemeinsam vor der Tür standen und begab mich, von der Kälte der Nacht umhüllt, zurück in die Straße, aus der ich gekommen war.

Der Glanz des Mondes wurde inzwischen von einzelnen Sternen am Himmel begleitet. Die Fischer im Hafen arbeiteten emsig und die ersten Boote fuhren bereits aufs offene Meer hinaus. Ich musste mich beeilen und schnell wieder zurück zur Scheune gelangen. Sobald die Preußen den Koffer zurückgebracht hätten, würde ich mich in die Kutsche legen und diese besser bewachen. Ich wollte meinen Meister niemals enttäuschen. Und morgen, morgen würden wir dann wohl weiterreisen und Reykjavík verlassen.

Habsburger Träume

»RICHTEN SIE MEINER FRAU AUS, dass ich mich ein wenig
verspäte.« Mit diesen Worten drehte sich Erzherzog Franz Ferdinand zur Seite und eilte durch die erhabenen Hallen der königlichen Residenz. Die Wände schimmerten golden, verzierte Möbel
befanden sich in dem großen Saal verteilt und wuchtige, lebensgroße Porträts zeigten die Ahnenreihe seiner Vorfahren.

Er wusste, was gleich passieren würde. Im Arbeitszimmer seines
Onkels erwarteten ihn voller Ungeduld dessen engste Berater, vermutlich Personen des Geheimdienstes aus dem Deutschen Reich
und andere Diplomaten. Sie würden debattieren, geheime Gespräche auswerten und ihm von seiner Reise abraten. Es war ihm nicht
gleichgültig, was sie zu berichten hatten, und noch könnten sie versuchen, ihn hier zu halten – jedoch um welchen Preis?

Das Hauptthema in den Wiener Kaffeehäusern, in denen vornehme Damen mit gebildeten Aristokraten saßen und das Weltgeschehen diskutierten, war der Widerstand der Balkanländer gegen
die österreichische Besatzung. Ein Pulverfass östlich der Adria. Ein
einziger Funke könnte eine Kettenreaktion auslösen, die die Verbündeten unweigerlich in einen Krieg führen würde.

Doch jedes Land brauchte den Frieden, um seine nationalen
Ziele zu erreichen. Das Deutsche Reich benötigte ihn, um das Verkehrsnetz auszubauen. Außerdem strebte es nach einem gleichberechtigten Rang unter den Großmächten. Deshalb erweiterte man
die »Schutzgebiete« in Afrika und suchte die Nähe zum osmanischen Reich.

Der russische Zar beobachtete derweilen voller Misstrauen das stetig aufstrebende deutsche Volk und wollte gleichzeitig seine Kolonien vergrößern.

Die Briten sahen durch den wachsenden Einfluss der Deutschen im Nahen Osten die Gefahr, dass der immense Schatz von unentbehrlichen Rohstoffen, die dort verteilt wurden, nicht bei ihnen, sondern in Berlin landen könnte. Hinzu kam noch der Staatsbesuch des Königs von Großbritannien in Frankreich. Die Bündnispartner auf dem Kontinent rückten enger zusammen und alle gierten nach immer mehr.

Gleichzeitig gab es Länder, die die Unterdrückung abschütteln wollten und selbst nach Größe strebten. Es rumorte in Europa.

Doch noch drehte sich das famose Riesenrad auf dem Wiener Prater, und wenn Franz Ferdinand ein Ziel hatte, dann war es die Diplomatie anstelle des Kreuzens von Säbeln. Dazu musste man miteinander reden – von Angesicht zu Angesicht. Deshalb stand sein Entschluss fest. Er würde verreisen.

Mit beiden Händen schob er die schwere Doppeltür zum Arbeitszimmer auf. Sein Rang und seine Position erforderten von allen Anwesenden, zum Salut zu stehen, was auch augenblicklich und durch das Zusammenschlagen der Hacken deutlich hörbar geschah. Nur sein Onkel, der Kaiser von Österreich, musste sich nicht erheben. Er saß mit versteinerter Miene am Kopfende des großen Tisches.

»Worum geht es?« Der edle Erzherzog Franz Ferdinand stellte diese rhetorische Frage, denn die düsteren Mienen auf den Gesichtern der Anwesenden verrieten ihre Besorgnis. Sein erhabener und ehrwürdiger Onkel, Kaiser Franz Joseph I., wandte sich ihm mit eindringlichem Ton zu.

»Wir müssen davon ausgehen, dass uns verschiedene Mächte in einen Krieg verwickeln wollen«, sagte er voller Inbrunst.

»Das ist nichts Neues. Dort, wo sich Länder ausbreiten und andere Völker unterwerfen, gärt es in der Regel im Untergrund«, wehrte der ruhmvolle Erzherzog die mahnenden Gedanken ab und nahm Platz.

»Ohne Ihnen zu nahe treten zu wollen, verehrte Hoheit, ich glaube, sie unterschätzen die Gefahr. Laut unseren Informanten geht von den bosnischen Separatisten eine ernste Gefahr aus. Wir befürchten sogar ...«

Mit einer Handbewegung schnitt Erzherzog Franz Ferdinand dem sprechenden Offizier unwirsch das Wort ab und betrachtete daraufhin die Fotografien, die ausgebreitet vor ihm lagen. Das Schwarz-Weiß-Bild eines Mannes, der aussah, als ob er unfähig sei zu lachen, starrte ihn eiskalt an.

»Woher haben sie diese Informationen?«, fragte er nun doch leicht zögernd und spähte in die Runde der Anwesenden.

»Wir haben ein Telegramm von deutschen Agenten erhalten. Ein gewisser General Iblis ist auf dem Weg, um die Operationen der Separatistengruppe *Schwarze Hand* in Sarajevo zu unterstützen«, beendete der Offizier das, was er vorhin ausführen wollte.

Erzherzog Franz Ferdinand verstand, was sie von ihm wollten. Er sollte sich hier im Herzen von Österreich verstecken und einfach abwarten. Dieser Palast würde sein goldener Käfig sein und er sollte die Straßen nur noch umgeben von Leibwächtern betreten? Davor sträubte er sich.

»Ich soll meine Reise also absagen?«, fragte der Erzherzog bedächtig.

»Ja das sollten sie. Zumindest bis wir weitere Informationen von den Deutschen erhalten. Sie haben den Auftrag, den General auszuschalten, denn ohne Hilfe von außen geht von dieser Organisation in Bosnien keine Gefahr aus.« Fast schon flehend sprach einer der anwesenden Grafen.

Erzherzog Franz Ferdinand schaute sich erneut das Bild und die Unterlagen auf dem Tisch an. Die Gefahr konnte nicht geleugnet werden. Trotzdem wirkten die Risiken überschaubar. Ein schäbiger Haufen von Fanatikern, unterstützt durch einen General Iblis, wollte ihm ans Leder. Es war nicht mehr und nicht weniger.

Wenn er seine Reise jedoch nicht antrat, wäre das ein schlechtes Zeichen für die österreichischen Truppen auf dem Balkan. Es könnte auch Angst und Schwäche ausstrahlen und jeder, der sich als verletzlich zu erkennen gibt, würde irgendwann zum Opfer. Schwäche zeigen durften sie nicht, doch die Gefahr mussten sie zugleich ernst nehmen. »Ich werde gehen«, sagte Franz Ferdinand und verzog konzentriert sein Gesicht.

Einige der Anwesenden murrten leise, sein nobler und achtbarer Onkel legte seine Hände nachdenklich ineinander. Den Moment für ein Machtwort ließ er jedoch verstreichen. Stattdessen herrschte eine betretene Stille.

»Sobald sie neue Nachrichten haben, lassen sie mir diese zukommen. Ich werde aber morgen aufbrechen.«

Der österreichische Thronfolger hob bestimmt seinen Kopf und atmete tief ein.

»Sie sind entlassen.« Mit diesen Worten und einer knappen Geste beendete der Kaiser von Österreich die Besprechung. Erzherzog Franz Ferdinand verließ als erster den Raum.

Nach einem Moment der Konsternation ergriff einer der anwesenden deutschen Generäle das Wort.

»Dieser sture Erzherzog. Sein Dickkopf wird uns noch in den Untergang stürzen.«

»Er beharrt darauf«, sagte einer der Minister verkrampft.

Die Offiziere im Raum konnten die Gefahr, die über Franz Ferdinand schwebte, förmlich spüren. Jeder von ihnen war schon mehr als einmal dem Tod von der Schippe gesprungen. Doch gab es einen kleinen Unterschied zwischen einem Duell, in dem Mann gegen Mann fair kämpften, und einem hinterlistigen Attentat.

»Wir können nichts machen. Er hat seine Entscheidung getroffen und in wenigen Tagen wird er in Sarajevo ankommen.«

Mit diesem Satz zeigte der Kaiser, der noch immer an seinem Platz saß, dass es keine weitere Diskussion geben würde.

Einer der Offiziere nahm voller Wut seinen Dolch aus dem Halfter seines Gürtels und stach ihn mit aller Wucht in das Bild von

Gavrilo Princip, der zu der Gruppe der *Schwarzen Hand* gehörte. »Dieser junge Bursche ist ein Nichts, ein Niemand«, donnerte er los, während sein Dolch im Tisch vibrierte. »Vor denen brauchen wir uns nicht zu fürchten. Ein paar depperte Sprösslinge, die sich zu einer Gruppe zusammengeschlossen haben und sich *Schwarze Hand* nennen.«

Mit dem, was diese Offiziere und Generäle über jenen jungen Burschen dachten, hatten sie sogar Recht. Jedoch hatten sie keinen Schimmer davon, wer dieser General Iblis wirklich war. Er hatte sein Netz viel weiter gespannt, als sie es für möglich hielten. Alles war miteinander verwoben und perfekt eingefädelt. Er war gerissener als sie wähnten und nicht im Ansatz verstanden sie sein Wesen.

»Dann muss es eben so sein. Wir schicken unsere besten Leute mit Franz Ferdinand und planen die Route so gut es eben geht. Basta«, erteilte der Kaiser seinen Befehl, bevor er sich an den Kommunikationsoffizier wandte.

»Haben sich die Deutschen schon gemeldet?«

»Bisher habe ich nichts von ihnen gehört, euere Majestät.«

»Schicken Sie ein Telegramm nach Berlin. Wir konnten den Thronfolger nicht aufhalten. Die Deutschen sollen alles unternehmen, damit dieser General Iblis nicht nach Sarajevo gelangt«, wies ihn der Kaiser an.

»Wird gemacht. Ich schicke es gleich los.«

Nacheinander verließen die Anwesenden den Raum. Ihre Sorge über das, was sie befürchteten, nahmen sie jedoch mit. Das verriet das Gemurmel auf dem Flur. »A bisserl leichtsinnig.« »Er ist töricht.« »Eine Farce.«

Jeder fand seine eigenen Worte und manche fühlten sich unbehaglich, weil das Geschick nicht in den eigenen Händen lag.

Die Blutspur

UNTER STARKEN SCHMERZEN DREHTE SICH Gunde vom Rücken auf die Seite und starrte gegen die Wand. Sie konnte dieses Scheusal, das immer noch neben ihr lag, nicht ansehen.

Sanft legte General Iblis währenddessen seine Hand auf ihre Schulter, sagte anzügliche, widerwärtige Dinge und zog mit seinem Fingernagel eine weitere blutige Kerbe in ihre Haut. Er liebte es, unnötig grausam zu sein. Einsam rollte eine rot verfärbte Träne über Gundes Wange, während sie leise wimmerte. Solche Demütigung und Pein hatte sie noch nie erfahren. Ihr Magen rebellierte. Langsam zog sie ihre Knie fest an ihren Körper. Wasser. Ihre Gedanken drehten sich einzig darum, ihn von sich zu waschen, ihn abzuspülen und alles, was er berührt hatte, zu reinigen.

Es wurde leer und still in ihr. Totenstill. Er hatte ihre Seele zerstört. Ohne in einen Spiegel zu schauen, wusste Gunde, dass sie sich ab heute nicht mehr selbst lieben konnte. Ihre Gedanken quälten sie und stellten ihr Fragen, auf die sie keine Antwort fand.

»Ich werde dich weiterempfehlen«, spottete der General voller Verachtung. Auch General Iblis dachte noch an die letzte Nacht. Es gab für ihn nur wenige Dinge, die ihm eine solche Freude bereiteten, wie eine Seele zu brechen. Voller Genuss strich seine raue Zunge ein letztes Mal über das Blut auf ihrem Rücken.

»Wenn ich das nächste Mal in der Stadt bin, stehst du mir wieder zu Diensten! Hast du verstanden?« Gunde erwiderte nichts, drehte sich auch nicht um. Sie zog ihre Beine noch fester gegen ihre Brust. Sie hatte verstanden. Und sie hatte keine Wahl. Sie hob den Kopf kaum merklich an und nickte. Zusammengekauert lag sie da und Tränen rannen über ihr Gesicht.

Sie nahm nicht mehr wahr, wie der General aus dem Bett glitt und anfing, sich anzukleiden. Dann endlich drückte er die Klinke der Tür herunter und verließ das Zimmer.

Minutenlang lag Gunde auf dem Bett. Ihr Atem war flach und unregelmäßig. Sie ekelte sich vor sich selbst und schleppte sich schließlich auf allen Vieren zur spanischen Wand. Mit einem Lumpen rieb sie sich sauber, stützte ihren Kopf auf ihre Knie, weinte bitterlich und wusch sich, so gut es ging. Dann raffte sie verwirrt ihre zerzausten Haare zusammen. Was hier geschehen war, musste ihr Geheimnis bleiben. Ihre dunkle Geschichte. Der Teil ihres Lebens, den sie mit in den Tod nehmen würde. Ein Stück von ihr war ja bereits in dieser Nacht gestorben.

Der General hatte derweilen das Haus verlassen und im Hinausgehen einige Bannworte gemurmelt. Er war ein Scharlatan und Magier. Er verfluchte, wen er wollte und seine Worte brachten den Tod. In diesem Wirtshaus hatten ihn Menschen ausgelacht und verspottet, deshalb sollte ab heute ein dunkler Schatten über diesem Ort liegen.

Ohne Umwege marschierte er hinüber zur Scheune. Bevor er heute in See stechen würde, hatte er noch einiges zu erledigen. Er musste die Pferde und die Kutsche verkaufen und auch dabei würde er jemanden betrügen. Denn die Tiere würden den Weg zu ihm finden und in einigen Wochen sollten sie wieder auf der Koppel vor seinem Anwesen weiden. Ihr neuer Besitzer würde sie suchen und nicht finden, denn wie seine Sklaven gehörten auch die Tiere zu ihm.

»Bursche!« Kräftig und unüberhörbar hallte die Stimme des Generals durch die Scheune, als er vor dem Verschlag der Pferde stand.

Dieser nichtsnutzige Stallbursche, dieser Träumer und Schläfer, wo trieb er sich nur wieder herum? Warum waren die Pferde noch nicht gefüttert? In Gedanken teilte der Meister die Menschen in Über- und Untermenschen ein. In solche, die herrschten und solche, die dienten. In diejenigen, die es verdienten zu leben und jene, die nur lebten, um zu dienen. Er perfektionierte diesen Gedanken. In wenigen Jahren würde er die Menschheit damit verseuchen und gegeneinander aufhetzen.

Wie ein Paukenschlag zerriss der Ruf meines Meisters die morgendliche Stille. Ich rappelte mich hoch und kroch aus der Kutsche.

»Entschuldigt, Meister. Ich schaue sofort nach den Pferden«, sagte ich und wagte nicht, ihn anzuschauen, denn ich wusste, dass ich meinen Pflichten nicht nachgekommen war.

Des Meisters Antwort bestand darin, dass seine flache Hand in meinem Gesicht landete.

»Hoffe du bist jetzt wach, du Träumer.«

Beschämt senkte ich meinen Kopf und drückte meine Tränen mit einem Blinzeln zurück. Lob würde es bestimmt nicht geben, wenn ich ihm schilderte, was ich alles in der letzten Nacht erlebt hatte. Schließlich durfte ich bestimmt nichts von dem geheimen Fach wissen. Und wenn doch, dann würde es mit Sicherheit erneut eine setzen, weil ich den Koffer nicht gut genug bewacht hatte. Also schwieg ich lieber.

Grundlose Schläge gehörten zu dem, was ich schon mein Leben lang erfuhr. Trotz dieser Brutalität, der zum Himmel schreienden Ungerechtigkeit und der Diktatur der Angst fühlte ich mich meinem Meister gegenüber verpflichtet.

In diesem Augenblick blitzte vor meinem inneren Auge wieder ein Bild aus meiner Vergangenheit auf. Ich sah Nebel und Rauch. Ein großes, vornehmes Haus stand in Flammen. Schreie waren zu hören. Menschen standen gefesselt in den Fenstern, aus denen die Flammen loderten. Ich hörte, dass jemand meinen Namen rief. Dann sah ich verkohlte Grimassen und der Gestank von verbrannten Haaren reizte meine Nase.

Wer war ich? Offensichtlich mehr als nur ein Diener. Jemand mit einem Namen. Menschen sorgten sich um mich und wollten mich retten. Doch als das Feuer mein altes Leben zerstörte, blieb davon nur noch ein Haufen Asche. Dann trat er in mein Leben. Wie, das kann ich nicht mehr sagen. Plötzlich stand er an meiner Seite, gab mir gönnerhaft einen Mantel, nahm mich bei sich auf und gab mir ein neues Zuhause.

Und wieder zerrann meine Erinnerung und wich Ängsten und Fragen.

»Wir gehen zum Hafen. Hol das Gepäck, wir nehmen das nächste Schiff nach Caen«, fuhr mich mein Meister in seinem üblichen Befehlston an und sofort machte ich mich auf den Weg.

Einige Straßen weiter, im Haus der Familie Sigmundsson, beriet man sich, doch Gunde nahm die Worte der anderen Agenten kaum wahr. Sie war äußerlich anwesend, doch ihr Innerstes war wie betäubt.

Der neue Auftrag, den die Gruppe per Telegramm aus Berlin erhalten hatte, lautete: General Iblis muss ausgeschaltet werden. Deshalb sollten nun drei von ihnen ihm folgen und ihn unauffällig und lautlos beseitigen.

Mit Hilfe einer falschen Haarpracht und frischer Kleider verwandelte sich Gunde nun in eine neue Persönlichkeit. Dann packte sie die nötige Ausrüstung zusammen und machte sich auf den Weg.

Keiner der drei Deutschen, die dann das Haus verließen um den General zu suchen, ahnte auch nur im Geringsten, was vor ihnen lag. Nur bruchstückhaft hatte einer dem anderen von den Erlebnissen der letzten Nacht berichtet. Dass der General anscheinend nichts außer schierem, grenzenlosem Hass in sich trug und sein innerstes Wesen aus purer Dunkelheit bestand, erzählte Gunde nicht. Und dass sie bei ihrer Beratung in der vergangenen Nacht von einem jungen Mann belauscht worden waren, sollte für immer ein Geheimnis bleiben.

»Du bleibst unten beim Gesindel! Wehe Dir, Du lässt dich auf einem der oberen Decks blicken!«, schnauzte er mich an und der Wind wehte seinen Speichel in mein Gesicht.

Während er sprach, umklammerte mein Meister die silberne Reling und stierte auf die Menschen, die sich nach und nach auf dem Schiff verteilten. Ohne Widerworte sog ich noch eine tiefe Brise der frischen Meeresluft ein, knetete verstört meine Hände, drehte mich auf dem Absatz um und stampfte im Gleichtakt mit den anlaufenden Maschinen davon. Ich wusste, dass mein Meister jeden Fehltritt, und sei er noch so klein, rigoros bestrafte. Trotzdem verehrte ich ihn, denn er sorgte für mich. Mit dieser elenden Mischung aus Zuneigung und Abscheu stieg ich missmutig hinab in den Bauch des Schiffes.

Der Strom von Menschen, der im Nieselregen über den wackeligen Steg auf das Schiff schwappte, ebbte ab. Nur noch vereinzelte Personen tröpfelten vom Land an Bord. Kinder alberten und hüpften auf einem Bein die Planken hinauf, während ihnen ein älterer Mann, auf seinen Stock gestützt, folgte. Als General Iblis sah, dass die Matrosen begannen, die letzten Taue zu lösen, und ein weiterer Matrose in seiner eleganten Seemannskluft sich auf den Weg machte, die Gangway einzuholen, drehte sich auch General Iblis um und verließ seinen Platz an der Reling.

Hätte er etwas mehr Geduld gehabt, wären ihm die zwei Männer mit Sicherheit merkwürdig vorgekommen, die mit ihren großen Regenschirmen und in Begleitung einer blonden Frau als Letzte das Schiff betraten. Vielleicht hätte er sich ja sogar daran erinnern können, wo er die Silhouette der etwas fülligeren Blondine, deren falscher Haardutt beim Gehen wippte, schon einmal gesehen hatte; schließlich lag ihre letzte Begegnung erst einige Stunden zurück.

»Wie lange wird unsere Überfahrt dauern?« General Iblis stand direkt vor dem Brückenhäuschen. Da er schon bald in Sarajevo erwartet wurde, würde jede Verzögerung einen herben Rückschlag bedeuten.

Der Schiffsjunge beäugte schielend sein Gegenüber und wischte sich eine vom Nieselregen triefende Haarsträhne aus dem Gesicht. Ein feiner Saum an der Oberlippe verriet seine Jugend.

»Sehen sie die Wolken, die sich dort oben zusammenziehen?«, sagte er tranig und mampfte gelangweilt auf seinem Kautabak herum.

General Iblis schaute aus Prinzip nie nach oben und erst recht nicht in den Himmel. Mit einem versteinerten Ausdruck stierte er auf die noch jugendliche, reine Haut des Schiffsjungen.

»Normalerweise dauert die Fahrt sieben bis acht Tage, aber es ist schwer voraussehbar. Das Meer schreibt seine eigenen Gesetze.«

Mit diesen schnippischen Worten drehte der Seemann General Iblis seinen Rücken zu und ging davon.

Wäre der General in seiner Funktion als hoher Militär unterwegs gewesen oder auf seiner Insel, wäre dieses Gespräch anders verlaufen. Der Junge hätte Hochachtung vor ihm gehabt und ihm mehr Respekt gezollt. Aber er reiste inkognito. Seine Macht war hier begrenzt – begrenzt und doch vorhanden.

Unbemerkt folgte ihm der General und streifte mit seiner Hand den Saum des Regenmantels, der den Matrosen vor dem rauen Wetter schützte. Im selben Augenblick kroch ein ekelhafter Aussatz über dessen Körper, der ihn den Rest seines Lebens quälen sollte.

Ich lag bereits unter Deck auf einer Pritsche aus Brettern und starrte an die Decke. Dabei kreisten meine Gedanken um die Bilder der letzten Nacht. Die Leiche auf dem Dachboden, der geheimnisvolle Mann, der die Kutsche durchsucht hatte, die Frau, die mir das Leben rettete. Diese Reise war anders als alle bisherigen. Als das Schiff mit einem lauten Röhren seinen Liegeplatz verließ, stiegen aus den zwei Schornsteinen dunkle Rauchschwaden in den Himmel auf. Ich spürte, wie die Wände in meiner Kabine durch die unheimliche Kraft der Maschinen leicht vibrierten. Ungelenk drehte ich mich auf meiner kratzigen Strohmatratze zur Seite und berührte ehrfürchtig mit meinen Fingerspitzen die Stahlwand, die in den nächsten Tagen meinen einzigen Schutz vor dem eisigen Meer bot.

Irgendwann ertappte ich mich dabei, wie ich das rhythmische Dröhnen des Schiffes aufnahm und leise immer wieder die Bitte vor mich hin brummte, dass ich diese Fahrt gut überstehen möge. Mein Meister hatte mir schon oft eingeschärft, dass es verboten sei, so zu sprechen. Aber insgeheim hoffte und ahnte ich, dass jemand meine Worte hörte. Jemand, dem ich ungefiltert sagen konnte, was ich dachte.

Genau ein Deck höher bezogen in diesem Moment die beiden Männer mit ihrer Begleiterin ihr etwas komfortableres Quartier.

»Hätten wir diesen Auftrag schon gestern erhalten, wäre das Ganze wesentlich leichter gelaufen.«

Friedrich sprach leise und auf Deutsch. Er sorgte in dieser Gruppe für eine reibungslose Kommunikation zwischen den Verbündeten und konnte sich in vielen Sprachen fließend unterhalten. Karl hingegen konnte ohne Worte Menschen zum Reden bringen. Er war es gewesen, der den Koffer aus der Kutsche gestohlen und später wieder dorthin zurück gebracht hatte. Gundes Fähigkeiten waren von allen die vielseitigsten. Sie besaß Waffen, die keiner der Männer tragen konnte. Sie hatte ein Gespür für Situationen und war der eigentliche Kopf der Gruppe. Zumindest bis gestern Nacht. Die Stunden mit General Iblis hatten ihr Herz verändert und ihre Seele zerstört.

Die drei nahmen an dem kleinen Holztisch in ihrer Kajüte Platz und diskutierten die Möglichkeiten, ihre Mission auf der *Dream of the Ocean* umzusetzen. Sie waren sich einig: Der Diener, der mit dem General reiste, stellte zwar keine Gefahr dar, aber er stand auf der falschen Seite. Sein Ableben war somit beschlossene Sache. Sie müssten nur auf den richtigen Zeitpunkt warten.

Ein Deck über den deutschen Agenten residierte General Iblis. Seine Kabine gehörte zu den luxuriösesten des Schiffes. Neben einem gepflegten Bett gab es in seinem Zimmer noch einen

Schreibtisch sowie eine Waschecke. Auch ohne Orden reiste er standesgemäß.

Die ersten Tage auf See verliefen ruhig. Leichter Regen wechselte sich mit klaren Tagen ab. Doch dann drehte der Wind und dunkle Wolken zogen auf, die sich in eine Front aus Schwarz verwandelten. Die Atmosphäre war angespannt, Donner rollte heran und flackernde Blitze zerrissen die Wolken und schimmerten auf dem Meer. Der General stand vor dem Bullauge seiner Kabine und schaute auf das Schauspiel der Natur. Ein kleineres Schiff wäre zum Spielball der Wellen geworden. Die *Dream of the Ocean* hatte jedoch ausreichend Tiefgang, um trotz der aufbrausenden Wellen einigermaßen ruhig im Wasser zu liegen.

General Iblis liebte Unwetter. Dann hörten die Vögel auf zu singen und die Erde wurde zunehmend von Angst erfüllt. Jeder Blitz brachte Zerstörung in die Welt. Was konnte es Herrlicheres geben als einen Baum, der in Flammen aufging, oder eine Scheune, die restlos niederbrannte? Er stand still und genoss, was er sah, während einige Decks unter ihm sein persönlicher Sekretär unruhig dem Knarzen und Ächzen des Metalls lauschte.

Um mich herum kauerten diejenigen, die – wie ich selbst – für die Herren dieser Welt keinen Wert besaßen: Habenichtse, Geistesschwache, Diener und Gesindel. Wir waren eingepfercht wie Tiere.

Die Maschinen im angrenzenden Maschinenraum heulten laut und liefen auf Hochtouren. Das Schiff lag unruhig im Wasser und das Stahlgehäuse stöhnte unheimlich unter der Kraft der Naturgewalten. Vielleicht würde sich die See bald wieder beruhigen. Vielleicht wuchs der Sturm aber auch zu einem lebensbedrohlichen Orkan an. Wer dann hier unten im Bauch des Schiffes lag, dessen Leben zählte nicht. Keiner hier würde Platz auf einem Rettungsboot finden.

Bei diesem Gedanken überfiel mich eine unbändige Angst. Deshalb drehte ich mich zur Tür, denn ich wusste, dass sie nicht verschlossen war. Noch nicht.

Unauffällig musterte ich diejenigen, die mit mir hier unten lagen, und sah, dass keiner mich beachtete. Bestimmt könnte ich mich in einem der oberen Decks verstecken und dort das Ende des Sturms abwarten.

Also schob ich mich mühsam von meiner Matratze, strauchelte zur Tür und öffnete sie ein Stück. Fades Licht erhellte den Flur. Der schwere Geruch von Öl lag in der Luft und das Hämmern der Maschinen dröhnte hier noch lauter. Ich drückte die Tür noch einige Zentimeter weiter auf und schlüpfte in den Gang.

»Zurück mit dir!«, unflätig wurde ich von einem ölverschmierten Mann, der über den Gang lief und mich dabei anrempelte, angeschnauzt. In der Hand hielt er einen großen Schraubenschlüssel und Sekunden später war er hinter der Tür mit der Aufschrift »Maschinenraum« verschwunden.

Angesichts des Sturms hatte der Maschinist keine Zeit, meinen Rückzug in mein Quartier zu kontrollieren. So stand ich nun allein im Gang und ergriff sofort die Chance, die sich mir hier bot. Ich musste einfach hier raus und einen Ort finden, von dem ich, falls der Sturm noch an Stärke gewann, irgendwie auf ein Rettungsboot gelangen könnte. Die Angst, in einem stählernen Grab auf den Grund des Meeres zu sinken, war größer als die Furcht vor meinem Meister. Ohne mich umzublicken, setzte ich meinen Fuß auf die Treppe, die nach oben führte.

»Hatte ich dir nicht gesagt, du sollst verschwinden?« Der Matrose war wieder aufgetaucht und rannte nun an mir vorbei die Treppe nach oben. Vielleicht war er ja der Verbindungsmann zwischen Brücke und Maschinenraum und lief, um neue Befehle vom Kapitän entgegen zu nehmen?

Kurz darauf hörte ich seine Stimme erneut, doch dieses Mal in einem weitaus freundlicheren Ton: »Passen sie doch auf!« Irgendjemand musste sich wohl auf dem Gang am Ende der Treppe befinden. Irgendjemand, der es offenbar verdiente, mit »Sie« angesprochen zu werden.

Inzwischen war ich vorsichtig die Treppe weiter nach oben gestiegen. Um unbequemen Fragen aus dem Weg zu gehen, wollte ich auf jeden Fall niemandem begegnen. Am oberen Gang angelangt schaute ich unauffällig um die Ecke. Erleichtert registrierte ich, dass sich keiner mehr dort befand; auch der Maschinist war verschwunden. Zum einen freute es mich zwar, zum anderen kam es mir allerdings seltsam vor. Dieser Mann musste sich doch noch vor kurzem in diesem Gang aufgehalten haben. Und wieso lag der große Schraubenschlüssel, den er vorhin so fest in der Hand gehalten hatte, nun auf dem Boden? Nachdenklich lief ich weiter und kletterte ein weiteres Deck empor.

Hier mussten sich die Zimmer der Reichen befinden. Der Flur war mit Teppich ausgelegt, an den Wänden hingen Leuchten und die Türen zu den Kabinen besaßen silberne Namensschilder. Leicht geduckt und auf mein Gleichgewicht bedacht gelangte ich vorwärts, doch dann stockte ich und hielt aufgeregt inne.

Meinen Herrn sprach ich nur mit gesenktem Kopf und dem Titel Meister an. Aber ich hatte auf den Fahrten aufs Festland manchmal aufgeschnappt, wie andere ihn als General oder gar als General Iblis bezeichneten. Jetzt las ich eben diesen Namen auf der Tür in der Mitte des Gangs. Auch die Nummer der Kabine stimmte, denn er wohnte, wann immer es ging, im Zimmer Nummer sechs. Diese Zahl gehörte zu ihm wie der Ziegenkopf auf seinem Siegelring, den er an seiner rechten Hand trug. Seltsame Symbole, grausame Rituale und mystische Zeichen waren untrennbar mit ihm verbunden. Hier also wohnte mein Meister.

Wäre ich nicht stehen geblieben und stattdessen direkt davon geeilt, hätte ich einfach über die nächste Treppe verschwinden können. Stattdessen hörte ich, wie sich vom unteren Deck Stimmen näherten. Mindesten zwei Personen stiegen die eisernen Stufen empor.

Deshalb verschwand ich blitzschnell in der kleinen dunklen Nische, die sich zwischen dem Aufstieg zum Oberdeck und der Wand befand. Dort drückte ich mich an die Wand und spähte durch die Treppenstufen.

Fassungslos sah ich, wie eine blonde Frau in den Gang schwankte und vor dem Zimmer meines Meisters stehen blieb. Rasch blickte sie durch den Gang, dann stieß sie zwei Pfiffe aus. Offensichtlich das Signal, dass die Luft rein sei, denn drei weitere Personen betraten nun den Gang.

Durch einen Spalt erkannte ich die erste Person wieder – sie trug dieselben Stiefel wie der Bettler in Reykjavík. Zwischen ihm und seinem Komplizen stand verängstigt der Matrose von vorhin. Die Frau nickte zur Tür und flüsterte dem Seemann etwas ins Ohr. Direkt im Anschluss postierten sich die zwei Männer dicht an der Wand und der zu Tode geängstigte Maschinist hämmerte mit seiner Faust an die Tür mit der Nummer sechs.

«Schneller, das muss schneller gehen! Du armselige Geburt! Du Wurm! Nur der Schnellste überlebt!» General Iblis Ausbildung beim Militär lag zwar schon einige Jahre zurück, doch war es ihm möglich, die Bilder und das Wissen dieser Jahre jederzeit abzurufen. Nicht ohne Grund hatte er sich, auch ohne blaublütigen Stammbaum, vom einfachen Gefreiten bis hin zum General nach oben gearbeitet.

Anfangs fiel den Ausbildern seine unglaublich zähe Art auf. Durchbeißen bis zum Schluss. Doch je höher der Rang, den er anstrebte, desto mehr ging es nicht mehr um die rein körperlichen Konditionen. Von einem General wurde erwartet, dass er in der Lage war strategisch zu denken. Ein General musste Truppen befehligen und diese in den Kampf schicken. Und genau dies beherrschte Iblis besser als alle anderen. Dabei fanden in der verborgenen Welt weit größere Schlachten statt als auf den Feldern des Teutoburger Waldes oder im dreißigjährigen Krieg.

Eines Tages fiel einem der ranghöchsten Offiziere auf, wie weit Soldat Iblis bei den Militärübungen im Voraus dachte, wie er verschiedene Möglichkeiten im Kopf durchspielte und auf unerwartete Änderungen immer souverän reagierte. Denn Iblis liebte den Krieg. Er liebte es, wenn man sich gegenseitig niedermetzelte, wenn alles Menschliche verloren ging.

So erreichte er problemlos sein Ziel und wurde zu einem ihrer Generäle. In den verschiedensten Ländern spielte er dieses Spiel, brachte es zu höchsten Positionen und besetzte dann die entscheidenden Stellen durch seine Getreuen – ohne dass es jemandem auffiel. Immer tiefer drang er in ihre Strukturen. Sie vertrauten ihm. In schwierigen Fragen konsultieren sie ihn. Seine Beziehungen reichten bis in die höchsten Ebenen. Bei Bordeaux und Tabak verfilzte er ihre Gedanken.

General Iblis hatte den Weg des Militärs bewusst gewählt. Auch ohne die Ausbildung hätte er die Menschen einfach blenden und belügen können. Es wäre für ihn ein Leichtes gewesen, sich zu verstellen und eine hohe Position zu erhalten. Doch er wollte sie verstehen. Er wollte den Krieg der Menschen perfektionieren und hatte deshalb diesen Weg gewählt.

Keiner konnte kämpfen und töten wie er, und doch hatte er beim Militär Dinge gelernt, die ihm außerhalb seines Reichs einige Vorteile brachten. Aus diesem Grund hatte er sich, bis der Sturm aufgezogen war, das Schiff genau angeschaut und sich jeden Winkel und jede Tür eingeprägt.

Erneut hämmerte es an der Tür. General Iblis drehte sich vom Bullauge weg und steckte seine Sanduhr in die Innentasche seines Mantels. Er rechnete damit, dass die Deutschen oder Österreicher versuchen würden jeden aufzuhalten, der sich in die Machenschaften auf dem Balkan und die Operation der *Schwarzen Hand* einmischte. Sie hatten ihn schon des Öfteren auf seinen Reisen beobachtet, das wusste er. Vermutlich ahnten sie, dass er sich auf dem Weg nach Bosnien befand. Deshalb sollte er Frankreich nie erreichen. Einen Ausweg aus dem Zimmer gab es nicht. Die Tür war der einzige Fluchtweg.

Reflexartig nahm General Iblis ein paar seiner Kleider aus dem Koffer, stopfte sie unter die Decke seines Bettes, holte die Bettpfanne aus ihrer Halterung und bastelte daraus einen provisorischen Kopf.

»Alle Passagiere sofort auf das Oberdeck. Rettungswesten anziehen«, schallte es durch die Tür.

Vielleicht blieben ihm noch ein paar Sekunden. Schnell band er sein Seil an einen der Bettpfosten und behielt das andere Ende in seiner Hand. Dann duckte er sich hinter die Tür, nahm seine Handsichel hervor und drehte in seiner Jackentasche die Sanduhr um.

Eigentlich lechzte er nach dem, was nun vor ihm lag. Sie konnten ihn nicht stoppen. Wenn sie wüssten, an wessen Tür sie klopften, hätten sie sich nie so dicht herangetraut.

»Alle Passagiere müssen sich sofort auf dem Oberdeck versammeln und Rettungswesten tragen.« Wiederholte die Stimme eindringlich.

Nach einer kurzen Pause öffnete sich die Tür knarrend. Der Maschinist trat einen Schritt vor und seine Gestalt spiegelte sich im Fenster des Bullauges. Sein Gesicht war fahl, die Hose nass und seine Stimme hatte fahrig geklungen. Alle diese Indizien ließen nur einen Schluss zu: Er wurde vorgeschickt.

Abwartend hielt der General sein Seil in seiner Hand. Einen Moment später, schlug die Gischt einer riesigen Welle gegen das Bullauge. Die kraftlosen Knie des Matrosen konnten den Ruck, der durch das Schiff ging, nicht ausgleichen. Er stürzte zu Boden, fing sich mit den Händen ab und ließ sich zur Seite rollen. Dabei trafen sich ihre Blicke.

Mit lodernden Augen starrte General Iblis zu dem auf dem Boden liegenden Mann. Mit seinem Blick, dem bösen Blick, brachte er es nicht nur fertig, Menschen zu blenden und zu manipulieren. Er konnte sie im äußersten Fall sogar bis in den Tod treiben. Doch die Zeit des Maschinisten war noch nicht abgelaufen. Also manipulierte er seine Gedanken und gab ihm ein, was er sagen sollte.

Der Maschinist rappelte sich benommen wieder auf und wandte sich zum Bett.

»Hier ist keiner! Da sind nur Klamotten unter der Decke.«

»So eine Scheiße!« Fluchend betrat Friedrich die Kabine und ließ die Waffe sinken. Karl zögerte einen Moment und folgte ihm angespannt.

Aus seinem Versteck beäugte General Iblis jeden ihrer Schritte. Den Ersten ließ er noch ungehindert über sein provisorisches Hindernis bis zur Außenwand gehen. Als jedoch Karls Fußspitzen sich kurz vor dem Seil befanden, zog er es stramm, sprang nach vorne und umgriff den fallenden Körper. Gleichzeitig schlitzte seine Sichel in Sekundenbruchteilen Karls Körper in zwei leblose Hälften: vom Bauch, durch das Brustbein, bis unter die Nasenspitze.

Solch eine Klinge gab es kein zweites Mal. Geschmiedet in den Feuern seiner Insel, mit einem Stahl, von dem diese Winzlinge auf dem Festland nur träumten. General Iblis lachte hässlich, als sein erstes Opfer stöhnend starb. Voller Lust am Töten zerfetzte er krachend dessen Brustkorb, umschloss mit seiner Hand das Herz und riss es heraus. Wie ein Spielzeug warf er es in die Luft und fing es mit spitzen, verfaulten Zähnen auf.

Friedrich zitterte und kreischte. Panisch schoss er mit seiner Waffe auf seinen toten Kollegen und hoffte, dass die Kugeln doch auch den Mann dahinter töten würden. Doch das taten sie nicht. Stattdessen färbten sich auf unerklärliche Weise die Wände rot und groteske Fratzen sprangen ihm entgegen.

Während Karl bereits tot im Raum lag, hoffte Friedrich noch darauf, dieses Zimmer wieder verlassen zu können. Er wollte nur noch raus, weg von hier und fliehen, diesem Monster nie wieder begegnen. Nacktes Entsetzen hatte ihn gepackt.

General Iblis labte sich an der Verzweiflung der Menschen und es überkam ihn jedes Mal ein angenehmes Kribbeln, wenn sie starben. Denn viele hatten ihre Lebenszeit nicht genutzt, um sich auf den Abgang vorzubereiten. Jetzt wehrten sie sich mit Händen und Füßen gegen den Tod. Bis zum letzten Atemzug klammerten sie sich an ihr Leben. Wieso sie so an dieser Welt hingen, verstand er nicht. Es gab Hunger, Krankheiten und Traurigkeit – Heimsuchungen jeder Art plagten die Menschen, überstiegen das Maß des Erträglichen und raubten einem die Lebensfreude. Beständig hing das Leben an einem seidenen Faden. Gleichzeitig drehte sich jeder nur noch um sich selbst und war sein eigener Gott. Diese Welt war nur noch ein Abglanz von ihrer ursprünglichen Herrlichkeit. Trotzdem liebten die Menschen sie, denn sie wussten es nicht besser. Sie wussten nicht, wie schön es einst gewesen war. Am Anfang, als alles aus dem Nichts entstand ...

Verzweifelt warf Friedrich sich nach vorne und versuchte, zwischen seinem zerfleischten Kollegen und dem Maschinisten, der sich unter das Bett geflüchtet hatte, zur zugefallenen Tür zu gelangen. Panik, Angst und Hoffnungslosigkeit waren die letzten Dinge, die Friedrich auf seinem Weg in den Tod begleiten. General Iblis ergriff das Seil, das er eben noch als Stolperfalle benutzt hatte, und schlang es seinem Opfer um den Hals. Die Schlinge des Todes zog sich zu und kleine Schaumbläschen bildeten sich vor Friedrichs Mund. Das boshafte Gelächter des Generals geleitete Friedrich auf seinem letzten Weg.

Als das Winseln verstummt war und Friedrichs Bein ein letztes verzweifeltes Zucken von sich gab, ließ General Iblis das Seil langsam los und lehnte sich an die Tür. Dann fiel ihm ein, dass der Matrose immer noch unter dem Bett lag. Rasch signalisierte er ihm, aus seinem Versteck herauszukommen. Gefangen vom Blick des Generals gehorchte der Mann. Obwohl er die verstümmelten Leichen sah, vertraute er dem Mann, der ihm dort gegenüber stand.

»Wie viele wollten mich töten?«, fragte General Iblis den Matrosen leise. Der hob die Hand: Drei. Einer war also noch übrig. Eine Person stand noch auf der anderen Seite der Tür.

Abids Reise – der Aufbruch

ABID WAR EIN BESONDERER MENSCH. Er trug die Ewigkeit in seinem Herzen, eine kaum in Worte zu fassende Sehnsucht nach Halt in einer sich ständig verändernden Welt.

Sicher, die Menschen hatten vieles erreicht: Die Weite der Erde war vermessen, die Tiefen der Psyche waren ergründet. Der Mensch hatte alle Zwänge abgelegt und sich in den Mittelpunkt der Erde gestellt; er war anscheinend nicht länger angewiesen auf eine überweltliche Macht.

Hier in seiner Heimatstadt Baku am Kaspischen Meer war nichts mehr wie noch zu seiner Jugendzeit. Überall bohrten die Menschen nach Öl und die Stadt wuchs in einer rasenden Geschwindigkeit. Früher reisten die Händler von hier aus über die Seidenstraße nach Europa oder verschifften Waren Richtung China. Doch längst hatte eine neue Ära begonnen.

Die Menschen besaßen mehr als je zuvor – und blieben doch irgendwie leer und einsam. Alles wurde einfacher, der Wohlstand nahm ständig zu – und trotzdem wirkten viele gehetzt und unzufrieden. Eine Menschheit voller Selbstsucht und Schmerz. Die Herzen waren zerrüttet und die Seelen verkümmert unter dem Druck der Welt. Viele seiner Nachbarn lebten ohne einen Glauben oder hatten zu viel gesehen, um noch glauben zu können. Sie bewegten sich in ihren Traditionen, doch waren diese längst zu leeren Ritualen verkommen. Ihr Nein zu allem Übernatürlichen war das Ja zu einem Leben ohne letztes Ziel und festen Grund.

Doch Abid spürte, dass es mehr geben musste als die Dimensionen, in denen er lebte, und mehr als die äußeren Formen, die es zu wahren galt. Deshalb wurde er zum Pilger. Abid bereiste die Erde, um das zu finden, was er so sehnlichst suchte. Er suchte nach dem Grund des Lebens, dem Sinn des Seins.

In Mittelamerika hatte er auf den Stufen der Mayatempel gestanden, hatte die alten Riten studiert; doch auch dort fand er nicht, was er suchte. Auf seiner letzten Reise gelangte er bis zu dem roten Felsen im Herzen von Australien. Einsam stand er auf dem obersten Plateau; doch um ihn war nichts als die Stille, die ihn höhnisch fragte:»Du Narr, was suchst du hier, hier bin nur ich und nun lass mich alleine. Gibt es denn niemanden, der auf dich wartet und für den du da sein solltest? Die Stille will ihre Ruhe.«

Diese Stille offenbarte ihm seine Schwäche. Er reiste aus Sehnsucht, doch sein Egoismus entfremdete ihn von der eigenen Familie. In Armut war er aufgewachsen, doch längst hatte er es zu Reichtum gebracht. Er wollte, dass seine Kinder es besser haben sollten als er. Aber Abid verstand nicht, was sie sich wirklich wünschten. Er hätte aufhören sollen zu reisen und seinen Reichtum zu mehren, um für sie da zu sein. Doch nahtlos war aus der Sehnsucht eine Sucht geworden, aus dem Reisen ein Zwang.

Aufgrund seiner Reisen wurden die Sammlungen in seinem Antiquitätenhandel immer größer: Masken aus Ton, verzierte Speere, Vasen aus Porzellan.

Als die Schätze der letzten Fahrt verstaut waren und er in seinem Sessel saß, kam seine jüngste Tochter und legte ihren Kopf in seinen Schoß. Alle anderen Kinder hatten sich längst von ihm abgewandt; nur zu ihr gab es noch ein dünnes Band.

Hamide hörte ihm fasziniert zu, wenn er von seinen Reisen erzählte. Sie schmiegte sich an seinen Kaftan aus feinstem Damast und bewunderte die goldene Brosche, die seinen Turban schmückte. Hamide war jung und liebte die Geschichten ihres Vaters. Als sie vom Kind zur Frau heranwuchs, begriff sie mehr und mehr, dass die Welt in jeder Hinsicht größer war als der Ort, an dem sie lebten.

Auch wenn Abids letzte Reise vergebens war – er konnte nicht aufhören zu pilgern. Nur wenige Monate später füllte er erneut seine Taschen: Ein Kanister mit Wasser, Vorräte für die ersten Wochen und Karten vom Süden, den er nun bereiste.

»Wann werden wir dich wiedersehen?«, fragte Hamide, die ihre Mutter dabei an der Hand hielt.

Abid senkte seinen Blick: »Hoffentlich bald«, war seine Antwort. Damit drehte er sich um und ging. Dass er diesmal keine Schätze und doch viel mehr mit nach Hause bringen sollte, konnte er in diesem Moment noch nicht erahnen.

Vor einigen Wochen hatte ihm seine Frau vorgeschlagen, zwischen Euphrat und Tigris sein Glück zu suchen. Sie konnte die langen Zeiten ohne ihn nicht mehr ertragen. Anfangs war ihm dieser Gedanke zuwider, doch ihr zuliebe sichtete er Karten von den Ländern im Süden.

Als Abid schließlich aufbrach, reiste er immer entlang des Tigris und gelangte auf diesem Weg weit in das Herz des Zweistromlandes. Eine Region, die nahezu vor seiner Haustür lag. Bisher hatte er sein Glück an den entfernten Enden der Erde gesucht. Vieles hatte er dort gefunden, aber nicht das, was er suchte.

Nach etlichen Tagesreisen tauchte vor ihm ein kleiner Ort auf. Die Sonne brannte und die Menschen blieben im Schatten ihrer Häuser. Einzig und allein eine Frau stand am Brunnen außerhalb des Dorfes. Sie musste eine Geächtete sein, denn sonst hätte sie wie alle anderen die Mittagssonne gemieden und wäre am Morgen oder Abend gemeinsam mit den anderen Frauen losgezogen, um Wasser zu holen.

Da für Abid jeder Mensch denselben Wert besaß und keiner es verdiente, als Ausgestoßener behandelt zu werden, ging er zu ihr hinüber und setzte sich.

Das tödliche Spiel

GUNDE HATTE, ALS IHRE BEIDEN Kumpane den Raum betraten, einen Moment gezögert. Dann entschied sie sich dafür, den Rückzug zu sichern und auf dem Flur zu warten. Eigentlich ging sie davon aus, dass es nicht lange dauern würde, bis General Iblis überwältigt wäre. Friedrich und Karl waren abgebrühte Agenten, die mit einem einzelnen Mann schnell fertig werden sollten. Als jedoch die Tür zuflog und von drinnen eindeutig Kampfgeräusche, Schüsse, Ächzen und zum Schluss gar ein Schrei ertönte, verlor sie ihre Ruhe. Sie schaute auf die geschlossene Tür und war sich nicht mehr sicher, was sie tun sollte.

Wenn der Übergriff gut verlaufen wäre, hätte sich längst die Tür geöffnet und der General wäre gefesselt oder gar tot an das Oberdeck geschafft worden. Nun stand sie da und merkte, wie die Angst ihren Körper durchströmte.

Wie gelähmt fixierte sie die Tür und bekreuzigte sich. Bisher war sie unerkannt geblieben. Doch falls der General das Unmögliche geschafft und Friedrich und Karl überwältigt hätte, müsste sie eiligst verschwinden. Sie fühlte eine unsichtbare Gefahr, die nach ihrem Leben trachtete. Ruckartig wandte sie sich von der Tür ab und steuerte auf die Treppe zum Oberdeck zu. Im Gehen flüsterte sie leise die Sätze, die sie als Kind gelernt hatte und die ihr in diesem Moment Mut zusprachen. Sie kam bis zu den Worten »wie auch wir vergeben unseren Schuldigern. Und führe uns nicht in Versuchung ...«, dann begannen sich die Ereignisse zu überschlagen.

Hinter der Wand hatte sich General Iblis die Pistole von Friedrich gegriffen und tief durchgeatmet. Dann riss er die Tür auf. »Stirb!«, schrie er und seine Worte klangen wie die eines Henkers, der das Todesurteil vollstreckte.

In der Hoffnung zu entkommen war Gunde losgerannt, als sich die Tür öffnete. Beim Klang der Stimme wirbelte sie herum. Als sie den General erblickte wusste sie, dass ihre Kameraden für immer verloren waren.

General Iblis hielt seinen Arm waagerecht in die Luft und drückte ab. Ein leises Klacken ertönte. Das Magazin war leer, alle Kugeln waren aufgebraucht.

Gunde rannte immer weiter. Sie hatte einige Meter Vorsprung und lief um ihr Leben.

Für mich war es in diesem Moment ein Leichtes, sie auf ihrer Flucht zu stoppen. Ich konnte durch den Treppenspalt einen ihrer Füße ergreifen und sie zum Stürzen bringen. Doch was würde mein Meister sagen, wenn er merkte, dass ich nicht bei dem Gesindel lag, sondern mich in einem der oberen Decks herumtrieb? Am Ende blieb mir keine andere Wahl, er würde mich ohnehin gleich entdecken. Ich musste meinem Meister helfen und hoffen, dass er gnädig zu mir war. Also griff ich nach dem Fuß vor mir und die Frau verlor augenblicklich ihr Gleichgewicht. Der Länge nach fiel sie die Treppe hinauf.

Jetzt war auch schon General Iblis zur Stelle und schlug ihr mit voller Wucht den Revolvergriff auf den Hinterkopf.

Dann blickte er zu mir und herrschte mich an: »Was hast du hier zu suchen?« Dabei ergriff er die Hände der Frau. »Egal. Wenigstens bist du nicht vollkommen nutzlos. Jetzt pack mit an, die Frau hier kommt in meine Kajüte.«

Zusammen mit meinem Meister schleifte ich die bewusstlose Frau in sein Zimmer und dort hievten wir sie auf die leere Matratze. Der Matrose stand immer noch völlig verstört mitten im Raum und hielt sich eine Hand vor den Mund. Seine Zähne klapperten und sein Atem ging schnell.

»Tun sie mir nichts«, stotterte er mit einer flehenden Stimme. Der General stellte sich nun so dicht vor den schlotternden Mann, dass sich die beiden fast an den Nasenspitzen berührten. »Wie heißt du, mein Junge?«

»Heinrich«, hauchte der Matrose mit zittriger Stimme und starrte auf den Boden.

»Heinrich, du und ich, wir lieben den Frieden. Das stimmt doch, oder?«

»Ja, mein Herr«, wisperte dieser verängstigt.

»Glaub mir, ich habe getan, was getan werden musste. Diese Leute waren Feinde, auch deine.«

Regungslos horchte der verstörte Matrose auf die eindringliche Stimme des Generals. »Was wirst du sagen, wenn dich jemand fragt, wo du die letzte halbe Stunde gewesen bist?«

Er spürte, dass General Iblis ihn vermutlich nicht töten würde. In ihm keimte die Zuversicht auf, dass er diese Überfahrt überleben würde. »Ich habe im Maschinenraum und auf Deck mit meinen Kollegen gegen den Sturm gekämpft«, sagte er hohl und hoffte, dass dies die Antwort war, die dieser Mann hören wollte.

»Richtig.« General Iblis nahm das Kinn des Matrosen und lenkte seinen Kopf zu den beiden Toten am Boden.

»Falls ich etwas anderes höre, dann werde ich dich zuerst aufschlitzen und danach erwürgen, das verspreche ich dir.«

Unterdessen griff er in sein Jackett und zog seine Börse hervor.

»Hier hast du zehn Franc. Davon gehst du in Frankreich in ein Freudenhaus und vergisst, was du hier erlebt hast. Vertrau mir, das hilft.«

Mit ekelerregender Genugtuung reichte General Iblis dem jungen Mann das Geld. Seine Ratschläge klangen so weise, obwohl bei ihm doch gar keine Weisheit zu finden war.

Der Matrose schlich mit gesenktem Haupt zur Tür. Wir beide schauten uns kurz an und teilten das Wissen, dass mit General Iblis nicht zu spaßen war. Wer überleben wollte, musste auf das hören, was er sagte.

Auch ich senkte betreten meinen Kopf. Dabei erkannte ich die Konturen eines Anhängers, den der Matrose um seinen Hals trug. Auf unserer Insel hatte ich dieses Zeichen noch nie gesehen. Ich wusste aber, dass mein Meister nichts mehr hasste, als sich kreuzende Balken. Warum das so war, hatte mir keiner sagen können. Schlagartig wurde mir klar: Wenn mein Meister diesen Anhänger gesehen hätte, wäre der Matrose vermutlich noch hier in der Kabine umgebracht worden.

Als ich meinen Kopf wieder hob und dem Matrosen Heinrich ins Gesicht sah, erblickte ich bei ihm etwas, das ich vor langer Zeit verloren hatte: Hoffnung.

Hoffnung – bei diesem Gedanken stiegen sofort wieder verschwommene Bilder und Erinnerungen in mir hoch. Wie war es doch damals, in jenen ersten Tagen mit meinem Meister?

Als meine alte Heimat niedergebrannt war und mich mein Meister mit zu sich nach Hause nahm, begann die Zukunft sehr vielversprechend. Ich durfte mich in einem weichen Bett von den Strapazen der Katastrophe, die mein altes Leben zerstört hatte, erholen. Mein Meister kümmerte sich persönlich um meine Wunden und reichte mir das Essen. Es waren herrliche Tage, in denen ich mich immer freute, ihn zu sehen.

Doch als aus den Brandwunden Narben wurden und mir die Gegenwart heller als die Vergangenheit erschien, verblassten die Bilder meines früheren Lebens. Meine Existenz löste sich im Nebel des Vergessens auf. Aus einer Person mit Vergangenheit und Zukunft wurde ein Sklave ohne Namen und Beziehungen. Ich fühlte mich gleichgültig, empfindungslos und war ihm blank ergeben. Ich lebte in der Welt meines Meisters. Wer ich war, hatte ich vergessen. Ich konnte mich nur noch an die so liebevoll klingenden Worte erinnern, mit denen er mich einlud, ihm zu dienen. Auf einem hohen Berg stehend zeigte er mir die Welt und sagte mit einer Samtstimme:»Dies alles gehört auch dir, wenn du mir vertraust und bedingungslos dienst.«

Sein Angebot klang verlockend und es gab keinen Grund, ihm nicht zu vertrauen. Sicher meinte er es gut mit mir, sonst hätte er mich wohl nicht so liebevoll bei sich aufgenommen. Zuversichtlich reichte ich ihm meine Hand und verschrieb mich ihm vollkommen. Wir schlossen einen Vertrag, den wir nicht mit Tinte, sondern mit Blut unterzeichneten.

Mit der Zeit übertrug er mir eine gewisse Verantwortung und vermittelte mir das Gefühl, ein Teil seiner Familie zu sein. Deshalb diente ich ihm gerne und führte meine Aufgaben gewissenhaft aus. Ich kümmerte mich um die Schweine und füllte ihre Tröge auf.

Dann wurde ich eines Tages beauftragt, die gekachelten Kellerräume zu säubern. Sie hatten keine Fenster und in ihrer Mitte befand sich ein steinernes Podest, an dessen Enden metallene Ketten bis zum Boden reichten. Menschen gingen in diesen Keller, doch sie kamen nie wieder heraus. Ich reinigte die Räume, wusch das Blut von den Fliesen und fütterte am nächsten Tag die Schweine. Am Anfang packte mich jedes Mal das Entsetzen. Schuldgefühle plagten mich und mein Gewissen quälte mich. Doch nach und nach wurden diese Gegebenheiten zur Normalität. Ich hinterfragte nicht mehr und gewöhnte mich allmählich an das Grauen, dem ich täglich ausgesetzt war.

So verdiente ich mir mit der Zeit seine Anerkennung. Ich schuftete auf seinem Anwesen und durfte auf seinen Festen mitfeiern. Vom Sklaven und Diener wurde ich zu seinem persönlichen Sekretär. Zu jemandem, den er mit auf seine Reisen nahm – und dessen Herz sich mehr und mehr in einen Stein verwandelte.

Die Stimme des Generals riss mich aus meinen Gedanken heraus: »Das hast du eben gut gemacht. Jetzt geh und hol drei Seesäcke und besorg irgendwo eine Säge. Die beiden hier müssen transportfähig gemacht werden und dann verschwinden.« Ohne Entgegnung verließ ich das Zimmer, denn das Grauen gehörte zu meinem Leben.

General Iblis schaute sich derweilen die bewusstlose Frau an. Er drehte ihr Gesicht zur Seite und erkannte sie. Schon damals, als er ihr nach dem Pokerspiel die Treppe nach oben gefolgt war, hatte er vermutet, dass sie nicht die war, die sie zu sein vorgab. Wenn sie versuchen wollten ihn aufzuhalten, hatten sie sich hier mit dem Falschen angelegt. Trotzdem bestand in jeder Verzögerung eine Gefahr. Er musste unbedingt verhindern, dass sich ihm auf den Weg nach Sarajevo noch jemand in den Weg stellte und er dadurch vielleicht sein Ziel zu spät erreichte. Deshalb würde sie ihm jetzt ein paar Auskünfte erteilen müssen, und er hatte alles, was er brauchte, um sie zum Reden zu bringen.

Mit einigen schnellen Schnitten zerteilte General Iblis einen Teil des Lakens in fünf gleich große Stücke. Unsanft fesselte er sie an die Bettpfosten und stopfte ihr einen Stofffetzen in den Mund. Dann platzierte er die beiden toten Männer neben der Tür und füllte die Bettpfanne mit Wasser.

»Dann wollen wir uns mal unterhalten«, sagte er zu sich selbst und trennte mit der Sichel Gundes Bluse, den Rock und die Unterwäsche auf.

Sekunden später klatschte das Wasser aus der Bettpfanne in ihr Gesicht und holte sie unvermittelt in die Realität zurück. Ein kühler Schauer und aufkeimende Panik überkam sie, als sie realisierte, dass sie vollkommen entblößt dalag. Mühsam hob sie ihren Kopf und blickte in die herablassenden Augen des Generals.

»So sieht man sich wieder«, sagte dieser abfällig und zeigte mit einer theatralischen Handbewegung auf die beiden toten Agenten, die nebeneinander neben der Tür saßen.

»Die beiden haben mich besucht. Kannst du mir sagen, was sie von mir wollten?«

Angsterfüllt zerrte Gunde an ihren Händen und Füßen, schloss die Augen und warf den Kopf zur Seite. Doch die Fesseln gaben nicht im Geringsten nach, sondern schnitten sich immer tiefer in ihre Haut.

»Du elendes Miststück«, zischte General Iblis und schlug ihr ins Gesicht.

Ihr Blick und ihre Mimik verrieten ihm, dass es nicht einfach werden würde, die nötigen Informationen aus ihr herauszubekommen. Langsam erholte sie sich von der anfänglichen Verzweiflung und wirkte gefasster. »Ich habe mir gedacht, dass ich irgendwann auf Widerstand stoße, aber so früh hatte ich nicht damit gerechnet.«

General Iblis zog sich einen umgefallenen Hocker heran und setzte sich neben sie auf die Bettkante. Mit der Spitze des Sichelmessers zog er eine hauchdünne Linie von ihrem rechten Knie bis zu ihrer Kehle und hinterließ eine kleine, kaum erkennbare, rote Strieme, auf der sich kleine Blutperlen bildeten.

»Du scheinst keine Angst vor dem Tod zu haben.« Er betrachtete mit einer gewissen Anerkennung die Blessuren und Blutergüsse, die er ihr nicht lange zuvor zugefügt hatte.

Verachtend schaute Gunde ihn an, während er sprach.

»Glaub mir«, sagte er drohend. »Du wirst mit mir reden und den Tod als angenehme Erlösung empfinden.« Mit Leichtigkeit brach er ein Bein aus dem Hocker heraus und fing an es anzuspitzen.

Die Gedanken des Generals wanderten zurück. Ach, wäre er doch nur – wie sein großer Feind – allwissend, würde ihm diese Eigenschaft so manches erleichtern. Er war es jedoch nicht, genauso wenig wie er allmächtig war, sonst hätte er vermutlich den Krieg um die Herrschaft im Himmel nicht verloren.

Iblis konnte sich noch an alles erinnern. Daran, wie es am Anfang gewesen war. Der Ewige, der Zeitlose, der, der ohne Anstoß ist, der das Sein selbst ist, dessen Wesen sich nicht verändert und voller Leben ist, von ihm ging alles aus. Er existierte außerhalb von Raum und Zeit. Er existierte als der eine Gott, und doch war er mehr als das. Ein Gott des Lebens und der Gemeinschaft. Denn sein Leben und seine Vollkommenheit spiegelten sich in den drei Personen seines Wesens wieder. Er war der Vater, er war der Sohn, er war der Heilige Geist. Gott – keine drei Götter, sondern durch und durch einer.

Auf diese Weise hatte Iblis den Schöpfer gesehen und erlebt. Der dreieinige Gott hatte die Welt gegründet und die Fundamente der Erde gelegt. Sein Odem war es, der den Menschen Leben schenkte. Sie wurden zur Krone der Schöpfung. Der Allmächtige schenkte ihnen einen schöpferischen Geist und eine lebendige Seele. Körper, Seele und Geist – so wurde der Mensch geschaffen.

Iblis hatte all dies mit angesehen, denn er gehörte zu den ersten geschaffenen Wesen, den Engeln. Unzählige wunderschöne, mächtige und intelligente Wesen. Geschaffen voller Herrlichkeit und Glanz, und doch ganz anders als der Schöpfer. Aber eines Tages wurde Iblis vom Stolz ergriffen. Er liebte sich mehr als den Schöpfer.

Iblis hatte Gott nichts zu verdanken. Der Ruhm für das, was er war, gebührte ihm, und nicht dem ewigen Gott. Aus seinem Stolz auf sich selbst griff er nach den Sternen und riss einen Teil der anderen Engel mit sich ins Verderben. Seitdem hatte der Ewige ihn verstoßen und wie ein Blitz war Iblis vom Himmel zur Erde gestürzt.

Dort keimte der Neid in ihm auf. Der Neid auf die Menschen, die immer noch in einer vollkommenen Beziehung zum Schöpfer lebten. Mit geschickten Fragen und bösen Lügen brach Iblis in die Beziehung zwischen Gott und den Menschen ein und zerstörte die Gemeinschaft. Das, was damals im Garten Eden geschah, war bislang sein größter Triumph – und gleichzeitig sein Ende. Denn der ewige Gott kündigte schon damals das Ende des Bösen an. Was einst ein Engel gewesen war, würde auf ewig verschwinden.

Jedoch wollte Iblis noch jede einzelne Sekunde vollkommen ausnutzen, die ihm auf der Erde zur Verfügung stand. Mit allen Mitteln wollte er das Blatt wenden. Unter seinem Befehl standen gewaltige Truppen und der Tag, an dem er den Garten finden und die beiden Bäume zerstören würde, wäre sein Aufstieg zum absoluten Herrscher. Dann würde er im Thronsaal sitzen und jeder würde ihn anbeten. Denn er gehörte auf den Thron. Alles Geschaffene sollte ihn anbeten, vor ihm sollten sie niederfallen.

Mit Mühe lenkte General Iblis seine Gedanken wieder auf die Frau, die so hilflos vor ihm lag, und betrachtete sie eingehend.

»Ich war unglaublich fasziniert davon, wie ihr Deutschen im Mittelalter und in der Inquisition die Gefangenen gemartert habt: Würgschrauben, Streckbänke, ausgerissene Gelenke, eiserne Jungfrauen und der spanische Kitzler. Menschen, die an den Wippgalgen baumelten und Kinder, die in Kreuzzügen Schandtaten begingen. Wie habe ich diese Zeit geliebt. Ein goldenes Zeitalter wundervoller Spektakel.« Er machte in seinen Ausführungen eine Pause, um dann ganz leise und fast schon spöttisch fortzufahren.

»Am meisten fasziniert mich die Kunst des Pfählens, ob im Stehen oder Liegen, es gibt wohl kaum etwas, das so effektiv ist.«

Wortlos erhob sich der General und begab sich an sein Werk.

Das Klopfen an der Tür, das einige Zeit später erklang, nahm Gunde kaum noch war. Ihr ganzer Körper war von Schmerz erfüllt. Noch einmal drehte General Iblis den Pfahl eine Vierteldrehung weiter in den Körper, ließ ihn dann an dieser Stelle stecken und öffnete die Tür.

Reglos stand ich in der Tür. In meiner Hand hielt ich drei Seesäcke und eine Säge. Bei dem Anblick der nackten, gefesselten Frau, zwischen deren Beinen ein Stück Holz herausragte, wurde mir dunkel vor Augen. Verschwommen sah ich, wie ihr Blut sich in das Bettlacken saugte, und mir stockte das Herz. Alles wirkte totenstill und zähflüssig, nahezu unwirklich.

»Stell dich an das Kopfende. Wenn ich es sage, nimmst du den Knebel aus ihrem Mund. Aber nur wenn ich es sage, hast du verstanden?«, seine Stimme setzte mich in Bewegung.

Mechanisch tat ich, was er mir befahl. Von außen hörte ich den dichten Regen gegen das Bullauge prasseln. Das Trommeln der Regentropfen vermischte sich mit den Worten meines Meisters.

»Ich will, dass du mir die Telegrafennummer von eurer Station in Berlin gibst. Mehr brauche ich nicht. Die Nummer und deinen Decknamen. Je eher du damit rausrückst, umso schneller enden deine Schmerzen.« Er kniete jetzt neben dem Bett, sein Kopf ganz nah an ihrem.

»Nimm den Knebel raus«, befahl mir mein Meister in ruhigem Ton.

»Und wenn du schreist, dann wird alles noch viel schlimmer«, sagte er wieder zu Gunde gewandt, ließ seine Zunge mehrmals nach vorne schnellen und leckte sich über die Lippen.

Auch wenn es grausam war, vermutlich gab es tatsächlich gute und schlechte Folterknechte. Henker, die ihre Arbeit verstanden und Stümper, wie eben in jedem Beruf. Mein Meister verstand sein Handwerk, er wusste wie weit er gehen konnte, um unaussprechliche Schmerzen zu erzeugen, ohne dass sein Opfer das Bewusstsein verlor.

Den Tod vor Augen lag Gunde auf der Matratze und schnappte nach Luft.

»Ich kann dich beruhigen«, sagte General Iblis mit einer kindlichen Stimme und dehnte die Worte beim Sprechen, »die Schmerzen, die ich dir hier zufüge, werden dir von deiner Zeit in der Hölle abgezogen.«

Ihre Atmung wurde ruhiger, der Schmerz ebbte leicht ab und sie wusste, dass sie keine Wahl hatte. Sie war diesem Bastard ausgeliefert und wenn sie sich weigerte, ihm zu antworten, würde alles noch viel schlimmer.

Während Gundes Körper vor Pein zitterte, verriet sie ihm, was er wissen wollte. Mit letzter Kraft brach sie die Nummer hervor, die er brauchte, atmete noch einmal schwer und hechelte vor Qual.

»Gut so, Mädchen, fast geschafft. Dann brauche ich nur noch deinen Codenamen«, General Iblis Stimme klang ruhig. Demonstrativ legte er seine Hand auf das abgebrochene Stuhlbein.

Immer noch hatte das Schiff gegen das Meer zu kämpfen und mit einem Klatschen schlug eine weitere große Welle gegen den Rumpf. Die Kraft des Wassers war so stark, dass eine der Leichen zur Seite kippte. Und Gunde keuchte ihren Codenamen heraus.

»Aha, du bist also die Katze«, wiederholte mein Meister. Auch jetzt im Moment des Triumphs lächelte er nicht.

»Wenn wir in Caen angekommen sind, werde ich überprüfen, ob du die Wahrheit gesagt hast. Bis dahin darfst du leben«, sagte er fast schon gutherzig und wandte sich dann an mich.

»Stopf ihr den Knebel in den Mund. Dann müssen wir die beiden Verräter dort verschwinden lassen.«

Noch auf offener See warf ich die beiden Leichen, die ich zuvor in die Seesäcke gestopft hatte, über Bord. Blubbernd verschwanden sie im stürmischen Meer.

Die Schatten der Wirklichkeit

AM NÄCHSTEN MORGEN VERLIESS ICH mit meinem Meister und Gunde, die fest verschnürt in einem Seesack steckte, das Schiff. Im Licht der Morgensonne betrat ich den Hafen von Caen. Einzelne Boote schaukelten verträumt an ihrem Ankerplatz, Fischer flickten ihre Netze und Menschen schlenderten am Anlegesteg entlang. Vermutlich würden die Seesäcke mit den beiden Deutschen nie hier angespült werden und dieses märchenhafte Idyll stören.

Nach den Grausamkeiten der letzten Nacht erschien mir das morgendliche Treiben irgendwie unwirklich.

»Wir müssen zur Post, ich habe ein dringendes Telegramm zu verschicken.«

Als wäre er ein einfacher Reisender, fragte mein Meister in nahezu perfektem Französisch einen stämmigen Hafenarbeiter nach dem nächsten Postamt.

Es roch nach Fisch und die Luft schmeckte salzig. Raureif bedeckte die Dächer der Häuser und letzte Nebelfäden krochen durch die Häuserzeilen. Ich sah, wie mein Meister mit dem Mann sprach, und beobachtete dabei die Kräne, die im Hafen Kohlen auf die Schiffe luden. Noch während ich auf den Kran schaute, sah ich, wie eine Möwe gegen das Metall des Auslegers flog und tot zu Boden trudelte. Mein Blick wanderte von der toten Möwe zum Ufer und ich erschrak, als einzelne Fische an die Wasseroberfläche stiegen und dann tot in den Wellen trieben. Immer genauer betrachtete ich die Natur und sah, dass die Vögel davonflogen und ein verfilzter Köter nach einem Mann schnappte. Mir stockte der Atem.

Kaum wahrnehmbar hörte ich das Wort »Merci«, dann folgten wir der Handbewegung des Hafenarbeiters, die uns den Weg wies.

»Eigentlich hatte ich mir das ein wenig anders vorgestellt.« Für einen Moment war ich mir nicht sicher, ob mein Meister, der neben mir ging, gerade ein Selbstgespräch führte oder ob er mit dem, was er sagte, mich meinte. »Unterschätz nie die Deutschen, das ist ein zähes Volk. Die haben was von Katzen mit ihren neun Leben.«

Nach einem Moment des Schweigens, fuhr er missmutig fort. »Du hast dich bisher gut geschlagen.« Es kam selten vor, dass er einen lobte.

Ohne es zu wagen ihn anzuschauen, antwortete ich: »Danke. Habe immer nur gemacht, was ich für das Passende hielt.« Die Worte meines Herrn taten mir gut.

Aus dem Seesack auf meinem Rücken hörte ich ein Stöhnen. Auch wenn ich auf der einen Seite Stolz verspürte, meinem Meister helfen zu dürfen, so begann ich, mir Gedanken zu machen über die Frau und das, was hier vor sich ging. Was geschah hier? Auf wen hatte ich mich eingelassen? Unter meiner Mithilfe waren Menschen gefoltert worden. Und so, wie mein Meister sich verhielt, war das noch lange nicht alles, was er auf dem Festland vorhatte. Mir war während der Folterung der Frau ein Ausdruck in seinen Augen aufgefallen, der mich an einen Fuchs im Hühnerstall erinnerte. Sein Blick war so hungrig gewesen, in ihm loderte das Verlangen nach Macht. Macht durch Schmerzen und Blut. Ich senkte meinen Kopf und schaute beim Gehen verzagt grübelnd auf die Pflastersteine unter mir.

»Verdammt, ich glaube wir sind falsch!« Abrupt blieben wir stehen und ich wurde aus meinen Gedanken gerissen. »Hier ist weit und breit kein Postamt zu sehen.«

Wir standen mitten in einer schmalen Straße. Ein stinkender Kanal floss träge dahin, niedrige Häuser reihten sich dicht an dicht, dicker Rauch stieg aus den Schornsteinen. Über uns spannte sich ein weiß getünchter und mit Skulpturen verzierter Torbogen, der die eng aneinander stehenden Gebäude miteinander verband.

Drei ältere französische Damen, deren grauweiße Haare zum Teil unter den Kopftüchern hervorschauten, standen klatschend und tratschend auf dem Trottoir.

»Wenn die Auskunft von dem Tölpel im Hafen stimmt, müssten wir längst an diesem Postamt angekommen sein«, grummelte mein Meister und schaute sich um.

»Du wartest hier und ich frage nach dem Weg.« Wenig später verbeugte er sich auf sehr höfliche Weise, gab einer der älteren Damen einen angedeuteten Handkuss und diese unterdrückte peinlich berührt ein Kichern. Wie elegant und vornehm er erscheinen konnte, wenn er nur wollte. Mit falschen Versprechungen und vorgetäuschter Freundlichkeit fing er die Menschen in seinen Netzen. Wie hatte er mich umgarnt und immer tiefer in seine Welt gezogen …

»Dies alles sind meine Reiche, die Welt gehört mir und ich kann sie weitergeben, an wen ich will.« Mit diesem verlockenden Angebot hatte er mich geködert und ich hatte meine Hand in seine gelegt. Aber hatte er mich nicht getäuscht? Er tat so, als ob ihm die Welt gehörte – und vielleicht besaß er sie auch, aber sie war nicht sein Eigentum. Folglich konnte er sie auch nicht weitergeben.

Mein Meister täuschte und trickste in jeder Situation. Selbst seine wohlklingenden Worte waren nichts als Lüge. Doch nun lebte ich mit ihm, diente ihm sogar und war innerlich zerrissen. Zum einen war mein Meister wie ein Vater für mich und ich schätzte ihn. Zum anderen ließ jeder Schlag und jede Demütigung die Pflanze des Hasses in meinem Herzen ein Stück wachsen.

Doch vor allem gehörte ich ihm, das konnte ich nicht mehr ändern.

Inzwischen war mein Meister wieder zurückgekommen. »Wir sind gar nicht so verkehrt. Das Postamt befindet sich im Hinterhof einer Schänke, nur eine Straße weiter«, sagte er mit einer gewissen Erleichterung.

Weiter ging es durch die enge Gasse. Auf einzelnen Fensterbänken standen blühende Pflanzen und über etlichen der kleinen Balkone hing Wäsche zum Trocknen.

»Wir sind da«, murmelte mein Meister, als wir die nächste Straße erreicht hatten, und blieb stehen. Links neben dem Tor, vor dem wir nun standen, befand sich der Hinweis, dass es sich wirklich um das gesuchte Gebäude handelte. Dort sah ich ein gelb-goldenes Schild, auf dem ein Posthorn und eine Kutsche abgebildet waren. Wir hatten unser nächstes Ziel erreicht.

Schweigend drückte er die Klinke herunter. Er ging vor und ich folgte ihm. Einige drehten ihre Köpfe zu uns herüber, als wir den Raum betraten. Ein junger, ungepflegter Mann, zwischen dessen schiefen Zähnen große Lücken klafften, kam rechts neben dem Tresen eilig die Treppe herunter. Er musterte meinen Meister und mich, dann rannte er an uns vorbei und stolperte auf die Straße.

Hinter dem Tresen stand der Wirt und bediente zwei Männer, die im feinen Zwirn an der Theke lehnten und zechten.

»Wo finde ich das Postamt?«, richtete mein Meister seine Frage an den Wirt, ohne selbst zum Tresen zu gehen. Mit einer behäbigen Bewegung seines Kopfes verwies er uns auf die Tür, die zum Innenhof führte.

Keiner der Männer interessierte sich wirklich für uns. Obwohl es noch Morgen war, hatten zwei Anzugträger offensichtlich schon einige Drinks geleert. Während wir am Tresen vorbei gingen, füllte der Wirt die Gläser der beiden Männer noch einmal nach. Kaum waren die Gläser gefüllt, da prosteten sich seine Gäste schon zu und kippten den Fusel runter. Einer von Ihnen verschluckte sich dabei furchtbar und prustete laut auf. In einer großen feinen Wolke verteilte er die Flüssigkeit auf sich und seinen Kameraden. Dieser blickte böse auf seinen besudelten Anzug, und als wir durch die Tür ins Freie traten, hörte ich, wie hinter uns bereits die Fäuste flogen.

Im Innenhof dieses wunderschönen Gebäudes schlug mir ein Gemisch aus verschiedensten Gerüchen entgegen. Aus den Stallungen der Pferde wehte der Gestank von Mist zu mir herüber und mischte sich mit dem Duft von Kräutern und abgehangenem Speck. In einem Verschlag gackerten Hühner und an der gegenüberliegenden Seite sah ich Fässer und einen Hackklotz, neben dem frisch gespaltetes Brennholz lag.

»Du bleibst hier im Innenhof! Und lass den Sack nicht aus den Augen!«, befahl mir mein Meister leise.

Als ich den Seesack auf dem Boden abgelegt hatte, legte mein Meister eine Hand auf die Stelle, an der sich der Kopf abzeichnete, und deutete mit den knochigen Fingern der anderen auf einen der Holzscheite im Hof. Sofort eilte ich los und besorgte ihm, was er forderte.

Als er das Holz in der Hand hielt, schlug er zu. Einmal und noch einmal.

»Die schläft!« Mit diesen Worten ließ mein Meister das Holzscheit fallen und wendete sich der Tür zu, an deren Seite ein großes Posthorn baumelte.

Ich aber blieb im Hof zurück und schaute verwirrt meinem Meister nach.

Was war mit mir los? Wer war ich eigentlich? Und was war aus mir geworden? Wer oder was bestimmte mein Leben? Meine Gedanken wanderten zurück zu dem Matrosen. In seinem Blick hatte ich etwas bemerkt, das ich nicht mehr besaß. Seine Augen, sie waren so voller Hoffnung gewesen. Ich begriff, dass ich etwas verloren hatte; nichts Materielles, aber doch etwas von unschätzbarem Wert: Meine Freiheit und meine Würde.

Irgendwie konnte ich nicht anders, ich wollte in die Augen von Gunde schauen. Vielleicht würde sie ja erwachen, wenn ich den Sack öffnete oder ihr Gesicht berührte. Möglicherweise könnte sie mir helfen und mir die Dinge erklären, die ich nicht begriff. Ohne weiter über die Konsequenzen meines Handelns nachzudenken, suchte ich nach einer Möglichkeit, den Knoten zu lockern. Nachdem ich eine Weile daran herumgenestelt hatte, löste sich der Knoten langsam.

General Iblis schloss derweilen hinter sich die Tür und beobachtete den Postbeamten, der nicht weit von ihm entfernt hockte. Alleine saß er dort in dieser armseligen Amtsstube und donnerte verdrossen einen Stempel auf ein Schriftstück.

Hier gab es nicht viel: einen Tisch, einen Stuhl, einen Schrank, eine Schreibmaschine. Bilder oder Blumen gab es nicht, aber ein verdrecktes Fenster. Der Postbeamte saß an seinem Schreibtisch, ergriff das gestempelte Papier und legte es auf einen Stapel. Er machte seine Arbeit, doch eigentlich kämpfte er gegen das schlimmste aller Gefühle: Die Einsamkeit.

»Ich müsste ein Telegramm verschicken,« durchbrach der General die Stille. Dem Beamten gefiel die Stimme, die er vom Eingang her hörte. Lautlos legte er das nächste Blatt ab und drehte sich zur Tür. Tief im Herzen hasste er seinen Beruf. Immer das Gleiche, langweilig und stupide, doch er hatte zu sonst nichts getaugt. Wenige Leute mochten ihn, es gab selten Kundschaft und keiner besuchte ihn. Meistens saß er hier, machte seine Arbeit und war in Gedanken bei den Tänzerinnen aus dem Varieté, in das er hin und wieder ging. Er erinnerte sich daran, wie sie ihre Beine in die Luft warfen, wie dann die halterlosen Strümpfe zum Vorschein kamen und sie ihn unter ihre Röcke blicken ließen. Pralle Brüste, schlanke Beine, verruchte Bewegungen. Daran dachte er, wenn er den Stempel auf den Tintenschwamm drückte und anschließend auf das Dokument feuerte.

Verzaubert drehte er sich zur Tür und erblickte dort eine Frau, die ihm freundlich zulächelte und ihn mit einem Knicks begrüßte. »Ich würde gerne ein Telegramm verschicken«, wiederholte die Dame und wickelte verspielt eine Haarsträhne um ihren Finger.

»Jedes Wort kostet 5 Centime«, brachte der Postbeamte baff hervor.

»5 Centime?« General Iblis tänzelte auf den Schreibtisch zu und wusste, dass der Mann in diesem Augenblick nicht ihn, den General, sondern die Frau seiner Träume sah.

Betont langsam schob der General den Stapel Papiere ein Stück zur Seite und setzte sich auf den Schreibtisch. »Vom Tanzen werden meine Beine immer ganz müde.« Noch während des Sprechens zog der General seine Stiefel aus, streifte seine Hose ein Stück nach oben und setzte seinen Fuß zwischen die Beine des Beamten.

»Massierst du mich?«, fragte General Iblis und wackelte mit seinen Zehen.

Dem Postbeamten lief der Speichel im Mund zusammen, er schaute an sich herunter. An seinem Hemdkragen klebten Krümel, die Knopfleiste spannte und wenn er stand, hing sein fetter Schmerbauch weit über die Gürtelschnalle. Keine Frau sprach ihn an und keine kam ihm so nahe, es sei denn, er zahlte dafür. Während er also nun mit seinen Händen die schuppige Haut von General Iblis knetete, streichelte dieser mit seinem verwachsenen Fingernagel über die Wangen des Mannes und umkreiste dessen Lippen.

»Wie teuer ist ein Telegramm?« fragte der General noch einmal.

»Eigentlich 5 Centime je Wort«, erwiderte der Postbeamte sichtlich verwirrt.

»Eigentlich hört sich gut an.« General Iblis beugte sich beim Sprechen nach vorne und knabberte dem Beamten am Ohr. »Keine Bange, ich bezahl dich«, hauchte er. Noch immer wanderten die Hände des Mannes über die Beine von General Iblis.

»Aber erst müssten wir das Telegramm verschicken«, sagte der General und zog sein Bein zurück.

Beim Betreten des Postamtes hatte er die Einsamkeit des Mannes gespürt. Einsam in einer Welt voller Menschen. Abgeschottet und isoliert, kein Teil der Gesellschaft, niemanden, mit dem er über das reden konnte, was ihn bewegte. Diesen Mann zu bezirzen, würde der schnellste Weg sein, sein Ziel zu erreichen und einen weiteren Menschen für immer zu zerstören. Er spielte mit ihm und am Ende würde er noch einsamer sein als zuvor. Der Postbeamte sollte bekommen, wonach er sich sehnte, und danach verrückt werden. In wenigen Jahren würde er ein Wrack sein, das gebrochen und einsam unter einer Brücke sterben würde – und alles wegen eines einzigen Momentes.

Während der Postbeamte den Fernschreiber bediente und ein Telegramm nach Deutschland verschickte, stand General Iblis direkt hinter ihm und diktierte den Text: »General Iblis ausgeschaltet. Warten auf weitere Instruktionen. Die Katze.«

Nun musste er abwarten, was sie ihm antworten würden. Dann könnte er seine weitere Reise planen. In der Zwischenzeit würde er diesem Postbeamten geben, wovon er schon immer geträumt hatte. Er schob den Stuhl zurecht, deutete dem verdatterten Mann an, Platz zu nehmen und setzte sich rittlings auf ihn …

Zur gleichen Zeit standen in Berlin die wichtigsten Entscheidungsträger der Obersten Heeresleitung um den großen Tisch in ihrem geheimen Konferenzraum. Mit ihren langen Mänteln, den Militärstiefeln und dem obligatorischen Schnurrbart sahen sie sich alle ein wenig ähnlich. Allerdings erfüllte jeder eine unterschiedliche Aufgabe. Die meisten von ihnen waren in der Vergangenheit mit dem Eisernen Kreuz ausgezeichnet worden und trugen auf dem Jackett eine reich verzierte Ordensschnalle. Jeder von ihnen hatte viel Gutes getan, alle waren sie redliche, integre Männer und dank ihnen war das deutsche Kaiserreich zu Größe und Wohlstand gelangt. An den Wänden des Besprechungsraums hingen dunkle Landschaftsgemälde, es gab eingelassene Bücherregale und Jagdtrophäen zeugten von der Schießfertigkeit von Kaiser Wilhelm II. Eine Sitzecke im Chippendale Stil lud dazu ein, nach der Besprechung noch gemeinsam einen Cognac zu trinken und sich an der kleinen Zigarrenkiste auf dem Beistelltisch zu bedienen.

Vermutlich hätten Paul Justin von Breitenbach, Generaloberst von Moltke sowie der Deutsche Kaiser dies auch nach der heutigen

Beratung über den Ausbau des Schienennetzes getan, wäre nicht die Tür nach einem hektischen Klopfen aufgerissen worden und Oberstleutnant Walter Nicolai eingetreten.

In seinen Händen hielt er ein Papier und sein zerknirschter Gesichtsausdruck sowie die geröteten Wangen verrieten, dass er keine guten Neuigkeiten zu berichten hatte.

»Entschuldigen sie die Störung. Es ist dringend.« Einige Meter von den Männern entfernt blieb er wie angewurzelt stehen und hielt das Papier hoch. »Wir haben soeben ein Telegramm erhalten und …«

»Kommen sie schon herbei!« befahl Kaiser Wilhelm II. und machte einen Schritt zur Seite, damit der Leiter des Geheimdienstes zu ihnen an den Tisch treten konnte.

»Diese Nachricht kam soeben aus einer Poststation in Caen«, seine Stimme bröckelte und er legte das Telegramm auf die Europakarte vor ihm. Er wollte schon mit dem Sprechen fortfahren, als er von Generaloberst von Moltke energisch unterbrochen wurde.

»Ist doch alles bestens, was haben sie denn?«

»Nichts ist bestens. Unsere Operation ist fehlgeschlagen.«

Tonlos umkreiste Oberstleutnant Walter Nicolai den Codenamen »Katze«, der verriet, dass ihre Agentin sich in großer Gefahr befand, und schaute verkniffen drein. Generaloberst von Moltke blickte fragend in das Gesicht des Kaisers. Als dieser nickte, beleckte der Generaloberst seinen Zeigefinger, nahm das Telegramm vom Tisch und begutachtete es eingehend.

»Sie konnten ihn also nicht stoppen?« Generaloberst von Moltke entglitten die Gesichtszüge und er zog ungläubig eine Augenbraue nach oben. Dann teilt er die logische Konsequenz aus dieser Tatsache mit den übrigen Anwesenden.

»Sie wissen, wenn wir diesen General nicht stoppen, kann unser ganzes Projekt scheitern. Weder England noch Frankreich, geschweige denn Russland wird zulassen, dass die Linie Berlin Bagdad fertiggestellt wird. Diese Mächte setzen alles daran, uns in einen Krieg zu zerren.«

»So ein Schlamassel!« Paul Justin von Breitenbachs Stimme klang gepresst; wütend schlug er mit der Faust auf die Karte. »Wir sollten unverzüglich Wien informieren. Sie müssen darüber Bescheid wissen.«

Betretenes Schweigen herrschte in der Runde der Männer. Alle standen mit eisernen Mienen um das Telegramm herum. Der Kaiser stützte sich dabei mit den Händen auf dem Tisch ab und der Generaloberst verschränkt die Arme vor seiner Brust. Jeder dachte darüber nach, was von Breitenbach vorgeschlagen hatte.

»Wenn wir dies tun, gestehen wir ein, dass wir versagt haben, und wir werden zum Gespött unter unseren Verbündeten. Wir werden Wien nicht schreiben, sondern diesem General Iblis eine Finte legen und ihm das Gefühl geben, dass er uns überlisten konnte.« Keiner wagte, dieser Anordnung des Kaisers zu widersprechen.

»Welche Mittel bleiben uns, um ihn auszuschalten, bevor er Sarajevo erreicht?« Die Frage richtete Paul von Breitenbach an alle, doch schaute er, während er sprach, zu dem Leiter des Geheimdienstes, denn dieser wusste am besten, welche Möglichkeiten ihnen zur Verfügung standen.

»Bis er in Sarajevo ankommt, braucht er bestimmt noch drei Tage. Franz Ferdinand wird bereits in zwei Tagen dort erwartet«, erläuterte Walter Nicolai. »An seiner Stelle würde ich mit dem Auto nach Paris fahren und von dort mit dem Zug nach Sarajevo weiterreisen.«

Nachdem Oberstleutnant Nicolai noch einmal tief Luft geholt und sich die verschiedenen Lagepläne und Karten angeschaut hatte, verkündete er die nächsten Schritte.

»Ich werde Thomas informieren. Er soll noch heute nach Paris aufbrechen und dort den Zug nach Sarajevo nehmen. Diese Ratte wird uns schon noch ins Netz gehen.« Die Entscheidungen waren gefallen, in weniger als einer Stunde würde Thomas Elmert, der auch der Bär genannt wurde, aufbrechen.

Die Tür fiel ins Schloss und der Geheimdienstleiter stapfte hastig davon. Wien würde weiter glauben, dass alles in Ordnung sei. Auch General Iblis würde davon ausgehen, dass er nun Ruhe hätte. Doch der Bär wetzte schon seine Krallen in Vorfreude darauf, sein Ziel irgendwo zwischen Paris und Sarajevo zu zermalmen.

Während das Telegramm im Postamt eintrudelte, knöpfte der Postbeamte sein Hemd zu, hob die heruntergefallene Schreibmaschine vom Boden auf und sortierte seine Blätter.

General Iblis steckte die empfangene Nachricht in seine Tasche und schaltete den Fernschreiber aus. Eigentlich war es fast zu einfach gewesen. Im Hinausgehen ging er noch einmal an dem Postboten vorbei, biss ihm kaum merklich in den Hals und nestelte den Schlüssel des Postautos aus dessen Jackett.

»Bis bald mal wieder«, sagte er garstig.

Der Postbote war immer noch kurzatmig, horchte verdutzt auf und nickte lediglich. Als die Schritte sich entfernten, wandte er seinen Kopf zur Tür. Er stutzte und rieb sich die Augen: Außer einem Mann, der mit rasselndem Säbel davonmarschierte, konnte er keinen Menschen in seiner Stube sehen. Der Wahnsinn begann.

General Iblis öffnete die Tür zum Innenhof und verließ eiligst das Postamt. Als er seinen persönlichen Sekretär, neben dem Sack knien sah, stoppt er kurz und fragt sich, was dieser in der Zwischenzeit wohl getan oder gesehen hatte.

Abids Reise – der Brunnen

DIE FRAU AM BRUNNEN HATTE Abid viel aus ihrem Leben erzählt und ihn später sogar zu sich nach Hause eingeladen. Lange hatte er zugehört und einfach nur geschwiegen. Keiner im Dorf akzeptierte oder respektierte sie, jeder kannte ihre Vergangenheit und niemand wollte mit einer solchen Frau in Verbindung gebracht werden.

In manchen Punkten glich ihre Geschichte der seinen. Auch er hatte seinen Platz in der Gesellschaft nicht gefunden. Seine Nachbarn schwatzten und tratschen über ihn. Sie missgönnten ihm seinen Reichtum und dennoch wollten sie davon profitieren. Er sollte Brunnen bauen und eine Schule errichten, doch gleichzeitig wollten sie ihn nicht in ihre Gemeinschaft aufnehmen.

Warum aus der Frau am Brunnen geworden war, was sie nun war, spielte für ihn keine Rolle. Denn offensichtlich hatte sie das gefunden, was er im Leben suchte. Eigentlich hätte sie sich schämen müssen, denn sie war doch eine Frau ohne Ehre und ausgestoßen aus der Gemeinschaft – aber jemand hatte ihre Würde wieder hergestellt. Normalerweise hätte sie traurig sein müssen – aber sie strahlte die Fröhlichkeit aus, die er sich wünschte. Gebannt ließ er sich von ihr erzählen, wie einst ein Mann um die Mittagszeit zu ihr an den Brunnen vor dem Ort gekommen war. Zuerst hatte sie einfach weggehen wollen, denn sie wollte und konnte das zu erwartende Geschwätz der Menschen im Dorf nicht länger ertragen: Wieder ein Mann; diese Hure; diese Frau hat keine Ehre; seht, wie sie sich dem Nächsten an den Hals wirft!

Aber dann sei alles ganz anders gekommen. Dieser Fremde – war er ein Prophet? Er wusste ja alles über sie. Oder war er ein wundersamer Priester? Er, der sie um Wasser gebeten hatte, konnte ihr etwas geben, das den Durst ihrer Seele stillte. Er sprach von der Quelle des Lebens und wurde ihr Lebensquell. An diesem Tag wurde ihr Leben verändert. Zwar zählte sie immer noch zu den Außenseitern, aber sie hatte zur Ruhe gefunden. Ihre Sehnsucht war gestillt und ihr gebrochenes Herz geheilt.

»Hier nimm mein Kamel, ich schenke es dir«, sagt Abid liebevoll, als sie gemeinsam vor ihrer Tür standen. In der Umzäunung neben ihrem Haus standen lediglich ein paar Schafe und ein einsames Kamel. Er wollte von hier aus ohnehin über das Wasser weiter Richtung Süden reisen.

Zuerst lehnt die Frau dankend ab, aber dann nahm sie das Geschenk von Abid an und band das Tier an einer Stange fest.

»Du bist auf der Suche«, sagte sie, während sie noch einmal den Knoten prüfte, mit dem sie Abids Kamel angebunden hatte.

Abid, der schon sein Leben lang reiste, nickte ihr zu.

»Ich kann es dir nicht genau sagen, der Fremde fand damals mich, doch habe ich gehört, dass er in Kut al-Amara einen Garten habe und dort hin und wieder anzutreffen sei.« Froh über diesen Hinweis bedankte sich Abid und wandte sich zum Gehen.

»Nicht weit von hier ist auch ein alter Tempel. Vielleicht findest du auch dort, was du suchst«, rief die Frau ihm noch hinterher, als er sich schon einige Meter entfernt hatte.

Mit seinem Sack über der Schulter ging Abid davon. Erst würde er diesen alten Tempel suchen und von dort nach Kut al-Amara reisen. Er hatte das gute Gefühl, seinem Ziel immer näher zu kommen.

Nacht über Paris

ES HATTE EINE GANZE ZEIT gedauert, bis es mir gelang, den Knoten des Seesacks zu lösen. Meine Finger begannen dabei vor Aufregung zu zittern. Vorsichtig zog ich die Schlaufe auf und Gundes Haare kamen zum Vorschein. Noch konnte ich ihr Gesicht und ihre Augen nicht sehen, denn dazu musste ich ihren Kopf in eine andere Position bringen. Also kniete ich mich hin. Mit der einen Hand hielt ich den Sack in der Balance und mit der anderen drehte ich ihr Gesicht zu mir herüber. Ihre Augenlieder waren weiterhin geschlossen, jedoch hatte ich beim Drehen einen leichten Widerstand gespürt. Gerade als ich mit meinen Fingern ihre Wangen berühren wollte, hörte ich, wie sich die Tür des Postamtes öffnete. In Windeseile fügte ich die Enden des Sackes zusammen und knotete ihn hektisch wieder zu.

Alles um mich herum war totenstill, nur mein Herz klopfte rasend, denn ich konnte mir nicht sicher sein, ob mich mein Meister beobachtet hatte. Beklommenheit erfüllte mich. Vorsichtig senkte ich meinen Kopf und überkreuzte meine Arme hinter meinen Rücken. Nun stand er neben mir und musterte mich prüfend.

»Nimm den Sack, wir haben noch eine weite Reise vor uns. So wie es aussieht, werden uns weitere Störungen erspart bleiben.«

Seine Stimme klang düsterer und mürrischer als sonst. Aber offensichtlich bemerkte er nicht, dass der Knoten des Seesacks an einer anderen Stelle saß. Gemeinsam verließen wir den Gutshof und machten uns auf den Weg in die französische Hauptstadt.

Bereits um die Mittagszeit holperte das Auto über die Schwellen und Schlaglöcher eines Pariser Vorortes. Hier gab es alles, woran auch die Menschen in den Kolonien starben: Schwindsucht, Diphtherie und die Ruhr. Von dem Eldorado der Liebe mit ihren Casanovas, Lüstlingen, hübschen Frauen und bornierten Kaufmännern war hier noch nichts zu sehen.

Als das Fahrzeug einige Zeit später die Champs-Élysées erreichte, wurde es jedoch auch dort so trist wie in den heruntergekommen Randbezirken. Männer wollten ihre Frauen nicht küssen, Rosenverkäufer blieben auf ihrer Ware sitzen und Kinder, die an diesem traurigen Tag das Licht der Welt erblickten, fühlten nichts als Dunkelheit. Bei einem Duell unter Ehrenmännern starben beide Kontrahenten. Ein Querschläger tötete sogar einen der Sekundanten.

»Laut Plan müsste heute Abend ein Zug nach Sarajevo abfahren. Den werden wir nehmen«, waren die ersten Worte von General Iblis, die er nach Stunden des Schweigens sprach. Kaum hatte er diesen Satz beendet, parkte er den gestohlenen Wagen am Straßenrand und setzt seinen Fuß auf den Boden der französischen Hauptstadt.

Hier in der Rue le Tassé unweit der Anlage des Trocadéro befanden wir uns im Herzen der Stadt. General Iblis mochte diesen Ort. Denn von hier aus konnte er fast ganz Paris überblicken. Dabei dachte er gerne an das zurück, was 1789 hier geschehen war. Damals kämpften die Menschen für Freiheit, Gleichheit und Brüderlichkeit. Mit Recht stellten sie sich gegen ein falsches System. Sie wollten die Macht des Adels und des Königs brechen. Ihr Aufstand sollte ganz Europa verändern und in eine neue Zeit führen.

General Iblis sah was damals passierte und nutzte die Kraft der Revolte für seine eigenen Zwecke. Voller Begeisterung sollten sie sich nicht nur gegen die Staatsmacht erheben, sondern auch gegen den Klerus.

Der Aufstand gegen die Obrigkeit und gegen die Kirche. Voller Begeisterung sagten die Menschen sich von beidem los. Gotteshäuser wurden entweiht, Würdenträger aufgeknüpft und auf dem Altar der Kathedrale von Notre-Dame boten die Huren der Stadt ihre Dienste an. Was für ein kolossaler Triumph über seinen Widersacher und eine unvergleichliche Entweihung der Häuser des Höchsten.

Noch einmal blickte General Iblis zu den Kirchen und Zinnen der Stadt und dachte dann wieder an seinen Plan.

»Da wir in zwei Tagen in Sarajevo erwartet werden, muss ich ein paar Dinge klären und Instruktionen erteilen«, erklärte er mir.

Das Haus, vor dem wir hielten, lag noch völlig im Schatten und gehörte zu den Gebäuden, welche der industriellen Revolution in den letzten Jahren zum Opfer gefallen waren. Die Fassade war brüchig und ein windschiefes Schild wies darauf hin, dass hier einst eine kleine Weberei aus Sackleinen Kleider für die Bürger dieser Stadt gewebt hatte.

Aber seitdem es die dampfbetriebenen Webstühle gab, mussten immer mehr dieser kleinen Familienbetriebe aufgeben, und so standen einzelne Häuser mitten im Herzen der Stadt leer.

»Das Haus passt«, bemerkte mein Meister, als er die verfallene Fassade betrachtete und das Auto zuschloss. Mit dem Sack auf dem Rücken folgte ich ihm, zu der verwitterten Haustür.

»Schlösser öffnen ist ganz einfach«, fuhr er fort, »du brauchst nur das passende Werkzeug.« Er öffnete seinen Mantel, griff in die Innentasche und holte ein Ledermäppchen heraus. Prüfend schaute er mit seinem Set aus Dietrichen zu mir herüber.

»Wieso eigentlich nicht?« Er deutete mir an näher zu kommen und drückte mir einen gebogenen Draht in die Hand. »Hier, als mein guter Diener solltest du auch das beherrschen.«

Mit einer vertrauensvollen Geste legte mein Meister seine Hand auf meine und half mir, das Schloss zu knacken. Mit einem Schlüssel hätte es kaum schneller gehen können, und ohne eine Spur der Gewalt zu hinterlassen, schwang die Tür leise knarzend nach innen auf.

Ein seltener Moment des Glücks – er traute mir etwas zu. Einen Augenblick später befanden wir uns in dem kleinen Flur der ehemaligen Weberei. Die Wände waren rußgeschwärzt und ein Eimer Kohlen stand noch in der Ecke. An den beiden Türen, die sich nun links und rechts von uns auftaten, hingen noch die Messingschilder, die verrieten, was sich in den angrenzenden Räumen befunden hatte: Links von uns lag das ehemalige Büro, die rechte Tür führte in die alte Produktionsstätte.

»Los, wir gehen in die Weberei.« Mit diesen brummigen Worten, tippte mein Meister gegen die angelehnte Tür, die sich so weit öffnete, dass wir problemlos eintreten konnten. Zwei verlassene Webstühle standen in der Mitte des Raumes. Wackelige Regale, in denen vermutlich die Wolle gelagert oder fertige Kleidungsstücke der Kundschaft präsentiert worden waren, befanden sich an den Wänden. Von der Decke hing eine mit einer dicken Staubschicht überzogene Lampe und der vergilbte Vorhang zur Straße hin, war nur halb geschlossen.

»Zieh die Gardinen zu!«

Ich folgte seinen Anweisungen und lief zum Fenster. Sekunden später verschwand die alte Weberei in nahezu völliger Dunkelheit. Ein Raum wie eine Höhle, getrennt von der restlichen Welt. Mein Meister knipste das Licht an und wider Erwarten begann eine Glühbirne zu leuchten.

Da, an der Rückwand des Raums, geschahen plötzlich Dinge, die mich erschauern ließen. Ein Grauen kroch mir den Rücken hinauf: Die Schatten waren nicht, wo sie sein sollten. Mein Schattenbild kniete im Raum und Ketten lagen um Hände und Füße. Dabei stand ich doch hier, aber mein Schatten kauerte auf dem Boden und starrte auf die der Tür gegenüberliegende Wand. Auch der Schatten von Gundes Körper war zu sehen, obwohl sie sich eigentlich noch im Sack befand.

Zwischen uns stand die Silhouette meines Meisters. Dann wanderte sein Ebenbild zu dem Schatten von Gunde. Was sich dort an der Rückwand des Raumes abzeichnete, war grotesk. Als ich Gundes Schatten genauer betrachtete, erkannte ich, dass sie zwar wie ich in dieser Höhle gefangen war, jedoch gar keine Fesseln an Händen und Füßen trug.

Dann veränderten sich die Schatten. Mein Abbild wurde heller und suchte den Ausweg aus dem Gefängnis. Orientierungslos drehte es sich zur Wand, fand aber keinen Ausgang. Wie aus dem Nichts wanderten helle Strahlen an der Wand entlang zur Tür. Mein Schatten wurde magisch von dem, was dort passierte, angezogen und folgte dem Licht. Unmittelbar vor der Tür begannen die Strahlen, sich zu einem Kreuz zu teilen, bevor sie sich auf den Ausgang legten.

Ich hielt den Atem an und wanderte mit meinem Blick von der Tür zurück zu den lebendig gewordenen Schattenfiguren. Der Schatten meines Meisters war noch dunkler als zuvor. Ein schwaches gespenstisches Nichts umspielte ihn. Kälte ging von ihm aus und ruckartig wandte seine dunkle Kontur ihren Kopf zu der Stelle, wo mein Schatten hätte knien sollen. Als er sah, dass dieser einen Ausweg aus der Höhle suchte, rannte er los und warf sich im letzten Augenblick vor die Tür und das flackernde Kreuz. Er schlug mein Ebenbild, so dass ich – auch wenn es eigentlich unmöglich war – das Echo der Schmerzen meines Schattens spürte. Unvermittelt trat mein Meister mein Ebenbild und zerrte es an dessen Haaren zurück auf seinen Platz.

Von einem Moment zum Nächsten beruhigte sich die Szene. Alles entsprach wieder der Wirklichkeit, die wir sahen und an die wir glaubten. Es waren genau zwei Lidschläge vergangen, die Zeit hatte sich gedehnt und das Unsichtbare für einen Augenblick enthüllt.

»Hier haben wir alles, was wir brauchen.«

Kaum hatte er seinen Satz beendet, begann mein Meister mit seiner Sichel die Antriebsbänder aus dem Webstuhl zu schneiden.

»Worauf wartest du? Pack unsere Begleitung aus dem Sack aus.«

Sofort folgte ich seinem Befehl und öffnete den Sack mit unserer Gefangenen. Hilflos lag die Frau vor mir.

»Setz sie auf den Stuhl«, wies er mich an.

Minuten später war ihre Lage deutlich schlechter als zuvor. Mitsamt des Stuhls hatte mein Meister sie an den Mittelpfosten des Raumes gebunden. Sogar um ihren Hals hatte er mehrere Bänder gelegt und so ihren Kopf an dem Pfosten fixiert.

»Ich muss Anweisungen verteilen und schauen, ob alles nach Plan verläuft«, sagte er knapp und wandte sich zum Gehen. »Du passt hier auf.«

Als mein Meister verschwunden war, wurde es still. Nachdenklich wandte ich mich zu der Frau auf dem Stuhl. Mit den fest verschnürten Riemen um ihren Hals war sie kaum in der Lage zu schlucken, geschweige denn irgendwelche Geräusche von sich zu geben.

Ganz langsam bewegte ich mich auf sie zu, bis ich nur noch gut eine Armlänge von ihr entfernt zum Stehen kam. Die vielen Schläge hatten sie entstellt. Ihre Augen waren geschwollen, eine Augenbraue aufgeplatzt und aus ihrem Mund sickerte Blut. Verlassen und kläglich saß sie dort. Gunde ahnte wohl, dass ich vor ihr stand, und unter großen Schmerzen hob sie ihre Augenlieder.

Es durchzuckte meinen ganzen Körper. Beklommen blickte ich in ihre blutunterlaufenen Augen und erstarrte. Ihre Lage war aussichtslos und trotzdem sah ich in diesen Augen nicht die pure Verzweiflung, sondern – einen Anflug von Hoffnung.

Wieso hatte sie auf dem Flur des Schiffes mit ihren Fingern das gleiche Zeichen angedeutet, das ich eben auf der Tür gesehen hatte und das dieser verängstigte Matrose um seinen Hals trug?

Mit gequälten Zügen wandte sie den Blick von mir ab, hin auf ein altes Knüpfmesser, das auf dem Webstuhl lag. An der Klinge gab es rostige Schlieren, aber es schimmerte noch scharf genug, um mit wenigen Schnitten Gunde von allen Fesseln zu befreien. Mir war sofort klar, was sie von mir wollte, und mir wurde unbehaglich zumute. Unwillkürlich drehte ich mich wieder zu ihr hin.

Wie sehnte ich mich in diesem Augenblick nach einem Ausweg aus der Gefangenschaft und Tristesse meines Lebens! Wer würde mir helfen, die Wahrheit zu entdecken? Alleine konnte ich es nicht schaffen, ich musste jemanden finden, der mir den Weg in die Freiheit zeigte. Ob Gunde diesen Weg kannte und mir die Zeichen erklären könnte, die mir auf meiner Reise begegnet waren?

Auf einmal war es ein Leichtes, das Messer mit meinen Fingern zu umgreifen. Der Schaft in meiner Hand fühlte sich sogar gut an. Es war, als ob nun auch die Klinge zu mir sprach. Ich konnte es mehr als nur deutlich hören.

»Tu es! Los, tu es schon endlich! Wir können sie nicht mehr gebrauchen.«

Ich zuckte zusammen und stand wie gelähmt. Die Stimme – ich brauchte mich nicht umzudrehen, um zu begreifen, dass ich mir nicht einbildete, was ich gehört hatte. Der unselige Schatten an der Wand verriet mir, dass es für das, was immer ich gerade noch gedacht oder geplant hatte, nun zu spät war.

Mein Meister war wieder zurück in der alten Weberei. Er hatte lautlos die Tür geöffnet und sich leise hineingeschlichen.

»Ich wusste, ich kann auf dich zählen.«

Ohne dass ich es verhindern konnte, fing das Messer in meinen Fingern leicht an zu zittern. Auch wenn ich es gewollt hätte: ich war nicht in der Lage, Gundes Fesseln zu lösen; ich konnte mich ja nicht einmal von meinen eigenen befreien.

Mit gesenktem Kopf, trat ich zur Seite und legte das Messer wieder an den Platz, von dem ich es genommen hatte.

»Weißt du, meine erste Person habe ich auch mit einem Messer umgebracht. Da spürt man wesentlich stärker, wie das Leben aus dem anderen weicht, als wenn du ihn erschießt.«

General Iblis, der inzwischen bei der Gefangenen angekommen war, streichelte Gunde über die Wange.

»Ich hatte mir schon gedacht, dass du mich täuschen würdest«, sagte er zu ihr und umklammerte dabei mit seiner Hand ihren

Kiefer. »Aber alles läuft nach Plan und du bist nur noch Ballast.« Mit dem Ende des Satzes presste er seine Hand zusammen. Ich konnte hören, wie der Knochen zerbarst und Gunde vor Schmerzen stöhnte.

Voller Abscheu und mit einem Gefühl der Genugtuung betrachtete er zuerst Gunde und dann mich. »Du weißt, dass du zu mir gehörst?« Seine Frage klang dabei mehr wie eine Aufforderung. Er erwartete überhaupt keine Antwort von mir. Während er mich mit den Augen fixierte, stellte er sich theatralisch vor den Ausgang der Weberei.

»Denk daran, was du schon alles getan hast und dass du dich mir versprochen hast.« Nun lehnte mein Meister sich entspannt an die Tür und griff in eine seiner Manteltaschen.

»Du bist mein in alle Ewigkeit, vergiss das nicht«, sagte er mahnend.

Während ich am Webstuhl stand, konnte ich zu meiner Linken Gunde auf dem Hocker sehen. Was bedeutete es, Mensch zu sein? War der Mensch vielleicht einfach nur der Spielball eines willkürlichen Schicksals? Möglicherweise könnte er auch nicht mehr als eine Marionette in den Händen von Generälen sein, die ihre Figuren nach Lust und Laune steuerten. Oder war er lediglich ein Gefangener in einer Höhle voller dunkler Illusionen, während die Wirklichkeit eine andere war? Und wenn es so wäre – wo war der Ausweg aus dieser Existenz? Gab es ein Leben nach dem Zerfall unserer fleischlichen Hülle? Und gab es eine Macht über meinem Meister, der zerstörte und tötete, wie es ihm gefiel? Gab es jemanden, der ihm Einhalt gebieten konnte?

Es war müßig, über diese Dinge zu grübeln, ich würde dabei doch auf keine Antwort kommen. Ein schmerzlicher Umstand, denn nur wenn es eine Antwort auf diese Fragen gab, könnte das Leben mit all seinen Absurditäten einen Sinn ergeben.

»Wem ich nicht vertrauen kann, der ist zu nichts nütze«, fuhr mein Meister fort und stopfte voller Gelassenheit seine Pfeife. Als der Tabak anfing zu glühen und der weiße Rauch langsam zur Decke stieg, hob er seinen Kopf und strich sich mit der freien Hand durch den Bart.

»Du bist mir doch noch treu ergeben?« Seine Stimme klang wie immer und doch merkte ich, dass es etwas oder jemanden gab, den mein Meister fürchtete.

»Gehorche mir oder ich muss mir einen anderen Diener suchen!«

Mein Meister stand vor der Tür, aus der mein Schatten vorhin fliehen wollte, und rauchte genüsslich seine Pfeife. Als wüsste er genau, was sich dort vorhin zwischen den zwei Liedschlägen abgespielt hatte.

»Du hast so viel bei mir gelernt und es wäre doch einfach zu schade, wenn ich mich von dir trennen müsste.« Seine Worte hörten sich fast gelangweilt an und nach einer kurzen Pause holte er seine Sanduhr aus dem Mantel und hielt sie waagerecht vor sich. Dann zog er an seiner Pfeife und blies eine Qualmwolke zu mir herüber, bevor er seine nächsten wohl gewählten Worte sprach.

»Enttäusch mich nicht.« Seine Geste und seine Worte ließen keinen Zweifel: Er gewährte mir eine letzte Chance. Entweder gehorchte ich ihm oder ich würde ebenfalls sterben.

Ehrerbietig senkte ich meinen Kopf und unterwarf mich seiner Herrschaft.

»Jetzt nimm das Messer.«

Zögernd ergriff ich das Messer, das ich vorhin abgelegt hatte. In meinem Leben hatte ich viel Grausamkeit gesehen, ja sogar Grausamkeiten unterstützt, aber noch nie hatte ich ein Leben ausgelöscht.

»Ich kann das nicht«, greinte ich und auf meiner Stirn bildete sich Schweiß, denn ich ahnte, was er von mir verlangte.

»Was meinst du mit: Ich kann das nicht? Du willst mir doch nicht erzählen, dass du unsere Gefangene vorhin nicht töten, sondern vielleicht befreien wolltest?« Zwischen uns stand nun ein gespanntes Schweigen. In mir fühlte ich nichts als Leere und schiere Verzweiflung.

»Mach, was ich dir sage und widersprich mir nie wieder!«, zischte mir mein Meister voller Hass und Verachtung entgegen.

»Was denkst du, ist das entscheidende Merkmal, um Menschen nach ihrem Tod zu erkennen?«, fragte mein Meister lehrermäßig. Egal welches Körperteil ich wählen oder was ich ihm antworten würde, alles wäre nun falsch. Aber Schweigen durfte ich nicht, auch wenn sich in mir alles gegen das sträubte, was hier passierte.

»Die Haare?«

»Auf jeden Fall die Haare!« Kaum hatte mein Meister meiner zögerlichen und gequetschten Frage zugestimmt, nahm er die Pfeife wieder in den Mund und zog genüsslich am Mundstück. Selbstgefällig lehnte er an der Tür und ich sah, wie der ovale gläserne Pfeifenkopf zu glühen begann. Beim Stopfen der Pfeife hatte ich bereits geahnt, dass er keinen normalen Tabak verwendete. Nun wusste ich es sicher.

Wieder vernahm ich das schmatzende Geräusch, das entstand, wenn er an der Pfeife sog. Gleichzeitig begann das Glas am vorderen Ende durch die Hitze zu glühen. Der Tabak roch herb und bestand nicht aus getrockneten Pflanzen. Er verbrannte in seiner Pfeife das gleiche, was ich den Schweinen zum Füttern gab. Es waren die Reste der Sklaven, die in den Kerkern seiner Insel verrottet waren.

Jetzt blies er einzelne Rauchschwaden in die Luft und hielt die Pfeife auf Bauchhöhe vor sich. »Du weißt doch hoffentlich, wie man einen Skalp entfernt?«, hakte er nach und blies einen weiteren Rauchring in den Raum. In der Luft wurde aus den Ringen das, was sie einst im Leben waren. Der Dunst formte sich zu Knochen, Fingerresten und Schädelstücken von Menschen.

Als ich das blutige Messer wieder auf den Webstuhl legte, verachtete ich mich selbst. Ich hasste mich für das, was ich getan hatte, und fühlte mich räudig. Apathisch stierte ich auf den Boden und bibberte am ganzen Körper. Ich wollte nur noch heraus, heraus aus diesem Raum, heraus aus diesem Leben, in dem ich Dinge tat, die ich nicht tun wollte. Oh, gäbe es doch nur jemanden, der mir den Ausweg zeigte und der mir das vergab, was ich anderen Menschen auf meiner Lebensreise angetan hatte.

Meinen Meister störte es nicht, dass ich an dem, was aus mir wurde, zerbrach. Er erfreute sich an dem Leid, das Gunde erlebte. Wenn meine Seele dabei auch noch zersplitterte, dann gab es für ihn nichts Schöneres. Der Mensch sollte sich selbst und andere verachten, dies war sein höchstes Ziel. Deshalb kniff er schadenfroh die Mundwinkel zusammen und war sich seiner Überlegenheit bewusst.

»Bravo. Bravo, du weißt also noch, zu wem du gehörst«, drang sein spöttisches Lachen von der Tür her an mein Ohr und in meine Seele.

Dann klopfte mein Meister die Pfeife an der Steinwand aus. »Geh zur Seite, den Rest erledige ich!« Mit diesen Worten schlenderte mein Meister zu dem alten Webstuhl und griff nach dem Holzstück, das ehemals dazu gedacht war, die Wollfäden in Reihe zu bringen.

»Dieses Luder wollte mich stoppen und dafür soll sie leiden.« Dann krachte es. »Keiner wird sich an sie erinnern und keiner wird sie vermissen, geschweige denn wiedererkennen.«

Voller Freude ließ mein Meister das Holzstück zu Boden fallen und drückte Gundes Kopf nach hinten an den Pfosten. Dort wo das Holz ihre Wange getroffen hatte, verfärbte sich die blasse Haut, schwoll an und aus einem dicken Striemen rann Blut.

»Schau mich an. Schau mich an oder ich schneide dir auch noch die Ohren ab, bevor ich dich erledige.«

Gunde öffnete ihre trüben Augen. General Iblis befand sich mit seinem Gesicht nur einige Zentimeter von ihrem entfernt.

»Mich kann keiner aufhalten und erst recht nicht ein Weib wie du.«

Mit dem anatomischen Kalkül eines Schlächters löschte er ihr Leben aus. Dann drehte er sich langsam um und starrte mich an.

»Jetzt zu dir. Ich will niemals wieder das Gefühl haben, dir nicht vertrauen zu können«, schnaubte er und verzog gereizt sein Gesicht. Ich aber stand einfach nur da – verstört, einsam und ängstlich.

Durch die Vorhänge fiel mattes Licht und an der Rückwand bewegten sich Schatten. Von alldem unbeeindruckt stieß mein Meister die Holzregale um und schob die Wollreste unter dem Webstuhl zusammen.

Als er dann das Streichholz am Mittelpfosten entzündete und an die Wolle hielt, verstand ich, wer mir mein altes Leben genommen hatte. Die Wolle fing an zu glimmen und züngelnd suchten sich die Flammen ihren Weg.

Alle seine schmeichelhaften Sätze und Versprechungen waren nichts als leere Worthülsen gewesen. Er war es, der mir mein altes Leben weggerissen hatte und mich in seiner Welt knechtete. Ich gehörte ihm und er zerstörte mich. Nein, das konnte und wollte ich nicht länger ertragen. Ich wollte nicht als sein Sklave verenden. Wenn ich doch nur einen Weg fände, mich von ihm zu lösen.

»Komm schon, wir müssen zum Zug, wir haben etwas Wichtiges zu erledigen. Wir müssen nach Sarajevo.«

An der Tür drehte ich mich noch einmal um. Gunde saß auf dem Stuhl am Mittelpfosten und Blut lief an ihrer Wange herunter. Ganz langsam bahnte es sich seinen Weg, bis es am Kinn stoppte und von dort zum Boden tropfte.

Abids Reise – Schatzsuche

ABID ZOG WEITER NACH SÜDEN. Dabei dachte er noch immer über die Begegnung mit der Frau am Brunnen nach. Wie sie von diesem Mann erzählte, der nur durch Worte ihr Leben veränderte. Selbst die tibetischen Mönche oder die Tempel von Thailand hatten ihn bei Weitem nicht so stark berührt. Dabei hatte er diesen Mann, von dem sie so fasziniert berichtete, ja bisher noch nicht einmal gesehen. Alleine die Schilderung von ihm reichte aus, um etwas in seinem Inneren anzustoßen.

Tief in Gedanken versunken zog er weiter und betrachtete das Land um sich herum. Die Landschaft an Euphrat und Tigris war einmalig. Es gab sanfte Hügel, weite Ebenen und fruchtbaren Boden. Bäume und Sträucher aller Art waren hier zu finden und je mehr er sah, verstand er, dass sich hier die Wiege der Menschheit befunden hatte.

Aus den Sträuchern um ihn herum hörte er das Zwitschern von Vögeln. Tiere bewegten sich für ihn unsichtbar durch das Unterholz. Er spürte, wie der milde Wind seine Haut sanft streichelte. Von dem nächsten Hügel aus entdeckte er in der Ebene zu seinen Füßen das, wovon die Frau ihm erzählt hatte.

Wie aus dem Nichts erhoben sich nicht weit von ihm aufeinandergetürmte Steine und verrieten, dass hier Menschen mit Hilfe der Natur etwas ganz Eigenes geschaffen hatten. Je dichter er herankam, desto genauer erkannte er die Formen. Ganz ähnlich den Pyramiden in Ägypten sah er die Grundmauern eines ehemals spitz zulaufenden Gebäudes. Eine Zikkurat – so hatten die Babylonier und Perser diese Bauten genannt – hatte es hier einst gegeben. Von diesem ursprünglichen Bauwerk war jedoch nicht mehr viel übrig.

Abid wollte auf seinen Reisen nicht an den Dingen vorbeihasten, die ihm begegneten. Die meisten Menschen waren in ihrem Alltag oft so schnell unterwegs, dass sie die Geheimnisse, die um sie herum existierten, nicht wahrnahmen. So dauerte es fast eine Stunde, bis er seine Umrundung um die ehemalige Grundmauer abgeschlossen hatte. Nach seinen zahlreichen Erlebnissen und Abenteuern in vielen Ländern der Erde drängte sich ihm die Vermutung auf, dass hier etwas verborgen lag.

Mit den Händen würde er nicht anfangen können zu graben und vermutlich müsste er hier einige Tage bleiben. Aber er würde es bestimmt bereuen, wenn er nicht zumindest versuchte, das Geheimnis dieses Platzes zu erkunden. Also kehrte er zielstrebig zurück zu dem Küstenort, an dem er vor einiger Zeit vorbeigekommen war. Hier würde er bestimmt Werkzeug und eine Öllampe erhalten.

Die Männer, die er in einem freundlichen Tonfall ansprach, lachten ihn schallend aus. »Du bist nicht der Erste, der dort sucht und nichts finden wird«, riefen sie ihm nach, als er mit seinen Errungenschaften, die er für einen kleinen Betrag erstanden hatte, loszog, um sich auf seine Expedition zu begeben.

Einige Tage später musste er ihnen Recht geben. Er hatte an allen Stellen, die wie ein Eingang in das Innere aussahen, gegraben und gehackt. Jedoch ohne Erfolg. Dabei musste er jede Nacht an die Begegnung mit der Frau am Brunnen denken. Sie hatte, was er suchte, und konnte es dennoch nicht mit ihm teilen. Zur Ruhe musste jeder selbst finden. Die erfolglose Suche hier ließ deshalb seine Rastlosigkeit nur noch größer werden.

Abid ließ das Werkzeug und die Lampe einfach zwischen den Steinen liegen. Vielleicht würde sie ja jemand anderes gebrauchen können. Es gab bestimmt noch mehr Männer wie ihn, die reisten und nach den Antworten im Leben suchten. Er würde jetzt nach Kut al-Amara weiterziehen und sich dort nach dem Garten umschauen, von dem die Frau erzählt hatte.

Schall und Rauch

DER ZUG LIEF AUF HOCHTOUREN. Weißer Rauch stieg aus dem Schornstein empor und verriet, dass der Kessel ordentlich unter Druck stand. Die glühende Kohle machte dem Wasser mächtig Dampf.

Die Dampflok, mit der sie unterwegs waren, gehörte zu der neuesten Generation von Lokomotiven. In diesem Modell wurde die Kohle mit Hilfe eines raffinierten Systems über eine Förderschnecke automatisch in den Brennofen geleitet und Feuerofen sowie Kohlewagen waren nicht mehr direkt mit der Lok verbunden. Am Feuerofen gab es zwar noch eine zusätzliche Klappe, um mit Hilfe einer Schippe Kohlen ins Feuer zu schaufeln, aber es war nicht mehr nötig, dass jemand die ganze Zeit von Hand diese Aufgabe übernahm.

Der Lokführer hatte dank der vielen technischen Neuerungen ein recht angenehmes Leben und konnte sich mehr um den Inhalt seines Flachmanns als um das Fahren des Zuges kümmern. Doch selbst die beste Technik ersetzte nicht ganz die menschliche Arbeit, und als seine Instrumente anzeigten, dass der Druck abfiel, blieb ihm nichts anderes übrig, als noch einen kräftigen Schluck aus seinem Flachmann zu nehmen und seinen Lehrjungen zur Kontrolle loszuschicken.

»Auf, du Faulpelz«, fuhr er den schmächtigen Helfer in seinem kohleverschmierten Blaumann an und fuchtelte mit seinen Armen. »Schau nach, ob mit der Kohleschnecke und dem Brennofen alles in Ordnung ist. Die Instrumente zeigen an, dass der Druck abfällt.«

Mit einem vielsagenden Blick auf den Flachmann seines Chefs machte sich der schlaksige Lehrjunge auf den Weg. Eine unglaubliche Hitze schlug ihm entgegen, als er mit den zwei Nummern zu großen Lederhandschuhen den Eingang zum Kohlewagen öffnete und den Innenraum betrat.

Durch eine Wand wurde der Kohlehaufen von dem Teil getrennt, in dem sich der Ofen befand, und die Geschwindigkeit des Förderbandes konnte vom Führerhaus überwacht werden. Ein schneller Kontrollblick verriet dem Lehrjungen, dass eigentlich alles so war wie es sein sollte. Die Schnecke lief und befand sich an der richtigen Position. Auch stand der Schalter für die manuelle Steuerung auf null. Doch falls wirklich der Druck im Kessel gefallen war, würde er nun dafür sorgen, dass auf jeden Fall die nächsten Stunden genügend Kohlen im Ofen verglühten. Grantig nahm er das Werkzeug von seinem Haken und schleuderte einige zusätzliche Schippen Kohle in die Feuerstelle. Als die Schaufel wieder an ihrem Platz neben der Kreuzhacke hing, verließ er so schnell wie möglich wieder den Kohlenwagen und ging zurück.

Von alledem unberührt flogen die Wagen über die Gleise, wobei es eigentlich nur den Passagieren im hinteren Teil des Zuges wirklich gut ging, denn dort befanden sich die gut ausgestatteten Abteile der ersten Klasse. General Iblis, der die Enge in diesen Zügen hasste, hatte sich deshalb aus gutem Grund für einen Platz in diesem Zugabschnitt entschieden.

Dort war alles ein wenig weitläufiger. Personen, die hier reisten, wollten in der Regel ihre Ruhe haben und besaßen das nötige Kleingeld, um sich diese Form des Reisens leisten zu können.

Für die Reisenden in der dritten Klasse glich die Fahrt einem Leben in einem überfüllten Stall. Dabei machte jeder das Beste aus seiner Situation. Frauen strickten Strümpfe, Männer spielten rauchend Karten und Kinder wurden von ihren Müttern an einfachen Schreibtafeln unterrichtet. Manche Reisenden hatten auch schon ihre Betten heruntergeklappt und ruhten auf unbequemen Liegen.

General Iblis Sklave saß in der überfüllten dritten Klasse und freute sich darüber, im letzten Moment noch einen Fensterplatz ergattert zu haben. Trotzdem bekam er in allen Facetten mit, was es bedeutete, zum untersten Stand der Gesellschaft zu zählen. Da die Toilette in diesem Abteil nur für einen Bruchteil der Fahrgäste reichte, musste er miterleben, wie der junge Mann, der ihm schräg gegenüber saß, seine Notdurft in einen Blecheimer verrichtete. Dabei war dies nicht einmal ungewöhnlich. Allerdings hatte dieser meschugge Einfaltspinsel vergessen, die Windrichtung zu testen, bevor er seine Überreste aus dem Fenster schleuderte. Oder vielmehr sollte man sagen, er versuchte, sie ins Freie zu befördern, denn ein guter Teil kam postwendend zurück. Ein grässliches Malheur.

Die noch warme Flüssigkeit seines Gegenübers lief General Iblis Sklaven über die Wange und einige wenige Tropfen gelangten durch den offenen Mund sogar in seinen Rachen. Es war gelinde gesagt abscheulich.

»Pass doch auf«, platzte ich heraus und glotzte verärgert in die Visage meines Gegenübers. Was für ein Schlamassel!

»Pardon, der Herr.« Der Kerl entschuldigte sich für seinen Patzer und lächelte kläglich. Aber ungeschehen konnte er sein Missgeschick nicht mehr machen.

Stinkend kämpfte ich mich in den Flur und stellte mich an der Schlange zur Toilette an. Vor mir standen ein paar Jungs, die sich allem Anschein nach hier nur aufhielten, um dem Nachhilfeunterricht und dem maulenden Geplärr ihrer Mütter zu entfliehen. Es dauerte eine Weile bis ich an der Reihe war. Als der Zugang zum stillen Örtchen geöffnet wurde, wehte mir ein ekelhafter Dunst entgegen. Als sich die Tür hinter mir schloss, brauchte ich einen Moment, bis ich realisierte, was hier passierte.

Meine Gedanken hatten sich die ganze Zeit um diesen tollpatschigen Idioten gedreht, dessen Urin ich mir nun aus dem Gesicht waschen musste. Mit meinen Ohren und Augen war ich bei den

Jungs gewesen, die eben noch in der Reihe vor mir standen. Den Mann, der anscheinend in der Schlange direkt hinter mir gewartet hatte, nahm ich erst wahr, als er mich in den kleinen Toilettenraum drückte.

Bevor ich wusste, wie mir geschah, hatte er die Tür geschlossen. Seine riesige Hand bedeckte meinen Mund und mit der anderen hielt er mir ein Messer an die Kehle.

Für einen kurzen Moment blitzte in meinem Kopf der Gedanke auf, dass es eigentlich eine Erlösung wäre, wenn er mich hier und jetzt umbrächte. Das Sterben würde mich von meinem Meister befreien und der Tod konnte nicht schlimmer sein als dieses Leben. Doch der fast schon ersehnte Schnitt in meine Kehle blieb aus. Hingegen stand der Fremde einfach nur da und starrte mich an.

Während wir uns anblickten, zuckte sein Mundwinkel und das Ende seines nach oben gezwirbelten Schnäuzers vibrierte leicht. Der Hut auf seinem Kopf war eingedellt und die Krempe hatte er in die Stirn gezogen. Unter seinem Kinn erblickte ich eine wulstige Narbe. Seine Kleidung war in Schwarz gehalten, nur seine Fliege hatte einen Graustich und zarte weiße Streifen. Er wirkte wie ein Mann von echtem Schrot und Korn, einer der für die richtigen Dinge einstand.

»Ich will nur an General Iblis ran«, begann er, machte dann eine Pause und fuhr schließlich fast flüsternd fort: »und du wirst mir dabei helfen.«

Reglos stand ich da. Es ging dem Fremden nicht darum, mich zu töten oder auszurauben. Weshalb auch! Ich besaß nichts und hatte auch niemandem etwas getan. Dieser Mann war hier, um meinen Meister zu töten! Genauso wie die beiden Männer auf dem Schiff und die Frau, deren verkohlte Überreste wir in der Weberei in Paris zurückgelassen hatten.

Ich spürte wie mein Gesicht versteinerte und sich jede Sehne meines Körpers anspannte. Wenn mein Meister jetzt in der Nähe wäre und sehen würde, wie ich zögernd mit mir rang und tatsächlich in Erwägung zog, diesen Mann in seinem Kampf zu unterstützen – ich wäre ein toter Mann.

Der Fremde sah mein Zögern, fixierte mich, trat auf dem glitschigen Boden einen kleinen Schritt zurück und stand nun mit dem Rücken zum Waschbecken, während ich, nur eine Armlänge von ihm entfernt, mit meinen Waden den Abort berührte. Schmunzelnd lockerte er seine Finger von meinem Mund und ich spürte, wie das kalte Metall des Messers, sich allmählich von meinem Hals löste. »Ich bin Thomas«, sagte er und hielt mir seine Hand entgegen.

Langsam begann ich meinen Arm zu heben. Er fühlte sich an wie Blei und doch merkte ich, dass ich die Kraft hatte, mich auf diesen Fremden einzulassen und mich aus freien Stücken gegen meinen Meister zu stellen. Ja, er beherrschte mich. Gewiss, er bestimmte mein Leben und zwang mich zu Dingen, die ich nicht wollte. Aber ich konnte zumindest versuchen, mich seinem grausamen Wirken entgegenzustellen. Ich wollte, ja ich musste andere Wege im Leben einschlagen, wenn ich nicht zugrunde gehen wollte.

Mein Dasein schien nicht mehr zu sein als der lausige Abklatsch des wahren Lebens und verantwortlich dafür war mein Meister, der alles unternahm, um mein Leben zu zerstören. Er hatte mich meiner Identität beraubt und hielt mich bis zum Verderben in seinen Fängen.

In diesem Moment hatte ich meine Entscheidung getroffen und schlug in die Hand ein, die Thomas mir anbot. Dabei hoffte ich inständig, dass diesem Mann doch endlich gelingen würde, was schon so viele vergebens versucht hatten.

»Du musst mir helfen. Der Übergang zur ersten Klasse wird durch zwei Wachen gesichert«, wisperte Thomas voller Anspannung. »Die werden nur verschwinden, wenn in dem Zug etwas Chaos entsteht«, erläuterte er weiter. »Du siehst zwar nicht besonders kräftig aus, aber du schaffst das.« Dann hielt er im Reden erneut inne und legte mir ermutigend die Hand auf die Schulter.

»Sobald ich am hinteren Ende dieses Waggons angekommen bin, fängst du hier in dem Abteil eine Schlägerei an.«

»Ich soll eine Schlägerei anfangen?«, lamentierte ich.

»Ja. Das sollte doch kein Problem sein. Sobald wir in Sarajevo sind, werde ich dich dann für deine Hilfe belohnen.«

Ich hatte zwar keine Ahnung, auf was ich mich hier einließ, doch stimmte ich mit einem Nicken seinen Anweisungen zu. Er verließ die Toilette und ich machte mich am Waschbecken zu schaffen.

Als ich damit fertig war, ging ich zurück zu meinem Platz in der dritten Klasse. Der Junge von vorhin lächelte, als er mich sah. Er hatte nichts bemerkt. Ich lächelte zurück und holte mit meinem Arm zu einem kräftigen Aufwärtshaken aus. Meine Faust schnellte nach oben und so bedankte ich mich nachträglich für die lauwarme Dusche, die ich vorhin von ihm erhalten hatte. Dies alleine hätte nicht ausgereicht, um hier ein Chaos zu verursachen, aber die gleichen Jungs, die vorhin vor ihren notorisch nörgelnden Müttern zum Waschraum geflohen waren, wollten diese Chance nicht vertun: Sie hatten von vornherein nur Unfug im Kopf. Innerhalb weniger Sekunden gab es ein Knäuel von sich balgenden Jungs und eine wilde Keilerei begann.

Dann passierte wenige Meter entfernt das, was Thomas gehofft hatte. Die Wachen, die eigentlich den Übergang zu den besseren Klassen kontrollierten, verließen ihren Posten und rannten herbei, um die Prügelei energisch zu beenden.

Inzwischen schritt Thomas bedächtig durch den mit Teppich ausgelegten Gang im Waggon der 1. Klasse. Im Vorbeigehen linste er in die einzelnen Séparées und schaute, ob er den Mann, den er suchte, erblicken konnte.

Schon am Pariser Bahnhof hatte er den General und seinen Diener beobachtet und versucht, ihr Verhalten zu studieren. Dieser General Iblis hatte seinen Diener wie Dreck behandelt und unverblümt in aller Öffentlichkeit erniedrigt und gedemütigt. Bei seinen Beobachtungen war ihm auch klar geworden, dass er den Diener bestimmt dazu gewinnen konnte, sich gegen seinen Herrn zu stellen.

Verstohlen lugte Thomas durch die nächste Glasscheibe und musterte die Passagiere in diesem Abteil. Fast hätte er ihn nicht erkannt, denn nichts erinnerte an den Mann, den er in Paris gesehen hatte.

Einige Meter weiter blieb Thomas auf dem Gang zwischen den Abteilen stehen und versuchte, sich ein Bild von dem zu machen, was er dort eben gesehen hatte. Der Mann, der zwei andere Agenten hatte verschwinden lassen, der sogar Gunde brutal und grausam ausgeschaltet hatte und den alle als Bestie beschrieben, saß nur wenige Meter von ihm entfernt auf seinem Platz und streichelte einem kleinen Mädchen über das Haar.

Nachdenklich drehte Thomas sich um und schaute zurück zu dem Abteil, in dem seine Zielperson saß. Von seiner neuen Position aus konnte er sehen, dass General Iblis sich anscheinend mit der Mutter des Kindes unterhielt und diese immer wieder herzhaft auflachte. Nun sah er auch, dass neben der Frau noch ein leerer Platz war. Schnell blickte er sich nach allen Seiten um und öffnet kurz darauf mit einem freundlichen Lächeln die Tür.

»Pardon, darf ich mich zu Ihnen setzen?«

Keiner der Anwesenden lehnte seine Bitte ab und so setzte er sich auf den letzten freien Platz. Wie ein gewöhnlicher Handelsreisender lehnte er sich in seinen Sitz und schnupfte eine Prise Tabak.

General Iblis blickte weiterhin vergnügt und freundlich drein, als es sich der neue Fahrgast, der sich Ihnen als Pierre vorgestellt hatte, auf seinem Platz gemütlich machte. Für einen kurzen Moment betrachteten sich die beiden Männer; und wenn Thomas sich nicht ganz sicher gewesen wäre, dass es sich hier um den Mann handelte, auf den er angesetzt war, dann hätte er es wirklich nicht glauben können.

»Wirklich Mademoiselle, ihre Kleine ist einfach hinreißend – ganz die Mutter.«

General Iblis liebte es, den Leuten, denen er begegnete, Honig um den Mund zu schmieren, sie zu umgarnen, sie einzulullen und dabei lebendig verrecken zu lassen. Ein Tod, den sie nicht einmal merkten, der sie aber des wahren Lebens beraubte. Am wichtigsten war es, dass die Menschen beschäftigt waren. Sie sollten nicht nachdenken, sondern danach streben, immer mehr zu besitzen. Wer sich abrackerte und nichtigen Dingen nachjagte, der wurde in seinem Inneren immer leerer und würde ihm auf den Leim gehen. Den anderen Passagieren hatte sich der General als Uhrenfabrikant vorgestellt. Mit einer selbstlosen Geste hatte er dem Mann, der neben ihm saß, sogar eine seiner vorzüglichen Taschenuhren geschenkt. Dessen Freude und Dankbarkeit waren überschwänglich. Dabei konnte der ältere Mann nicht ahnen, dass er in seinen Händen einen der perfidesten Tricks dieses abscheulichen Generals hielt. Uhren gaukelten einem vor, dass die Zeit endlos sei. Die Zeiger drehten sich im Kreis und wenn man sie immerfort aufzog, hörten sie nie auf zu ticken. Doch welch ein hanebüchener Unsinn. Die Lebenszeit lief ab, sie zerrann wie Sand zwischen den Fingern. Wer das vergaß, der lebte auch so und dachte nicht an das, was später kommen könnte. Deswegen verschenkte der General so gerne seine Uhren.

Während der General mit der Frau sprach, beobachtete er gleichzeitig den Mann auf dem Platz neben ihr. Irgendetwas stimmte mit ihm nicht. Er nannte sich Pierre und hatte angegeben, ein Handelsreisender zu sein. Sein Französisch war fließend und vermutlich war er auch in der Lage, verschiedenste Mundarten zu sprechen. Aber welche Dinge entsprachen schon dem, wie sie äußerlich erschienen? Seit Jahrhunderten setzten Staaten Spione ein: In Kriegs- wie in Friedenszeiten. Soldaten waren leicht zu erkennen, doch wer konnte schon genau sagen, wie ein Spion aussah?

Mit Sicherheit bewahrte dieser Pierre in seiner Tasche keine Verträge oder Dokumente auf. General Iblis konnte in diesem Augenblick nicht genau sagen, ob und woher die deutsche Regierung wusste, dass er noch lebte, doch er wurde den Eindruck nicht los, dass dieser Mann den Auftrag hatte, ihn aufzuhalten. Deshalb musste er unbedingt überführt und gestoppt werden.

»Sind Sie denn auch schon einmal in New York gewesen?«, stellte General Iblis eine unverfängliche Frage und unversehens hatte er diesen Pierre in ein Gespräch verwickelt. Wie Männer von Welt sprachen sie über die Geschehnisse der Zeit: Die Bücher von Maxim Gorki, die Gedanken der Bolschewisten, den Schauspieler Charlie Chaplin; über alles tauschten sie ihre Gedanken aus. Doch genau damit war die Tarnung von Pierre Mathieu aufgeflogen. Die Franzosen liebten schmeichelnde Worte, ihre Sprache war wohlgeformt und schwebend. Dem gegenüber war die Wortwahl des Deutschen urwüchsig, trocken und deftig.

Ohne dass Thomas es mitbekam, drehte General Iblis die Sanduhr in seinem Mantel um und erhob sich. »Ich glaube, ich muss mal kurz frische Luft schnappen«, sagte er und hob das Kind von seinem Schoß in die Arme der Mutter. Dann stand er auf und streckte sich.

Was für einfältige, morbide und lächerliche Geschöpfe diese Menschen doch waren. Warum liebte der Schöpfer sie bloß? Für General Iblis waren sie lediglich niedere Kreaturen, deren Existenz keinen Wert hatte und keinen Sinn ergab.

»Von dem langen Sitzen wird mein Körper immer so steif«, erklärte er sich und verließ das Abteil.

Wäre er mit dem deutschen Spion zu zweit in diesem Raum gewesen, hätte er ihn an Ort und Stelle getötet. Doch dann wären all die schönen Lügen, die sich in den Herzen der Anwesenden eingenistet hatten, vergebens gewesen. Dabei sollten sie doch zu seinen zukünftigen Dienern auf dem Festland werden. Sie sollten tagein, tagaus ihre Angestellten ausbeuten. Sie sollten ihre Frauen betrügen. Sie sollten gehässig übereinander tratschen, dabei verbittern und sich zu Tode grämen. Und auf keinen Fall sollten sie sich auf die Suche nach dem wahren Leben machen.

Thomas wartete einige Sekunden ab und schaute auf den leeren Platz. Er wusste, dass seine Tarnung perfekt war und es schien eine positive Fügung des Schicksals zu sein, dass General Iblis ein wenig frische Luft schnappen wollte.

»Ich glaube, ich sollte mir ebenfalls die Beine vertreten, bevor ich gleich ein Nickerchen mache.« Die Frau neben ihm, die gerade dabei war, ihrer quengelnden Tochter einen Zopf zu flechten, nickte zustimmend. Thomas erhob sich. Auf dem Flur angekommen, schaute er schnell nach links und rechts und sah, wie die Tür, die zu der kleinen Plattform am Wagenende führte, ins Schloss fiel.

In Paris hatte sich Thomas die Konstruktion des Zuges und der Waggons genau eingeprägt. Er konnte ja im Vorfeld nicht wissen, wo sich die Gelegenheit ergeben würde, die Zielperson zu töten. Einerseits war jeder Eisenbahnwagen eine für sich abgeschlossene Einheit, andererseits hatten die Entwickler den Zug so gebaut, dass es an jedem Wagenende eine Plattform mit einem Übergang zum nächsten Waggon gab.

Thomas griff nach seiner Pistole, versteckte sie an seiner Seite und bewegte sich zur Tür. Wenn der General dort wirklich Luft schnappen war, dann würde er hinter dieser Tür wie Freiwild zum Abschuss bereitstehen.

Mit gezogener Waffe öffnete Thomas die Tür und trat auf die hölzerne Plattform. Aber da war niemand. Verwirrt ging er zwei weitere Schritte, bis er die Brüstung erreichte, die die Plattform umgab. Zweifel schossen ihm durch den Kopf. General Iblis konnte sich nicht so schnell in Luft aufgelöst haben, er war ihm ja direkt gefolgt.

Plötzlich lief ihm ein kalter Schauer über den Rücken und er spürte, wie sich seine Nackenhaare aufstellten. Irgendetwas stimmte hier nicht. Blitzartig warf Thomas sich auf den Boden, drehte sich um und zielte mit der Pistole in Richtung der Tür. Doch bevor er realisieren konnte, was er dort sah, war ihm seine Waffe vor Schreck schon aus der Hand gefallen.

Der Mann, der vorhin so nett die Haare des Mädchens gestreichelt und eine Frau zum Lachen gebracht hatte, schwebte vor der Tür in der Luft. Seine eben noch menschliche Haut war in Feuer gehüllt. Reißzähne standen aus seinem Mund hervor, Blut tropfte aus seinen Lefzen und über seinen brennenden Augen wuchsen zwei Hörner aus dem Schädel.

Thomas wusste nicht, ob er träumte oder was hier passierte, aber er wollte nur noch weg. Wilde Panik überkam ihn. Er griff nach dem Geländer, dessen Außenpfosten mit dem Zugdach verbunden war und mit drei schnellen Bewegungen zog er sich nach oben auf das Wagendach und spurtete los.

Als er wenig später mit einem gewaltigen Satz auf den Wagen in der Zugmitte gelangte, blieb er stehen und drehte sich keuchend um.

Wen sollte er hier eigentlich ausschalten? Was für ein Wesen verfolgte ihn? Am Zugende sah er, wie ein Mann auf das Dach kletterte. Seine Haut schimmerte rötlich und in der Hand hielt er eine der Rettungsäxte, die sich für Notfälle im Zug befanden. Der Fremde sah aus wie ein Gemisch aus General Iblis und dem Etwas, das er vorhin gesehen hatte. Schlagartig riss die rot glühende Gestalt die Axt nach oben und setzte Thomas nach.

General Iblis ergötzte sich an dem, was gerade mit ihm passierte. Manchmal konnte er seine wahre Natur einfach nicht zügeln. Dann ging sein Temperament mit ihm durch und er geriet so in Erregung, dass seine Augen verschwanden, die Haut in Flammen stand und sein wahres Ich zum Vorschein kam. Er genoss diese Momente und am liebsten würde er immer in dieser Erscheinung über die Erde laufen, doch würde dann keiner mehr auf ihn hereinfallen, sondern alle würden vor ihm die Flucht ergreifen. Doch hier war niemand außer ihm und dem fliehenden Mann. Und diesem kam er immer näher.

Thomas spürte, dass sich die Situation für ihn zuspitzte. Viele Wahlmöglichkeiten gab es nicht. Genau genommen blieb ihm jetzt nur der Sprung auf den Kohlenwagen. Mit einem großen Satz gelangte er auf das nächste Waggondach und öffnete die Luke, durch die der Wagen normalerweise mit Kohlen beladen wurde. Er schlitterte über die verrußten Brocken hinunter, rappelte sich auf und kletterte über die Wand, die den Kohlehaufen vom Feuerofen trennte.

Vielleicht hatte er ja eben nur eine Sinnestäuschung gehabt und der andere war doch nur ein Mensch wie er selbst; denn was er dort gesehen hatte, konnte nicht real sein.

Im Kesselraum war es unglaublich heiß. Hier gab es nicht viele Möglichkeiten, seinen Verfolger in einen Hinterhalt zu locken. Thomas griff nach der Kreuzhacke, deren Stiel vom vielen Arbeiten bereits abgenutzt war, nahm sie von der Halterung und suchte nach einem passenden Versteck.

Er wusste, dass ihm nur ein paar Sekunden blieben, bis General Iblis ihn hier erreichen würde. Mit der Kreuzhacke in der Hand lauerte er neben dem Kohleofen. Selbst hier an der Außenwand herrschte eine so hohe Temperatur, dass die Hitze seine Haare ansengte und seine Kleider vermutlich anfangen würden zu brennen, wenn er sie zu lange in direkten Kontakt mit der Wand brachte.

Dann polterten Kohlen und schwarzer Staub wirbelte auf. Er hörte die Stimme, die wie ein Rufen aus der tiefsten Hölle klang und sogar die Flammen im Ofen zu erschrecken schien: »Wo bist du? Komm raus und hol dir ab, was du dir verdient hast!«

Zorn, Hass und unbändige Entschlossenheit waren in dieser feixenden Stimme zu hören. Thomas hob eine der Kohlen, die vor ihm auf dem Boden lagen auf und warf sie über die Wand zurück auf den Kohlehaufen. Sein Wunsch war, General Iblis kurz zu irritieren und ihm dann die Hacke in den Körper zu jagen – doch nicht jeder Wunsch wird Wirklichkeit.

Stattdessen vernahm Thomas ein kratzendes, schepperndes Geräusch und hörte das Klacken eines Schalters. General Iblis musste in der anderen Ecke des Waggons stehen und mit einer nahezu unmenschlichen Kraft die Förderschnecke verschoben haben. Nun polterten die Kohlebrocken in den Zwischenraum, in dem er sich befand.

»Na wie gefällt dir das? Ersticken oder zerhacken, ich lasse dir die Wahl!«

Thomas legte die Hacke beiseite und feuerte einzelne Kohlen zurück in den Lagerraum. Aber General Iblis hatte Recht. Wenn er hier verharrte, wäre in wenigen Minuten seine kleine Nische mit Kohlen gefüllt und die Last würde ihm die Luft rauben. Ihm blieb vermutlich nur ein Versuch seinen Gegner zu erledigen, andernfalls würde die Axt ihren Weg in seinen Körper finden und somit sein Ende besiegeln. Er spürte bitterliche Angst, mehr als je zuvor.

In einer Explosion seiner letzten Energiereserven sprang Thomas mit aller Kraft aus seinem Versteck, setzte seinen Fuß auf die Kante des Förderbandes und schleuderte seine provisorische Waffe auf den Mann, der an der anderen Außenwand stand. General Iblis befand sich genau da, wo Thomas ihn vermutet hatte, und die Kreuzhacke hätte mit Sicherheit seinen Kopf zerschmettert – wenn sein Gegner ein normaler Mensch gewesen wäre. Stattdessen ergriff die eine Hand von General Iblis den Stiel des Werkzeugs und die andere legte sich um den Hals von Thomas. Der rot schimmernde Mann lachte schallend über diesen kläglichen, naiven Versuch ihn zu stoppen. Er bleckte unbarmherzig die Zähne, dann verschwanden seine Augen aus ihren Höhlen und zwei Gestalten, die in seinem Inneren hausten, schwebten in die Freiheit. Immer noch umklammerte die Hand des Generals den Hals von Thomas und der sah, wie sich dieses Etwas in drei unterschiedliche Wesen verwandelte.

Einer von ihnen trug einen dunklen Mantel, hielt eine Sense in der Hand und saß auf der Trennmauer zum Kohlehaufen. Neben ihm lehnte an der Wand das, was Thomas eben schon auf der Plattform am hinteren Wagenende den Atem geraubt hatte: Eine in Flammen gehüllte Person, der aus der Stirn zwei Hörner wuchsen. Diese Flammengestalt trug lediglich einen Lendenschurz, an verschiedenen Stellen wuchsen Stacheln aus ihrer Haut und das Innere schien zu glühen. Neben diesen beiden stand General Iblis. Er trug immer noch die gleichen Kleider wie vorhin und sah aus wie ein normaler Mensch, nur dass seine Augen verschwunden waren. Er war derjenige, den Thomas eigentlich verfolgen und töten sollte. Der Mann, der so unauffällig durch diese Welt lief, der für viele zu einem gefragten Ratgeber wurde und den manche gar als ihren Freund bezeichneten.

»Erledigt ihn!«, befahl der General und löste die Hand, mit der er Thomas umklammert hatte. Im selben Moment legte der Tod seinen Schleifstein zur Seite und schwang seine Sense. Der Teufel lachte höhnisch und senkte seine Hörner. Thomas kreischte auf, als das Blut aus seinem Hals und seinen Beinen spritzte, doch von außen ertönte das Signal des Zuges und keiner hörte seine fürchterlichen Schreie.

Zerteilt in lauter Einzelteile lag Thomas kurz darauf auf dem Förderband und zuletzt legte der General Thomas Kopf auf die Schnecke. Stück für Stück wanderten die Reste des Mannes in den Feuerofen. Es dauerte nicht lange, bis nichts mehr an den deutschen Spion erinnerte. Er hatte sich als Rauch durch den Schornstein in alle Winde verteilt.

Noch einige Momente standen die drei unheimlichen Gestalten dort und genossen es, sich frei und unverstellt zeigen zu können. Dann sagte General Iblis ungerührt: »Wir müssen zurück.« Daraufhin verschmolzen die drei wieder zu einem. Die Feuergestalt und der Sensenmann drangen durch die Augenhöhlen in den Körper ihres Meisters und versteckten sich in diesem. Dann verschlossen zur Tarnung zwei dunkle, hässlich schauende Augen diesen Weg in sein Inneres und er sah wieder aus wie ein Mensch. In Windeseile ließ General Iblis die Kohlen aufstieben und der Kohlestaub legte sich auf die Blutspritzer. Alle Spuren waren beseitigt.

»Was kannst du eigentlich? Jetzt ist der Druck im Kessel viel zu hoch!«, tadelte der Lokführer wutentbrannt seinen Lehrjungen. »Auf, geh nachschauen du Nichtsnutz!«

Der Junge fasste sich schmollend an seine Mütze und flitzte davon. Er brauchte nicht lange, um den Kohlenwagen zu erreichen. Alles sah normal aus, die Schnecke stand an der richtigen Stelle und alle Schalter befanden sich in der vorgesehenen Position. Durch die Luke konnte er das lodernde Feuer erblicken. Alles war, wie es sein sollte.

Aber ein paar kleine Dinge störten ihn doch. Die Kreuzhacke befand sich definitiv nicht an dem Platz, an dem er sie zurückgelassen hatte. Auch waren irgendwie Kohlen in den schmalen Hohlraum zwischen dem Ofen und der Außenwand des Waggons gelangt. Und es roch nach verkohltem Fleisch. Irgendetwas musste hier vorgefallen sein, aber er konnte nicht sagen was. In Sarajevo würde er sich den Wagen einmal genauer anschauen.

»Alles ok«, war somit der Report, den er seinem Chef ein paar Minuten später gab.

»Guter Junge, bist schon zu gebrauchen. Du musst nur lernen, noch mehr zu trinken, ansonsten erträgst du diese langen Fahrten nicht.« Mit einem Klaps auf die Schulter nahm der Lokführer einen kräftigen Schluck aus seinem Flachmann, reichte ihn seinem Lehrling und ließ den Zug weiter über die Gleise rattern.

General Iblis hastete über die Waggondächer. Im Laufen schmiss er die Axt in die nächtliche Landschaft. Bevor sie in Sarajevo ankamen, musste er ohne großes Aufsehen seine Kleidung wechseln. Sein Anzug hatte eine ganze Reihe von Blutspritzern abbekommen, die dort nicht hingehörten.

Glücklicherweise gelangte er, ohne jemandem zu begegnen, wieder an seinen alten Platz in der ersten Klasse. Die übrigen Passagiere im Abteil schliefen bereits und es störte niemanden und fiel auch keinem auf, dass er seine Kleider tauschte, sich wusch und alle Kampfspuren beseitigte. Schon bald sollte der Zug den Bahnhof von Sarajevo erreichen. Auch wenn sie ihn hatten aufhalten wollen, er hatte sein Ziel erreicht. Bald würde sein Plan Wirklichkeit werden.

Abids Reise – der Fischer

ZURÜCK AM UFER BETRACHTETE ABID das Wasser des Euphrats, das nach Süden floss und die Stelzen der Küstenhäuser umflutete, die nur wenige Meter von ihm entfernt standen. In dem kleinen Ort direkt am Ufer wohnten anscheinend nur wenige Menschen. Sie lebten einfach und waren auf das angewiesen, was der Fluss ihnen zum Leben gab. Ihre Häuser standen direkt am Wasser und ihre ganze Existenz war mit dem Fluss verbunden.

Es war noch früh am Morgen, als er von seinem Schlafplatz bei der Zikkurat hier ankam. Sein Rücken schmerzte und er rieb sich den Staub und die Müdigkeit aus den Augen. Nur wenige Boote schaukelten im ruhigen Wasser und die Fischer des Ortes trugen den Ertrag der letzten Nacht von Bord oder begannen ihre Netze zu flicken.

Wenn Abid in die Gesichter dieser Männer schaute, machten viele auf ihn einen gequälten Eindruck. Die schwere Arbeit, mit der sie ihren Lebensunterhalt verdienten, forderte ihren Tribut. Jede Nacht mussten sie aufs Neue hoffen, genug für den nächsten Tag zu haben.

Einer von ihnen fiel Abid allerdings besonders auf. Er verhielt sich ungewöhnlich und hatte dabei viel mehr Fische als die anderen Fischer gefangen. Seine Netze waren zum Bersten voll und er musste Fischer aus den anderen Booten herbeirufen, um ihm dabei zu helfen, seinen Fang an Land zu schleppen.

Hektisch kamen diese herbeigeeilt und fassten mit an. Abid stellte schnell sein Gepäck ab und hastete ans Ufer, um den Männern dieses Bootes zu helfen.

»Salam Aleikum«, entbot Abid seinen Gruß.

»Aleikum salam«, grüßten ihn die anderen Männer zurück.

Als der ganze Fang verstaut war, schaute sich der Besitzer des Bootes gründlich um. Er musterte jeden der Helfer, die bei ihm standen. Dann drehte er jäh seinen Kopf und suchte das Ufer ab, doch auch dort schien er nicht zu finden, was er suchte. Schließlich richtete er seinen Blick hinaus auf den Fluss.

Abid beobachtete den Fischer aufmerksam. Anscheinend waren ihm seine vielen Fische in diesem Moment ganz egal. Obwohl er in dieser Nacht mehr gefangen hatte als alle anderen zusammen, schien ihm dieser Erfolg nichts zu bedeuten.

»Wo ist er?«, fragte der erschöpfte Fischer die Männer, die um ihn herum standen.

»Wen meinst du?«, fragten diese erstaunt zurück.

Der Fischer schien einen Moment intensiv nachzudenken, dann entspannten sich plötzlich seine Gesichtszüge und er fing an zu grinsen. Das Strahlen breitete sich über sein ganzes Gesicht aus. Als er den Mund öffnete, um etwas zu sagen, formten seine Lippen zwar Worte, doch es kam kein Ton heraus. So wie er mit dem Netz in der Hand da stand, schien er von irgendetwas überwältigt zu sein.

»Ich glaube ich habe gefunden, was ich gesucht habe.«

Einigen der Männer huschte ein hämisches Grinsen über ihr Gesicht, andere lachten leise oder begannen zu tuscheln.

»Was hast du denn gefunden?«, wagte Abid behutsam nachzufragen.

Mit einem zufriedenen Blick auf das dahinziehende Wasser drehte sich der Mann erst zu seinem Boot und dann zu Abid um.

»Den, weshalb ich lebe.«

Er machte eine Pause und holte tief Luft. Es war ihm anzusehen, dass er jedes Wort sehr sorgfältig überdachte und auswählte.

»Nun ergibt alles einen Sinn.«

Die anderen Fischer schüttelten nur den Kopf und fingen an, ihren Kollegen auszulachen.

Der jedoch platzte mit einer überraschenden Ankündigung heraus: »Ich will von heute an kein Fischer mehr sein.« Damit reichte er dem, der ihm am nächsten stand, die Schlaufen seines Netzes.

»Du bist ein Spinner«, rief ihm dieser zu.

»Ein verrückter Träumer! Machst den Fang deines Lebens und nun willst du kein Fischer mehr sein?«, sagte ein anderer und schüttelte den Kopf.

Abid hatte die ganze Zeit über die Augen des Mannes beobachtet, der dort am Ufer stand. Sie hatten das gleiche Leuchten wie die Augen der Frau, der er am Brunnen begegnet war.

»Was ist letzte Nacht passiert?«, fragte Abid noch einmal nach.

»Mir ist der begegnet, den ich mein Leben lang gesucht habe. Ich bin am Ziel.«

Die Männer, die bis eben noch geholfen hatten, die Netze einzuholen, schüttelten verständnislos ihre Köpfe und einige gingen bereits davon.

Abid konnte auch nicht so recht begreifen, was sich hier abspielte. Dieser Fang bedeutete einen enormen Reichtum, doch gerade jetzt warf dieser Fischer die Arbeit hin.

»Du kannst mein Boot haben, ich brauche es nicht mehr.« Mit diesen Worten drückte der Fischer Abid die Bootsleine in die Hand und verließ die Anlegestelle. Er ging hinüber zu den anderen Männern und Abid sah, wie er ihnen nun berichtete, was in der letzten Nacht geschehen war.

28. Juni 1914 – Sklaven der Geschichte

MIT EINEM SCHRILLEN QUIETSCHEN KAM der Zug im Bahnhof von Sarajevo zum Stehen. Für die meisten der Fahrgäste endete hier eine ganz normale Zugfahrt. Eine Oma hatte es während der Fahrt geschafft, für alle ihre 13 Enkelkinder ein paar neue Socken zu stricken. Dem Lokführer war es gelungen, sage und schreibe vier Flaschen Schnaps zu leeren. Die Männer in der ersten Klasse hatten die aktuelle politische Lage diskutiert und einige der Jugendlichen atmeten erleichtert auf, denn nun konnten sie endlich dem Genörgel ihrer Mütter entfliehen.

Die Person, die während dieser Fahrt ihr Leben im Kohlewagen gelassen hatte, war wortwörtlich von seinen Vorgesetzten in diesem Einsatz verheizt worden. Denn vor wenigen Minuten waren die letzten Reste seiner Knochen im Feuer des gusseisernen Heizkessels verglüht.

Es würde vermutlich noch ein paar Stunden dauern, bis eine polizeiliche Inspektion die Vorgänge während dieser Zugfahrt untersuchte. Aber im Moment wurde keiner der Gäste daran gehindert, den Zug zu verlassen und unbehelligt seiner Wege zu gehen.

Auch ich betrat den Bahnsteig in Sarajevo. Schon während der Fahrt hatte ich die gewisse Befürchtung, dass auch Thomas meinen Meister nicht besiegen konnte. Ich hoffte nur inständig, dass mein Meister nicht erfahren hatte, dass der Agent bei seinen Plänen von mir unterstützt worden war. Andernfalls würde er mich ganz gewiss bitter dafür bestrafen.

Mein Meister stand neben mir auf dem Bahnsteig und beachtete mich kaum. Er blickte vielmehr zu einem Mann, der zielstrebig auf uns zuging. Sein Wesen wirkte imposant und linkisch zugleich. Er trug eine militärische Montur, in seinem rechten Auge klemmte ein Monokel und sein Hut wurde von einer Feder geschmückt.

»Eure Hoheit«, begann der Fremde und verbeugte sich voller Demut, als er vor meinem Meister stand. »Ich hoffe ihre Reise ist ohne Komplikationen verlaufen.«

»Alles wie erwartet. Ein paar kleine Hindernisse, aber nichts von nennenswerter Bedeutung«, erwiderte mein Meister grinsend. Die beiden schien irgendetwas zu verbinden. Mein Meister unterjochte zwar alles und jeden, doch für diesen Fremden war er eine imperiale Hoheit. Ein König. Neben den Sklaven, Dienern und Läufern gab es wohl noch andere, die zu meinem Meister gehörten. Menschen oder Wesen – ich konnte es nicht sagen. Die Augen des Mannes vor mir glänzten reptilienartig und er war ein Untertan von General Iblis. Einer, der nur darauf wartete, Anweisungen von ihm zu erhalten.

»Verläuft hier alles nach Plan?«, fragte mein Meister unumwunden. Um uns herum stiegen weiterhin Leute aus dem Zug und an der Lok reckte der Lokführer seinen Kopf aus dem Fenster, lupfte seine Mütze und grüßte einen der Bahnhofsaufseher.

»Keine Sorge, alles verläuft zu unserer Zufriedenheit. Der Thronfolger ist mit seinem Gefolge angereist. Ein paar blutjunge Burschen sind zu allem bereit und sobald Geld und Pässe verteilt sind, läuft alles wie besprochen«, brummelte der Mann leise.

Ohne Worte deutet mein Meister auf die Tasche in seiner Hand.

»Dann los, solch eine Gelegenheit wird sich so schnell nicht wieder ergeben«, sagte General Iblis, drehte sich um und steuerte auf den Ausgang des Bahnsteigs zu.

Mit gesenktem Kopf trottete ich den beiden Männern hinterher. Mein Leben wurde immer mehr zu einem Albtraum; in mir und um mich wurde es immer düsterer.

Erzherzog Franz Ferdinand hielt ein Fernglas vor seine Augen und betrachtete das Manöver der österreichischen Truppen an der Grenze zu Serbien. Infanterie und Reiterstaffel bewegten sich durch ein Tal, das nur wenige hundert Meter von ihm entfernt war. Einer seiner Offiziere hatte dieses Manöver geplant und den Ort ausgewählt, an dem sie sich nun befanden. Sicherlich: Auf beiden Seiten kämpften Soldaten von Österreich-Ungarn und keiner würde bei dieser Übung sterben, doch dies galt nur, solange alle Truppen auf der gleichen Seite kämpften. Deshalb bildeten sich auf der Stirn des Thronfolgers bei dem Anblick kleine Sorgenfalten. Mit einem Seufzer, senkte der Erzherzog sein Fernglas. Sein Blick schweifte ab zu den Heureitern und den Kirschbäumen auf einer angrenzenden Wiese; aus dem Waldstück dahinter konnte er das leise Hämmern eines Spechtes hören. Alles wirkte so friedlich, so perfekt. Doch dieser Friede stand auf tönernen Füßen.

»Ich hoffe, dass wir die nächsten Jahre von Kriegen verschont bleiben, denn ich befürchte, dass es unseren Kontinent in eine Katastrophe stürzen würde«, sagte der Erzherzog etwas wehmütig. Dann legte er sein Fernglas aus der Hand und drehte sich zu den übrigen Anwesenden um.

Weder der königliche Fahrer noch der Polizeichef verzogen bei dieser Aussage des Thronfolgers auch nur eine Miene. Mit eisernem Ausdruck folgten sie dem Geschehen, das sich in einiger Entfernung abspielte. Die Truppen, Pferde und Soldaten, bewegten sich von einem Hügelkamm zum Nächsten und suchten immer wieder nach Deckung.

»Wir wissen alle, dass uns dieses bunte Gefüge von Völkern und Bündnissen jederzeit zerbrechen kann«, entgegnete der Polizeichef der Aussage des Erzherzogs.

»Es wird bestehen bleiben, solange wir uns politisch klug verhalten«, erwiderte Franz Ferdinand und legte beim Sprechen eine Hand auf den Knauf seines Säbels.

Wie auf Kommando drehten sich alle Männer wieder zum Tal um und sahen, wie ein ganzer Sprung Rehe über eine Wiese preschte und sich vor der heranstürmenden Infanterie in ein kleines Waldstück flüchtete.

Mit einem kurzen Räuspern zog einer seiner Minister die Aufmerksamkeit auf sich.

»Bei allem Respekt, verehrter Erzherzog, halten sie es für politisch klug, in einem offenen Wagen durch die Straßen von Sarajevo zu fahren?«

Ohne auf die Frage zu antworten wendet sich der Thronfolger an seinen Fahrer: »Was meinen sie: Sind wir in Gefahr?«

»Verehrter Minister, vielen Dank für ihre Besorgnis. Aber wir haben die Route mit Bedacht ausgewählt und nach zuverlässigen Informationen droht uns keine Gefahr.« Der Fahrer stand kerzengerade, die Arme dicht an seinen Körper gepresst und seine feste Stimme unterstrich seine Überzeugung.

Im Tal unterhalb der Männer hatte die Manöverübung das nächste Stadium erreicht. Doch jeder hing seinen eigenen Gedanken nach und fragte sich, wohin das Geschehen in Europa wohl in den kommenden Monaten steuerte.

»Wenn sie uns nun bitte entschuldigen würden«, unterbrach der Polizeichef die Stille, »wir müssen die Sicherheitsvorkehrungen und die Route mit den Verantwortlichen in Sarajevo besprechen. Wir sehen uns dann gleich zum Frühstück im Hotel.«

Mit dem militärischen Gruß fuhr seine Hand an die Mütze, seine Hacken schlugen zackig zusammen und er verließ schnellen Schrittes mit dem Fahrer das Gelände.

Der Wind raschelte im Laub, Zweige hingen tief herab und um uns herum wuchsen mächtige Buchen, durch deren dichtes Blattwerk lediglich spärliches Licht fiel.

»Sie sind sich also sicher, dass wir hier unbeobachtet zusammenkommen können?«, fragte General Iblis und musterte die mit Efeu überwucherten Wände des Gebäudes, vor dem wir standen.

»Haben sie keine Sorge. Hier gibt es nur einen verlassenen Bergwerksstollen, den keiner mehr kennt«, erwiderte der Mann, der uns an diesen einsamen Ort geführt hatte. An seiner Seite standen zwei Männer, die am Waldrand zu uns gestoßen waren. Einer von ihnen trug glänzende, blank geputzte Polizeistiefel, der andere einen grauen Anzug und eine Chauffeurmütze.

Ich betrachtete zuerst die kleine Gruppe, zu der ich gehörte, und dann die verfallene Außenfassade des alten Stollens in unmittelbarer Nähe. Der Eingang in die Unterwelt sah so morsch aus, dass er beim Öffnen vermutlich zusammenbrechen würde. Auf dem Dach über dem Schacht wuchs eine Schicht aus Gras und auf dem Boden direkt unter mir konnte ich die überwucherten Schienen der Grubenbahn erkennen. Hier war wirklich lange niemand mehr gewesen.

»Folgen sie mir einfach. Die Männer der Gruppe *Schwarze Hand* warten schon auf uns. Und glauben sie mir, es gibt keinen besseren Ort, um die letzten Details zu besprechen.« Unser Führer lehnte seinen Stab, der ihm die letzte Stunde beim Gehen geholfen hatte, gegen ein verrostetes Geländer, das den Weg zum Eingang flankierte und trat an die Tür zum Stollen.

Mein Meister wandte sich mit einer finster dreinschauenden Miene zu mir.

»Gib mir deine Hände!«, befahl er mir. Ohne zu zögern kam ich seiner Aufforderung nach und streckte ihm meine Arme entgegen.

»Jammerschade, aber irgendwie habe ich das Vertrauen in dich verloren«, eröffnete er mir ohne Zögern. Dann packte er mit einem rabiaten Griff meine Handgelenke und einen Moment später waren meine Hände mit Handschellen an das Geländer gefesselt. Mit gesenktem Kopf starrte ich auf meine Füße.

»Die anderen warten auf uns im Aufenthaltsraum. Wenn die Details besprochen sind, wird der Erzherzog diese Stadt mit Sicherheit nicht mehr lebend verlassen«, sagte der Mann, der uns hierher geführt hatte, und lehnte seine Hand gegen die Tür. Die Gruppe von Männern verschwand und um mich herum wurde es still.

Ich war zwar nicht in die Pläne meines Meisters eingeweiht worden, aber was hier geschah war zu offensichtlich. Der Thronfolger von Österreich sollte ermordet werden und die wahren Hintermänner dieses Verbrechens würden dabei im Verborgenen bleiben. Ein Netz aus Kollaborateuren hatte sich zusammengefunden und verfolgte ein gemeinsames Ziel: Sie wollten den Erzherzog umbringen.

Das Misstrauen meines Meisters war durchaus berechtigt, denn in den letzten Tagen war in mir der Entschluss gereift, mich gegen meinen alten Meister zu stellen. Doch was konnte ich überhaupt tun? Eigentlich nichts, mir waren die Hände gebunden. So stand ich hier, gefesselt an ein altes Geländer, und blickte auf die geschlossene Tür. Mit den Füßen schacherte ich gedankenverloren in dem Dreck und Gras unter mir. Um mich herum rauschten die Bäume, der Wind wirbelte Blätter auf und außer mir und einem Eichhörnchen, das über einen Ast huschte, schien niemand an diesem verlassenen Ort zu sein.

Die Männer, die sich an diesem verhängnisvollen Morgen im 1500 Kilometer entfernten Berlin in einem Besprechungsraum des Reichstags trafen, sprachen kaum ein Wort miteinander. Zu der fast schon greifbaren Stille gesellte sich eine beängstigende Dunkelheit. Düstere Wolken trieben am Himmel und die dunkle Eichenverkleidung der Wände erschien noch bedrückender als an anderen Tagen.

Die Schritte des Kaisers, der behäbig vor der Fensterfront auf und ab ging, wurden von einem dicken Perserteppich absorbiert. Keiner wagte etwas zu sagen; alle Anwesenden folgten den Bewegungen des Kaisers. Dieser hatte inzwischen einen der Vorhänge leicht zurückgezogen und spähte aus dem Fenster.

Er war derjenige, der die letzten Entscheidungen zu treffen hatte. Deshalb durften es keine vagen Vermutungen sein, auf die er sich stützte, wenn er sein Urteil über die nächsten Schritte fällte. Er zog den Vorhang wieder zu und wandte sich an die Männer an dem großen Konferenztisch in der Mitte des Raumes.

»Sind sie sich sicher?«, fragte er erneut.

»Wir sind uns absolut sicher. Sie war zwar verbrannt und offensichtlich übel zugerichtet, jedoch besteht kein Zweifel: Gunde ist tot.« Während des Sprechens senkte der eigentlich in Paris stationierte Diplomat seine Stimme und nestelte immer unruhiger an seinem Frack.

»Sie ist also ganz sicher gescheitert und Thomas hat weder den Zug in Sarajevo verlassen, noch hat er uns eine Nachricht geschickt«, fasste der Kaiser die heiklen Informationen zusammen.

»Das ist richtig, eure Majestät«, erwiderte der Chef des Geheimdienstes.

»Wir können somit davon ausgehen, dass alle unsere Bemühungen, General Iblis zu stoppen, vergebens waren. Er hat Sarajevo erreicht, unsere besten Leute konnten dies nicht verhindern.«

Zustimmendes Nicken und Gemurmel erfüllte den Raum.

»Dann sagen sie mir, wo sich der Thronfolger im Moment befindet«, fuhr der Kaiser in nachdenklichem Ton fort. Für ihn gab es nur ein Ziel. Er kämpfte für das Land, das er regierte. Dafür gab er alles und wenn er nun eingestehen musste, dass seine Agenten versagt hatten, dann fiel ihm das zwar nicht leicht, aber es musste sein.

»Zurzeit ist er mit dem Manöver in der Nähe der serbischen Grenze beschäftigt«, berichtete sein Kommunikationsoffizier.

»Wenn er sich also in die Stadt begibt, dann ist sein Leben in höchster Gefahr und die Folgen wären nicht absehbar?« Noch während er sprach, betrachtete Kaiser Wilhelm II. den Fernschreiber, der in der hinteren Ecke des Raumes stand.

»Dies hier wird uns vermutlich den Spott unserer Verbündeten einbringen. Nicht zu handeln, und unser Versagen nicht einzugestehen, wäre jedoch unverantwortlich. Schicken sie unverzüglich Telegramme nach Wien und nach Sarajevo. Erzherzog Franz Ferdinand soll sich auf den Heimweg begeben und sich auf keinen Fall in der Öffentlichkeit zeigen.« Mit diesen Worten verließ der Kaiser den Raum und der Schriftführer begab sich zum Fernschreiber.

»Könnten die übrigen Herren bitte wieder an ihre Arbeit gehen? Es gibt nichts mehr zu bereden«, sagte der ranghöchste General.

Nacheinander verließen alle den Besprechungsraum, nur der Schriftführer und der General blieben zurück.

»Holen sie mir aus dem Foyer meine Aktentasche und ein Glas Cognac, ich warte hier auf sie«, gab der General weitere Anweisungen.

Für einen kurzen Moment schaute der Schriftführer auf den Fernschreiber und dann in das Gesicht des Generals. Eingesunkene Augen blickten ihn an und zwischen den grauen Barthaaren befand sich ein versteinerter riesiger Mund. Langsam öffnete der General die Lippen und beugte seinen Oberkörper ein Stück nach vorne.

»Sie gehen jetzt und lassen sich ein paar Minuten Zeit, bis sie wiederkommen.« Nach diesen eindeutigen Worten erhob sich der Schriftführer, schob seinen Stuhl zurück und drehte sich zum Ausgang.

»Wenn ich auch nur ein Wort über das höre, was hier geschehen ist, nachdem der Kaiser den Raum verlassen hat, sind sie ein toter Mann.«

Der Schriftführer vernahm die Worte, nickte und verließ dann den Raum. Wie befohlen ließ er sich einige Minuten Zeit, bis er wieder zurück an seinen Arbeitsplatz kam. Er wusste, als er die Tür öffnete, dass er keine Telegramme mehr zu verschicken brauchte.

»Danke für den Cognac.« Mit einem Schluck leerte der General sein Glas und stellte es auf einen der Beistelltische.

»Ach übrigens, ich habe mir erlaubt in der Zwischenzeit die Befehle des Kaisers auszuführen. Sie können ihren Dienst für heute beenden.«

Mit einem Salut verabschiedete sich der Schriftführer. Als der General der Letzte im Raum war, leckte er mit seiner Zunge noch einmal über den Rand des Cognacglas und verließ den Besprechungsraum.

Mit Handschellen gefesselt stand ich an dem alten Geländer und in mir breitete sich die Angst davor aus, was mein Meister mit mir machen würde, wenn wir wieder zurück auf seiner Insel wären. Je mehr ich über Hellis nachdachte, desto mehr wurde mir bewusst, dass alle, die dort lebten, über kurz oder lang ihre Menschlichkeit verloren.

Frustriert senkte ich meinen Kopf und scharrte weiter mit meinen Füßen in der Erde. Dabei entdeckte ich ihn, den alten verrosteten Draht. Es war nur ein kurzes Stück, doch würde es ausreichen, um den Entschluss umzusetzen, den ich in diesem Augenblick gefasst hatte. Die Handschellen mussten ab. Und wenn alles gelingen würde, könnte ich mich vielleicht sogar von der schlimmsten Bindung meines Lebens lösen. Einer Bindung, die mich knechtete und mein Leben zerstörte. Ich musste hier weg. Dieser Mann durfte mich nicht länger versklaven.

Von meinem Meister hatte ich in meinem Leben noch nichts Nützliches gelernt – außer vielleicht, wie man mit Hilfe eines Dietrichs ein Schloss öffnen konnte. Obwohl weit und breit niemand zu sehen war, schaute ich mich noch einmal um, bevor ich in die Hocke ging und meine Hand nach dem Draht ausstreckte.

Es dauerte einige Momente und ich musste dazu den Draht mit meinem Fuß an einer der Metallstangen hinaufschieben, aber dann hatte ich es geschafft: Zwischen meinem Daumen und Mittelfinger klemmte ein verrostetes Stück Metall. Mit etwas Geschick bugsierte ich das eine Ende in das Schloss der Handschellen und versuchte ganz langsam, den inneren Schließmechanismus zu betätigen. An der Tür war es so einfach gewesen, doch hier stocherte ich mit dem Draht in dem Schloss herum, drehte das Metallstück mehrmals hin und her, aber nichts wollte passieren. Nervös hob ich meinen Kopf und schaute zum Eingang des alten Stollens.

Mein Meister würde mir die Haut abziehen, wenn er meinen Fluchtplan entdeckte. Panik erfüllte mich, meine Hände fingen an zu zittern und ich musste mehrmals tief durchatmen, um mich selbst zu beruhigen.

»Nur die Nerven behalten«, sagte ich zu mir selbst und versuchte es erneut.

Mit dem Draht spürte ich den Riegel. Doch wenn ich sanft an dem Metallstück zwischen meinen Fingern zog, passierte nichts. Verzweifelt betrachtete ich die Fesseln um meine Handgelenke. »Das kann doch nicht sein! Wieso schaffe ich es nicht?« Entmutigt ließ ich die Hände nach unten sinken und den Draht aus meinen Fingern fallen.

Dann dämmerte es mir: Es waren die gleichen Fesseln, die General Iblis auch auf unserer Insel verwendete. Eines Morgens hatte ich am Strand beobachtet, wie einige der Diener und Läufer mehrere mit jenen Fesseln beladene Boote in Richtung Festland losgeschickt hatten. Zwar waren mir dort noch keine Menschen mit diesen Fesseln begegnet, aber sie mussten irgendwo sein, denn ein großer Teil der Sklaven auf der Insel war den ganzen Tag damit beschäftigt, Ketten und Handschellen zu produzieren.

Auf Hellis lief keiner frei herum. Meine Fußkette, die ich üblicherweise trug, ermöglichte es mir, mich in einem bestimmten Radius zu bewegen, aber frei war ich nicht. Keiner war frei. Jeder war ein Gefangener. Jeder war ein Knecht meines Meisters.

Hinter dem Bergwerk stieg die Sonne empor und ich konnte ihre wärmenden Strahlen in meinem Gesicht spüren. Ich fühlte, wie meine Haut die Wärme der Sonne aufsog und mein Puls sich beruhigte. Wieder griff ich nach meinen Handschellen – und erschrak: Meine Handschellen waren durch die Sonnenstrahlen nicht warm geworden, sondern kälter. Durch den Einfluss des Lichts wurden die Ketten, die mich banden, noch enger und schwerer. Der Stahl der Handschellen fühlte sich an, als ob er aus Eis wäre. Ich musste mir eingestehen: Es war unmöglich, sich von meinem Meister zu befreien. Keiner war ihm gewachsen. Keiner war in der Lage, seine Macht zu brechen. Niemand konnte mächtiger sein als General Iblis.

März 33 n. Chr. – die große Schlacht

DER WEG AUF DEN HÜGEL war nicht besonders beschwerlich. Er lag nur wenig außerhalb der Stadtmauern von Jerusalem. Hier hatte General Iblis sein Unwesen getrieben. Damals, als dieser Nichtsnutz auf seinem Esel durch das Tor geritten kam und die Menschen ihn wie Verrückte als ihren neuen König bejubelt hatten. Für einen kurzen Moment hatte der General tatsächlich befürchtet, dass nun vielleicht doch ein neues Zeitalter beginnen könnte …

Wie sehr hatte es ihn gequält, dass dieser Zimmermann, dieser Mann aus Nazareth, vielleicht nun an die Macht käme und die Menschen ihm dann dienen würden. Verzweifelt hatte er die letzten drei Jahre beobachten müssen, wie die Menschen, die ihm begegnet waren, ihre unsichtbaren Fesseln abgeschüttelt hatten, als ob sie nie existiert hätten. Viele waren ihm begeistert gefolgt. Die Klugen ebenso wie die Einfachen, die Reichen wie die Armen, Kranke, Männer, Frauen, ja sogar Menschen aus anderen Völkern gehörten nun zu dem Gefolge dieses Mannes, der in einem Stall in Betlehem auf die Welt gekommen war.

Jetzt aber standen die römischen Henker um den Verurteilten herum und sein Ende würde schon bald kommen. General Iblis konnte ihn sehen und er spürte die Angst des schuldlos zum Tode Verurteilen. Die Angst vor ihm, General Iblis, dem eigentlichen Herrn dieser Welt und dem Herrn des Todes.

Den Schöpfer des Himmels und der Erde reute es nun gewiss, dass er ihn damals aus der himmlischen Ratsversammlung verstoßen und auf die Erde verbannt hatte. Doch in wenigen Stunden würde der Einzige, den General Iblis fürchtete, sterben. Und keiner würde da sein, der ihm helfen könnte. Das Ende dieses Zimmermanns und Predigers war besiegelt, sein Tod beschlossene Sache, sein tollkühner Plan, als Mensch auf dieser Erde der Menschheit einen Weg zu Gott zu zeigen, für immer gescheitert.

Als der Soldat den Hammer erhob und die Nägel sich Sekunden später wie nichts durch das Fleisch des zum Tode Verurteilten bohrten, genoss er jeden Schlag und jeden Schrei, den er hörte. General Iblis griff in seinen Mantel und holte die Sanduhr hervor. Mit einem Gefühl der Genugtuung drehte er sie um.

»Zieht«, schallte ein Ruf zu ihm herüber.

Auf dem Hügel standen Soldaten und hielten die Seile fest in der Hand. Sie gingen leicht in die Hocke, drehten den Oberkörper zur Seite, spannten ihre Muskeln an und zogen Meter für Meter die drei Kreuze in die Senkrechte.

General Iblis zelebrierte diesen Moment. Er ging flüsternd durch die Reihen und gab den Menschen, die noch immer unter seinem Einfluss standen, die passenden Worte ein.

»Anderen hast du geholfen, nun hilf dir selbst.«

»Wenn du der Sohn Gottes bist, dann steig doch von dem Kreuz herab.«

Sie folgten ihrem Meister und machten sich voller Hohn und Spott über den Verurteilten lustig. General Iblis befriedigte jede einzelne Pöbelei; und der Anblick des Mannes, der dort zerschunden und geschlagen am Kreuz hing, entzückte ihn. Das Fleisch des Sterbenden hatte sich durch die Peitschenhiebe zum Teil bis auf die Knochen von seinem Körper gelöst und die Stacheln der Dornenkrone drückten sich in seinen Schädel.

Mit suchendem Blick lenkte General Iblis seine düsteren Augen auf die umliegenden Hügel. Außer seinen Dienern und Sklaven konnte er niemanden sehen. Wo sich Gabriel und seine Engelarmee wohl zum jetzigen Zeitpunkt befanden? Vermutlich suchten sie sich Höhlen und versteckten sich, denn ab heute wäre er nicht mehr nur der König dieser Welt. Sobald dieses Nichts seinen letzten Atemzug getan hätte, würde er nach den Sternen greifen. Seine Krieger waren zu allem bereit, dachte sich General Iblis und schaute von dem Kreuz zurück auf seine Sanduhr. Warum lief sie heute nur so langsam? Ja, beinahe zäh tröpfelte der Sand durch das Nadelöhr.

Ein Ast hatte ausgereicht, um diese Uhr zu fertigen. Ein Ast, gestohlen bei seiner Flucht, abgebrochen von einem der ewigen Bäume. Verborgen unter seinem Gewand hatte er ihn bei seiner Vertreibung aus dem Paradies herausgeschmuggelt.

Noch einmal hob er seinen Kopf und schaute zu dem Hügel. Alles wirkte irgendwie zu perfekt, zu einfach, als ob der Sterbende sich seinem Schicksal ergeben hätte. Doch dann entdeckte der General, wie die Männer, die zur Linken und Rechten dieses Zimmermanns gekreuzigt worden waren, mit letzter Kraft ihre Köpfe hoben und sich an den Mann in der Mitte wandten. Hastig steckte Iblis die Sanduhr in den Mantel und drängte sich nach vorne.

»Hast du selbst jetzt keinen Respekt?«, fragte einer der Verbrecher den anderen.

Hatte er etwas verpasst? Worüber redeten sie denn nur?

Dem Mann mit der Dornenkrone tropfte Blut von der Lippe und über ihm prangerte ein Schild, auf dem stand, wer und was er war: der König der Juden. Nicht mehr! Der König der Juden, das war alles, und als ein solcher würde er jetzt sterben. General Iblis konnte diesen Moment kaum erwarten.

Dann öffneten sich die Lippen dieses Königs und seine Augen strahlten. Er schaute zu dem Mann an seiner rechten Seite, der eben das Wort für ihn ergriffen hatte, und sprach leise mit ihm.

Wie General Iblis diese Stimme hasste! Seine Worte waren so sanft, so einfühlsam, so voller Verständnis, doch gleichzeitig sprach er auch mit großer Autorität. Diese Worte fürchtete er am meisten und deswegen sollte er an diesem Kreuz für immer zum Schweigen gebracht werden. Niemand sollte mehr von ihm hören und niemand sollte ihn mehr hören. Er, das Wort, sollte verstummen.

Allerdings konnte er nicht verhindern, was der Zimmermann nun aussprach: »Noch heute wirst du mit mir im Paradies sein.«

Was passierte hier? Erschrocken riss General Iblis seinen Kopf nach oben und starrte auf den Mann am Kreuz. Ihre Augen trafen sich und er, der sterbende Zimmermann, der Wanderer, der Prediger, der Arzt und Sohn des Höchsten, hauchte mit seinem letzten Atemzug und kaum hörbar die Worte: »Es ist vollbracht!«

Was sollte das? Was geschah hier? Warum konnte er dem anderen das Paradies versprechen? Was war vollbracht?

»Schnell, lauf zum Tempel!« General Iblis hatte auf einmal ein unheilvolles Gefühl und musste sichergehen, dass alles so blieb, wie es war.

Gehorsam drehte sich sein erster Offizier, der in diesem entscheidenden Moment direkt neben ihm stand, um und eilte davon. Noch während er davonrannte, kam ein anderer Sklave herbei und warf sich vor seinem Meister auf die Knie.

»Meister, Meister«, rief der Sklave.

»Was?« General Iblis blickte weiter auf die Männer an den Kreuzen.

»Die Gräber. Die Gräber, sie …«

»Was ist mit den Gräbern?« Zornig griff General Iblis nach dem Kragen seines Sklaven und starrte ihn an.

»Sie sind offen und die Toten tragen keine Ketten mehr«, stammelte der Sklave hastig.

Für einen Augenblick verharrte General Iblis wie erstarrt. Dann schaute er von seinem Sklaven hinauf zu dem Hügel und sah, wie einer der Soldaten mit einer Lanze in die Seite des Gekreuzigten stach. Noch während der Speer im Fleisch des Toten steckte, verdunkelte sich der Himmel und die Erde fing an zu beben.

Vielleicht bedeutete es ja nichts. In der unsichtbaren Welt passierten immer wieder ungewöhnliche Dinge, wenn Propheten oder große Krieger starben. Er hatte doch sein Ziel erreicht und dieser Zimmermann hing tot an seinem Kreuz. Es wäre blanker Unsinn, sich weiter vor ihm zu fürchten. Und dennoch war etwas von seiner

Selbstsicherheit verschwunden. Unsicher fasste er in seinen Mantel und griff nach der Sanduhr. Fast ängstlich blickte er auf das Glas und erwartete, dass vielleicht ein Korn in der Verengung steckte, aber die Zeit von Jesus war abgelaufen, seine Geschichte zu Ende. Das letzte Sandkorn war gefallen.

Aus dem Augenwinkel konnte General Iblis sehen, dass sein erster Offizier aus der Stadt herausgerannt kam und eilends auf ihn zulief. Er stellte sich neben ihn, senkte den Kopf und sagte nur: »Meister.«

Allein schon der Tonfall verriet General Iblis, dass im Tempel etwas Ungewöhnliches geschehen sein musste.

Der Offizier starrte noch immer auf den Boden und sprach mit zitternder Stimme: »Der Vorhang ist zerrissen, der Weg ist …«

»Hör auf, hör auf! Ich will es nicht hören!«, schrie General Iblis. »Wage es nicht, seinen Namen auszusprechen.«

General Iblis betrachtete sein Heer, das er um die Schädelstätte herum positioniert hatte. Auch sie merkten, dass hier seltsame Dinge vor sich gingen und ihren Gesichtern war die Unsicherheit anzusehen.

»Er ist tot«, sagte General Iblis leise und doch bestimmt. Damit sprach er sich Mut zu. »Er ist tot und wie alle anderen Toten wird er nun verwesen. Ich bin der Tod und ich habe die Macht über alles Leben. Sonst niemand.«

Heute würde er den großen Angriff wagen, den er schon so lange geplant hatte. Alles hatte er für diesen Tag vorbereitet und seine Armee war so stark wie nie zuvor. Legionäre kämpften auf seiner Seite und die vor Äonen zerstörte Statue hatte er wieder zum Leben erweckt. Die Skulptur lechzte danach, mit ihren zehn Hörnern die Löwen des Erschaffers in Stücke zu reißen. Mit dieser Streitmacht und dem Wissen, dass der Größte von allen Propheten soeben gestorben war, konnte er nur siegen. Niemand könnte ihn mehr aufhalten.

»Zieh los und sammle das Heer. Wir ziehen in den Krieg.« General Iblis Worte galten dem ersten Offizier, doch mit seinen Augen fixierte er den Mann am Kreuz, dessen Kopf leblos herabhing. Die Zeit dieses Mannes war nun Geschichte, sein Auftrag mit ihm am Kreuz gestorben. Bald wäre er für immer vergessen.

Schlachten tobten immer wieder in der unsichtbaren Welt. Engel kämpften gegen Dämonen und Zauberer stellten sich mit ihrer Macht gegen die Kraft des Schöpfers. Aber der Krieg, der nun ausbrach, würde erbitterter sein als viele zuvor – und General Iblis sollte recht behalten. Ohne ihren Anführer, ohne diesen größten aller Priester des Schöpfers, waren ihm die feindlichen Heere unterlegen.

In der Ferne konnte General Iblis sehen, wie Gabriel gegen den Fürsten von Persien kämpfte und dabei das Heer aus Dunkelheit immer weiter und fast unaufhaltsam vorrückte. Der Erzengel Gabriel, einer der erfahrensten Krieger des Schöpfers, stemmte sich mit aller Kraft gegen den Zauberer von Persien. Wieder und wieder kreuzten sich das Schwert Gabriels und der eiserne Stab des Zauberers. Feurige Funken erfüllten den Himmel und um sie herum wehrten sich die zwei Ölbäume des Libanons mit ihren mächtigen Zweigen gegen die Attacken der Geier. Im Sturzflug jagten die Vögel, umhüllt von Finsternis, in die Bäume, rissen mit ihren Klauen Äste und Zweige von den Stämmen und zerhackten mit ihren Schnäbeln deren Rinde. Der Boden war übersät mit giftigen Schlangen. Zischend und klappernd schlängelten sie über die unterste Ebene des für die Menschen unsichtbaren Himmels.

Verborgen von dunklen Wolken sammelten sich die Truppen von General Iblis immer wieder aufs Neue und griffen in verschiedensten Formationen die Einheiten des Schöpfers an. Unaufhaltsam eroberten die Krieger der Dunkelheit Himmel für Himmel und stiegen empor.

Die Weinstöcke, die sich zwischen alledem wie ein Meer über die terrassenförmigen Hänge bis zum Thronsaal des Höchsten erstreckten, wurden von bösartigen Spinnen überfallen und verschwanden unter ihrem giftigen Netz. Unterdessen marschierte eine gewaltige Statue durch die Reihen der Kämpfer und fegte mit ihren ausladenden Armen die heranfliegenden Engel davon. Permanent schwärmten aus diesem Koloss neue Streitmächte heraus, ihre Zahl schien endlos. Aus den bronzenen Füßen schossen Soldaten mit Armbrüsten. Die Beine der Statue bestanden aus römischen Legionären, die mit ihren Schwertern und Speeren jeden töteten, der ihnen zu nahe kam. Aus der Brust dieser seltsamen Skulptur flossen griechische Kriegsschiffe, die im Himmelsmeer kreuzten und die Engelscharen des Schöpfers auseinandertrieben.

Mit aller Kraft kämpften die vier Streitwagen und die bunten Pferde des Höchsten gegen die Übermacht, die sie dort angriff, doch wurden sie ständig weiter zurückgedrängt und General Iblis Armee eroberte immer weitere Gebiete. Viele Engel starben oder wurden als Gefangene davongeführt.

Eines jedoch schien General Iblis trotz der militärischen Erfolge zu beunruhigen. Etwas, das ihn mehr als alles andere verunsicherte. Seine Sanduhr, die seit dem Tag, an dem er in Gestalt der Schlange die Frau verführt hatte, die Endlichkeit des Lebens anzeigte, funktionierte nicht mehr. Der Sand steckte im oberen Teil fest und im Gehäuse gab es einen kleinen, kaum sichtbaren Riss.

Am Morgen des dritten Tages erreichten die Truppen von General Iblis endlich den siebten Himmel und den Weg zum unvergänglichen Zion. Halb wahnsinnig vor triumphalem Hass blickte der General auf die Stufen aus Marmor und betrachtete die goldenen Tore, die in die ewige Stadt führten. All dies sollte bald für immer verschwinden.

Doch inmitten des Kriegsgeschreis um ihn herum vernahm er plötzlich das zarte Geräusch von zerspringendem Glas. Die Feuerschwerter und Streitäxte konnten diesen Ton nicht erzeugt haben. Dann spürte er, wie langsam und kaum wahrnehmbar etwas an seinem Bein herunterrieselte. General Iblis löste zögernd seinen Blick vom Schlachtfeld und schaute auf seine Stiefel. Auf seiner Fußspitze war ein Häufchen Sand zu sehen und um ihn herum erstrahlte ein helles Licht. Heller als die Sonne und mächtiger als alle seine Zauberer und Krieger. Der Fürst von Persien, der Gabriel fast schon besiegt hatte, konnte seinen Zauberstab nicht mehr halten, und auch die anderen Soldaten, Dämonen und Hexer verloren ihre Kraft. General Iblis Heer rannte panisch auseinander, jeder floh, so schnell er konnte.

Auch wenn er wusste, was ihn erwartete, griff er doch in seinen Mantel. In seinen Fingern hielt er seine zerbrochene Sanduhr. Die Zeit war Geschichte. Endlichkeit war der Unendlichkeit gewichen. Und als der Diener, der das Grab des Gekreuzigten bewachen sollte, sich vor ihm niederwarf, kannte er bereits dessen Botschaft, noch bevor dieser auch nur ein Wort herausgebracht hatte: Die Fesseln des Todes waren für immer zerbrochen.

Der letzte Funke

ICH SASS MUTLOS AUF DEM Waldboden und fügte mich in mein Schicksal. Was konnte ich auch tun? Niemand wäre in der Lage, mich von diesen Fesseln zu lösen. Mein Blick ging am Eingang des Bergwerks vorbei, als ich plötzlich den Eindruck hatte, es hätte sich in der Ferne irgendetwas bewegt.

Darum kniff ich die Augen zusammen und blinzelte zwischen den Baumstämmen hindurch zu dem Punkt, der meine Aufmerksamkeit erregt hatte. Erst verschwommen und dann deutlicher sah ich, wie sich dort ein Mann von seinen Knien erhob und auf mich zukam. Die Äste der Bäume neigten sich zum Boden und ihre Blätter raschelten ehrfürchtig, als er an ihnen vorüber ging. Die Person, die sich mir da näherte, warf keinen Schatten. Ihre Haut schien zu leuchten und in den Händen hielt sie etwas, das wie das Zepter eines Königs aussah. Der Mann blieb vor mir stehen und ich hatte den Eindruck, als ob er in diesem Augenblick nicht mich ansah, sondern in mich hinein schaute. Es war, als betrachtete er mein Herz. Ich war überzeugt: Er sah meine Last und meinen Schmerz. Er spürte meinen Wunsch nach Freiheit, sah meine Gefangenschaft. Und dann sprach er in einem sanften, liebevollen Ton lediglich das eine Wort: »Gnade.«

Im selben Moment spürte ich, wie sich die Fesseln von meinen Händen lösten und ins Laub fielen. Ich war frei. Als ich den Kopf hob, um diesem König zu danken, war er bereits verschwunden. Allein das Echo seiner Stimme konnte ich noch deutlich hören. Er forderte mich auf: »Folge mir nach.«

Zaudernd blickte ich mich um. Was bedeutete dies alles? Wer war dieser Mann? Und wohin war er gegangen? Wie sollte ich ihm denn folgen? Lauter Fragen, auf die ich keine Antwort hatte.

Jetzt spürte ich das Kribbeln in meinen Händen. Meine Knöchel waren durch die Fesseln angeschwollenen und schmerzten, doch in mir spürte ich eine unbändige Freude. Ich war frei!

Der Eingang des Bergwerksstollens war nur ein paar Schritte von mir entfernt. Vielleicht war ich der Einzige, der noch verhindern konnte, was dort geplant wurde? Ich fasste allen Mut zusammen und schlich mich vorsichtig zu dem Eingang. Nachdem ich sicher war, dass niemand mich bemerkt hatte, huschte ich lautlos in die Dunkelheit.

»Schön, dass alle unserer Einladung gefolgt sind«, sagte der Mann mit Halbglatze, nachdem er alle Personen die sich in dem Bergwerksstollen befanden, einander vorgestellt hatte.

»Ich bewundere ihren Mut.« Schweigend nahmen die Anwesenden die anerkennenden Worte von General Iblis auf, die von den feuchten Wänden widerhallten.

Die Männer der Gruppe *Schwarze Hand* brauchten nicht die Bestätigung eines Fremden, um ihren Plan trotz aller Risiken für ihr Leben umzusetzen. Sie wollten ein Zeichen setzen: Ein Zeichen gegen die Unterdrückung, für die Freiheit ihres Volkes. Ihr ganzes Denken drehte sich um diesen Wunsch. Um dieses Ziel zu erreichen, brauchten sie die Verbündeten an diesem Tisch. Nur mit ihrer Hilfe konnte der Anschlag gelingen.

»Haben sie mitgebracht, was sie uns versprochen haben?«, entfuhr es dem Polizeichef launisch. Einen kurzen Moment herrschte eisige Stille.

»Ich halte mein Wort. Hier haben sie Geld, neue Pässe sowie ein Bestätigungsschreiben der anderen Verbündeten, dass alles, wie geplant verlaufen wird, wenn das Attentat gelingt.«

Die Schnallen des Koffers klickten und General Iblis schob quer über den zerkratzten Tisch, was der Polizeichef und der Fahrer für ihren Verrat forderten.

Hektisch erhob sich der Polizeichef von seinem klapprigen Stuhl, betrachtete gierig die Dinge, die General Iblis zu ihm herüber geschoben hatte und zog sie zu sich. Mit den Vorbereitungen für diesen Krieg, der alles Bisherige in den Schatten stellen sollte, hatte General Iblis bereits vor einigen Jahren begonnen. Seine Boten und Läufer waren durch die Länder gezogen um das, was bald passieren sollte, einzufädeln. Politiker, die bis dahin an nichts Böses dachten, wurden überzeugt, mehr Geld in die Rüstung und das Militär zu stecken. Im einfachen Volk entstand der Wunsch, sich gegen die Besatzung und Unterdrückung zu erheben. Der Krieg würde Klarheit über die wahren Machtverhältnisse bringen. Manche sehnten sich regelrecht nach einem Krieg und waren völlig verblendet für das, was eigentlich geschah. Männer träumten von Heldentum, Ruhm, Ehre und dem Dank des Vaterlandes. Ein Rausch und Taumel hatte jetzt schon die Herzen ergriffen.

Alle Fäden liefen nun in Sarajevo zusammen, der Höhepunkt stand kurz bevor. Der Dominostein, der alles mit sich reißen sollte, würde fallen. Dazu war General Iblis höchst persönlich hierher gereist.

»An welchen Stellen werden sie ihre Leute positionieren?« Der angesprochene Polizeichef reagierte nicht auf General Iblis, der eine Karte von Sarajevo auf dem Tisch ausgebreitet hatte, sondern zählte die Scheine, die vor ihm lagen.

»Haben sie mich verstanden?« General Iblis sprach nun etwas lauter und sah den Polizeichef direkt an.

»Ja, Ja. Sie können sich auf uns verlassen«, entfuhr es dem Verräter und er steckte seinen Lohn und den Pass gierig in seine Taschen.

Fast schon verärgert zeigte er anschließend mit seinem Finger auf verschiedene Stellen der Karte und erläuterte die Route.

»An diesen Punkten wird der Wagen langsamer oder zum Stehen kommen.«

General Iblis drehte sich zu den Männern der *Schwarzen Hand*. Sie tuschelten leise mit ernsten Gesichtern und nickten mit den Köpfen.

»Gut, wir haben keine Zeit zu verlieren. Der Erzherzog kommt bald von seinem Manöver zurück und dann muss er bei seiner Überzeugung bleiben, dass er sich in dieses Auto setzt und durch die Stadt fährt«, drängte der General.

Die Schnallen des Koffers klickten erneut, alle hatten das erhalten, was sie verlangten. Die Besprechung war zu Ende. Nun wusste jeder, was er zu tun hatte.

Ich kauerte noch immer vor der Holztür zu dem Raum, in dem sich die Verräter besprachen. Von dort konnte ich das Murmeln der Stimmen und das Schaben der Stuhlbeine hören und befürchtete, dass sie dort drinnen auch hören könnten, wie laut und schnell mein Herz pochte. Als die Gruppe aufbrach, verschwand ich schnell von meinem Posten und huschte den Weg zurück, den ich gekommen war. Draußen versteckte ich mich in sicherer Entfernung hinter einem Ginsterstrauch und beobachtete gespannt, was nun weiter geschehen würde.

General Iblis erstarrte kurz, als er ins Freie trat und seinen Diener nicht mehr dort fand, wo er ihn angebunden hatte. Wortlos lehnte er sich an das Geländer und bückte sich nach den Handschellen, die zwischen dem Laub auf dem Boden lagen.

»Alles in Ordnung?« Dem Fahrer, der in der Nähe von General Iblis stand, fiel sofort auf, dass mit seinem Verbündeten etwas nicht stimmte.

»Ist ihr Diener entkommen?« Während der Fahrer sprach, streckte er ungläubig seine Hand nach den silbern glänzenden Handschellen in General Iblis Händen aus.

»Ach, das passt schon. Nichtsnutze wie diesen Burschen gibt es an jeder Ecke«, sagte General Iblis und steckte geschwind die

Handschellen in seinen Mantel, bevor die Finger des Kollaborateurs sie berühren konnten.

Äußerlich wirkte der General ruhig und gefasst, innerlich jedoch glühte er. Wieder war ihm einer entkommen. Sein Sklave war vermutlich für immer verloren. Doch noch hatte dieser nicht von den Früchten des Baumes gegessen und deshalb würde General Iblis noch darum kämpfen, ihn zurückzugewinnen. Und falls er ihn fasste, sollte er leiden, mehr als alle anderen vor ihm.

»Wir müssen uns schnell zum Quartier von Franz Ferdinand aufmachen, er erwartet uns dort zum Frühstück.« Mit diesen Worten hasteten der Fahrer und der Polizeichef davon. Die übrigen Männer reichten sich zum Abschied die Hände und als letztes klopfte General Iblis Gavrilo Princip auf die Schulter.

»Mit dieser Tat wirst du auf dieser Erde für immer einen Platz in den Geschichtsbüchern haben.«

Gavrilo mit seinem schwarzen, borstigen Haar wirkte wie elektrisiert, ja nahezu euphorisch und gleichzeitig völlig fokussiert auf das, was vor ihm lag. Er verstand den General zwar nur gebrochen, aber seit ihrer Begegnung im Bergwerk brannte in ihm nicht nur der Wunsch, den Erzherzog zu töten, er wollte General Iblis nicht enttäuschen. Dieser Fremde ermöglichte ihm, seinen bitteren Traum wahr werden zu lassen. Dafür stand er für ewig in seiner Schuld.

Mit versteinerten Mienen verließen die Männer raschen Schrittes das Gelände. General Iblis ging mit dem Mann, der sie hierher geführt hatte, voraus und die Attentäter der *Schwarzen Hand* folgten ihnen erwartungsvoll.

Ich harrte unterdessen hinter dem Ginsterbusch an der Öffnung des Bergwerkes im Schatten aus. Wenn ich eins auf dieser Reise bisher gelernt hatte, dann die Tatsache, dass Zögern fatale Folgen haben konnte. Noch wäre es mir möglich, das Vorhaben dieser Männer zu vereiteln. Wie oft schon hatte eine einzelne Person, die aufstand, um der Ungerechtigkeit zu trotzen, den Lauf der Geschichte verändert!

Die größte Gefahr ging nun allerdings nicht mehr von meinem Meister aus, sondern von den jungen Serben, die, zu allem bereit, davonmarschierten. Ihnen galt es zu folgen. Vielleicht konnte es ja noch gelingen, ihren Plan zu stören. Mit ausreichend Abstand hängte ich mich an ihre Fährte und suchte hinter Hecken und Bäumen Schutz, um ja nicht entdeckt zu werden.

Als wir die Stadt erreichten, sah man deutlich, dass alle sich in Festtagsstimmung befanden. Menschen säumten die Straßen und drängten sich auf den Gehwegen. Zuschauer wurden hin und her geschubst, Fahnen wehten und alle Anwesenden warteten auf die Kolonne des Thronfolgers. Nun geschah das Unausweichliche: Die Männer trennten sich und gingen in unterschiedliche Richtungen davon. Ich konnte mich nicht zerteilen, so musste ich mich entscheiden, wem ich folgen wollte, und hoffen, dass ich die anderen im Getümmel der Massen wieder entdecken würde. Doch um in Zukunft mein Spiegelbild noch ertragen zu können, musste ich alles geben und jeden dieser Attentäter ausschalten.

Der Verrat

»ICH HOFFE, BEI DEM MANÖVER ist alles gut verlaufen?« Erzherzog Franz Ferdinand schaute von seinem Frühstück auf und beäugte den Polizeichef, der nach dieser Frage schlürfend den letzten Schluck lauwarmen Kaffee zwischen seinen Lippen verschwinden ließ. »Wären sie bis zum Ende geblieben, hätten sie es selbst mit ansehen können«, erwiderte Franz Ferdinand spitzfindig, winkte einen Diener herbei und ließ sich eine Tasse Kaffee nachschenken.

»Sie wissen doch, Hoheit, eine Route durch eine solche Stadt will gut geplant sein. Jeder von uns hat lediglich vierundzwanzig Stunden am Tag zur Verfügung«, entschuldigte sich der Polizeichef demütig. »Leider war es wirklich nicht möglich, schneller von Sarajevo hierher zu gelangen. Es mussten noch so viele Dinge besprochen werden«, erläuterte er weiter den Grund der Verzögerung.

Im gleichen Moment erschien einer der Diener an der Seite des Erzherzogs und stellte, ohne ein Geräusch zu verursachen, eine Platte mit exquisiten Speisen vor ihm ab.

»Diese Balkanländer mit ihrer Eigenwilligkeit streben mir ein wenig zu sehr nach Unabhängigkeit. Da sollten wir schon auf der Hut sein. Vor allem, weil uns vor der Abfahrt in Österreich noch dringlich davon abgeraten wurde, hierher zu reisen«, mischte sich einer der anwesenden Diplomaten in das Gespräch mit ein.

Der Polizeichef köpfte unterdessen mit einem silbernen Messer sein Frühstücksei und betrachtete, wie der gelbe Dotter an der braunen Schale herunterlief. Achtlos legte er das Messer zur Seite, griff zu einem kleinen Löffel und begutachtete für einen Moment die gewölbte und mit Stuck verzierte Decke. Während er begann, den Teelöffel in das weiche Ei zu stecken, antwortete er voller Selbstbewusstsein auf die Aussage des Diplomaten: »Keine Sorge, ich habe mich bei allen örtlichen Behörden umgehört und wir können davon ausgehen, dass wir wohlbehalten und gesund wieder nach Hause kommen.«

Bei diesen Worten öffnete sich die Tür zum Speisesaal und einer der Bediensteten betrat den Raum. Hüstelnd stellte er sich neben eine der vielen Marmorskulpturen und machte dezent auf sich aufmerksam. Erzherzog Franz Ferdinand drehte sich würdevoll zu ihm und erlaubte dem Diener mit einer wedelnden Gebärde, sein Anliegen vorzutragen.

»Entschuldigen sie, Exzellenz, dass ich störe, aber soeben ist ein Telegramm vom Deutschen Kaiser für sie eingetroffen«, sagte der Mann mit Frack und Fliege und blieb in gebührendem Abstand stehen.

»Treten sie näher, es ist von großem Interesse, was der Deutsche Kaiser zu vermelden hat.«

Bei diesen Worten hörte der Polizeichef für einen Moment auf zu kauen und nippte verstohlen an seiner Tasse. Er hoffte inständig, dass die übrigen Drahtzieher dieser Verschwörung ihre Aufgaben ebenfalls wie geplant erledigt hatten.

»Der immer besorgte Kaiser«, entfuhr es dem Erzherzog mit einem Lächeln beim Lesen des Telegramms.

»Was hat er ihnen denn geschrieben? Wenn man fragen darf?«, bettelte der Polizeichef und reckte seinen Hals ein Stück. Franz Ferdinand schaute skeptisch amüsiert in die Runde und zögerte einen Moment, die Frage zu beantworten.

»Wir wissen doch alle, dass der deutsche Geheimdienst mit zu den Besten gehört und der verehrte Kaiser lässt mich wissen, dass alles in Ordnung ist.«

Bei diesen Worten schluckte der Polizeichef sein Ei herunter und nahm sich einen Happen von der Platte vor ihm. Denn mit Sicherheit war der Deutsche Kaiser besorgt um den Thronfolger von Österreich, aber auch er hatte noch nicht mitbekommen, was hier gespielt wurde. Denn ein guter Kartenspieler spielt immer auf Hand und lässt seinen Gegner erst in die Karten blicken, wenn es längst zu spät ist.

»Lassen sie uns schnell zu Ende essen. Unsere Rundfahrt durch Sarajevo soll bald beginnen.« Kaum hatte die wunderschöne Herzogin zur Eile gemahnt, winkte sie sich einen Diener herbei und ließ sich ein wenig Obst reichen.

»Ist bei ihnen alles in Ordnung?« Der Fahrer drehte sich beim Sprechen zu dem Thronfolger und seiner Gemahlin um. Dabei schob sich die Kolonne mit den Autos gleichmäßig an den Passanten vorbei. Jeder konnte das Paar gut sehen und fröhlich winkend standen die Menschen skandierend am Straßenrand: »Hoch lebe Österreich! Es lebe der Kaiser!«, riefen sie.

»Alles bestens. Sorgen sie nur dafür, dass das Fahrzeug nicht zum Stehen kommt«, sagte Franz Ferdinand lächelnd und winkte den Menschen zurück. Während der Erzherzog auf die Frage seines Fahrers antwortete, ließ Mehmedbašić die Kolonne aus Fahrzeugen nicht aus den Augen. Meter um Meter kamen die Wagen näher. Alle Fahrzeuge hatten seitlich angebrachte Reservereifen, große runde Scheinwerfer und geschwungene Radläufe, die denen einer Kutsche glichen. Unweigerlich fühlte Mehmedbašić nach der geladenen Waffe in seiner Hosentasche, mit der er den Erzherzog töten wollte.

Er konnte sich eigentlich gar nicht mehr genau daran erinnern, wie er vor gut zwei Jahren in den Dunstkreis der *Schwarzen Hand* geraten war. Zufall, Schicksal, höhere Gewalt? Er wusste es nicht. Aber die Gruppe gab ihm Halt, Hoffnung und einen Sinn: Er gehörte dazu. Etwas, das er vorher noch nie hatte und was er auf keinen Fall wieder verlieren wollte.

Jetzt kam der Wagen immer näher und Mehmedbašić wusste, dass es schwer war, ein sich bewegendes Ziel zu treffen. Wenn jedoch alles nach Plan verlief, würde das Auto des Thronfolgers vor ihm zum Stehen kommen oder zumindest die Geschwindigkeit verringern.

Allerdings wusste er nicht, dass er seit dem Bergwerk beobachtet worden war und sich sein Verfolger nun direkt hinter ihm befand. Der nahm irritiert und ein wenig verstört zur Kenntnis, dass in diesem Moment eine unscheinbare Person direkt vor Mehmedbašić einem Kind seinen Ball wegnahm und ihn auf die Straße rollte. Sofort verlangsamte die Autokolonne ihre Geschwindigkeit.

»Können Sie mir verraten warum sie bremsen?« Verärgert beugte sich der Erzherzog nach vorne und herrschte den Fahrer an.

Inzwischen war die Frau ungehindert auf die Straße gesprungen und rannte mit dem Kind an der Hand dem Ball hinterher.

»Dort ist eine Mutter mit ihrem Kind und …« erwiderte der Chauffeur.

»Fahren sie weiter!« donnerte der Erzherzog.

Sich vor dem herankommenden Fahrzeug schützend sprang die Frau hastig zurück. Der Ball kullerte unter das Auto und die in grau gekleidete Person verschwand mit dem Kind an der Hand blitzschnell in der Menge.

»Nimm die Hand aus deiner Tasche und lass die Waffe, wo sie ist«, raunte ich dem Mann vor mir unmissverständlich zu. Während ich leise sprach, drückte ich ihm ein Stück Holz in den Rücken.

Mehmedbašić sah, dass das Auto nicht wie vereinbart langsamer wurde und spürte, dass der Fremde hinter ihm anscheinend genauso darauf brannte, das Attentat zu verhindern, wie er es verüben wollte. Er dachte angestrengt nach und kämpfte mit sich selbst, dann nahm er seine Hand aus der Hosentasche und winkte der vorbeirollenden Wagenkolonne zu, ohne jedoch irgendeine Miene zu verziehen.

»Das war vernünftig«, sagte ich und drückte ihm weiter das Holzstück in den Rücken.

Das Auto rollte vorbei und als ich mir gewiss war, dass sich der Thronfolger in Sicherheit befand, verschwand ich in der Masse und machte mich auf die Suche nach dem nächsten Verräter.

Mit dem guten Gefühl, dass ich bereits einen der Attentäter davon abhalten konnte, diesen Kontinent ins Chaos zu stürzen, hastete ich weiter. »Wo ist er nur?«, jagte es durch meine Gedanken. Inzwischen hatte ich die Wagenkolonne überholt und suchte die Zuschauer auf beiden Seiten nach einem weiteren Attentäter ab. Einer glich dem anderen, jeder schwenkte seine Fahnen und bejubelte den Thronfolger.

Der Mann mit Namen Čabrinović begann erst, sich auffällig zu verhalten, als er das Auto des Erzherzogs um die Kurve kommen sah. Direkt hinter ihm floss der Fluss Miljacka, die Lebensquelle und Ader der Stadt. Für einen Moment legte er seine Fahne, mit der er dem Paar zugejubelt hatte, zu Boden und fühlte dann nach der Handgranate in der einen Tasche und nach dem Zyankali in der anderen. Er spürte, dass er es tun musste und danach sterben wollte.

Hundert Prozent gewiss war ich mir bei dem, was ich beobachtete, nicht. Aber doch sicher genug, um mich auf den Mann zu konzentrieren, der nur etwa zwanzig Meter von mir entfernt die Fahne auf den Boden gelegt hatte und dann in seinen Taschen kramte. Er sah aus wie einer der Männer aus dem Bergwerk und er wirkte sehr konzentriert.

Das Fahrzeug näherte sich und wie vorhin verringerte es auch hier seine Geschwindigkeit. Ich konnte sehen, dass Franz Ferdinand mit dem Fahrer sprach und dieser auf einen Reiter deutete, dessen Pferd scheute.

Čabrinović sah ebenfalls das Pferd, dessen Vorderhufen in die Luft stiegen und die verzweifelten Bemühungen des Reiters, sein Ross zu kontrollieren. Čabrinović verstand sofort, dass entweder er an der falschen Stelle stand oder der Mann, der für das Störmanöver verantwortlich war, zu früh damit begonnen hatte. Es gab keine andere Möglichkeit, er musste nun handeln, eine weitere Chance würde er nicht erhalten.

Was ich in diesem Augenblick mit ansehen musste, versetzte mich in Panik. Ich konnte den Wurf nicht verhindern. Der Attentäter hatte den Sicherheitssplint seiner Handgranate schon entfernt, mit dem Arm weit ausgeholt und die Granate geworfen. Hilflos musste ich mit ansehen, wie das tödliche Geschoss durch die Luft flog.

»Achtung!« Meine Worte übertönten den Jubel der Massen und wurden bis zum Wagen des Erzherzogs getragen.

Franz Ferdinand war überrascht, aus der grölenden Menschenmenge einen warnenden Ruf zu hören. Schnell blickte er sich nach allen Seiten um und sah, wie die Handgranate auf ihn zu flog.

Mit seiner Hand, die er reflexartig nach oben riss, schützte er seine Frau. Die Handgranate, die eigentlich im Fahrzeug landen sollte, prallte an seinem Arm ab, fiel weit hinter dem Wagen auf die Straße und explodierte unter dem nachfolgenden Wagen. Ferdinand und Sophie konnten beide die Druckwelle spüren, als die Handgranate hinter ihnen zerbarst. Geschrei erfüllte die Straßen und Menschen stoben auseinander. Einige warfen sich auf den davonstürzenden Čabrinović, der weder in dem flachen, braunen Fluss ertrinken konnte, noch es schaffte, an dem veralteten Zyankali, das man ihm gegeben hatte, zu sterben. Für ihn war es ein schwarzer Tag.

Gespannt starrte ich auf die Szene. Ich hatte das Attentat nicht verhindern können, den Erzherzog jedoch trotzdem gerettet. Als das Auto dann mit erhöhter Geschwindigkeit an mir vorbei fuhr, war es, als ob ich ein Danke hörte, aber vielleicht bildete ich mir dies auch nur ein. Jetzt konnte ich nur hoffen, dass keiner den Erzherzog überzeugen würde, erneut in die Stadt zu kommen, sondern sie so schnell wie möglich zu verlassen. Denn einer fehlte noch: Der Mann, dem General Iblis am Ende auf die Schulter geklopft hatte.

Ihn musste ich unbedingt auch noch finden, wenn ich ganz sicher sein wollte, dass nicht doch noch etwas Schlimmes passierte.

»Das war mir ja eine schön geplante Route. Kann mir einer erklären, was da eben passiert ist?«, donnerte Franz Ferdinand heraus, als sich die schützenden Türen des Rathauses von Sarajevo hinter ihm schlossen. Vor Wut über das Geschehene ballte er seine Hände so fest zu Fäusten, dass die Knöchel weiß wurden.

Betretenes Schweigen herrschte in der Runde der Männer, die dort standen. Geschockt und versteinert versuchte jeder, seinem Blick und seinen Worten auszuweichen.

»Wissen sie …« Es erforderte schon eine ganze Menge Mut, sich in dieses Gespräch einzuklinken, aber der Polizeichef wusste, wenn er jetzt nichts sagte, wären alle Planungen und alle Mühen umsonst gewesen und der Erzherzog würde möglicherweise vor lauter Empörung über das Geschehene die Rundfahrt abbrechen.

»Wissen sie, wir können froh sein, dass es sich hierbei nur um einen Einzeltäter gehandelt hat.« Jeder in diesem Raum hatte sich bereits darüber Gedanken gemacht, wer oder was hinter dem Anschlag stecken mochte. Der Polizeichef hatte nun eine Richtung vorgegeben.

»Ein Einzeltäter? Das ist ja interessant. Und wie bitteschön kommen sie so schnell darauf?«, entgegnete Franz Ferdinand der Aussage seines Vertrauten. Dabei tupfte er sich mit einem Stofftaschentuch den Schweiß von der Stirn. Die beiden Männer schauten einander fest in die Augen.

»Wäre es eine Gruppe gewesen, dann hätte mit Sicherheit in unmittelbarere Nähe ein weiterer Attentäter gestanden. Zudem war es dilettantisch geplant. Nach meiner ersten Einschätzung ist die Handgranate, die er verwendet hat, genauso veraltet gewesen wie sein Gift, das er erbrach. Ein junger Bursche ohne Hirn und Verstand, nichts weiter«, führte der Polizeichef aus und spielte die Ereignisse mit großer Überzeugung herunter.

»Ich denke, er hat recht«, sagte einer der Offiziere lapidar. Denn irgendwie mussten sie den Thronfolger wieder aus diesem Haus und in die Straßen von Sarajevo schaffen.

Kein anderer wagte, etwas zu sagen. Jeder wusste, dass viele es als Zeichen der Schwäche oder gar Feigheit deuten würden, wenn Franz Ferdinand sich jetzt nicht mehr zeigen würde. Allerdings hätte wohl auch jeder Verständnis dafür, wenn er nach dem, was eben passiert war, sofort wieder die Heimreise antrat. Die letzte Entscheidung lag nun beim designierten Nachfolger des Hauses Habsburg.

»Nun gut, ich will ihren Worten Glauben schenken. Jedoch möchte ich, dass wir die Route ändern und den verletzten Oberstleutnant Merizzi im Krankenhaus besuchen.«

Zustimmendes Nicken bestätigte das letzte Wort des Erzherzogs.

Dann marschierte der Polizeichef aus dem Sitzungssaal und lächelte. Denn wenn man sich auf einen verlassen konnte, dann war es der Fahrer. Er würde schon wissen, was zu tun sei.

Meine schlimmsten Befürchtungen wurden Wirklichkeit. Trotz des missglückten Attentats wagte sich der Thronfolger Österreichs offenbar wieder in die Straßen. Die Leute, die schon drauf und dran waren, nach Hause zu gehen, strömten zurück in die Gassen, um ihm zuzujubeln. Dabei herrschte unter den Zuschauern große Verwirrung. Manche behaupteten, die alte Route sei geändert worden, andere widersprachen dem und platzierten sich an den Plätzen, an denen sie schon vorher gestanden hatten.

»Wir haben es bald geschafft.« Sophie tätschelte zärtlich die Hand ihres Mannes, während sie mit der noch freien Hand den Menschen am Straßenrand zuwinkte.

Immer noch geschockt von dem Attentatsversuch, dem sie kurz zuvor um ein Haar entgangen waren, schaute sich der Erzherzog die Massen an. Der einzige, der ihm seltsam vorkam, war ein junger Mann, der ihm den Rücken zugewandt sich durch die Massen drängte und nicht wie viele andere am Straßenrand stand.

»Irgendetwas stimmt hier immer noch nicht, ich kann es förmlich spüren. Wir werden heute noch ein paar Kugeln abbekommen«, nuschelte Franz Ferdinand voller Unbehagen vor sich hin, während seine Frau sich besorgt an ihn lehnte.

»Lang lebe Österreich, lang lebe Franz Ferdinand!« Ich hörte die einstudierten Rufe der Menge und folgte der Kolonne, indem ich mich am Straßenrand durch die Zuschauermassen drängelte. Kurz vor der Kreuzung an der Lateinerbrücke geschah, was unter keinen Umständen hätte passieren dürfen.

Eine Hand packte mich fest am Kragen und ich spürte den kalten, übel riechenden Atem in meinem Nacken.

»Hatte dich schon fast vermisst«, spottete General Iblis. »Glaub mir, hier endet dein Weg«, sagte er kratzig.

Das Auto hatte sich bereits einige Meter entfernt und näherte sich immer mehr der Kreuzung. Menschen klatschten und schwenkten ihre Fahnen, Sophie hielt die Hand ihres Mannes, der wiederum seinen ergebenen Untertanen zuwinkte.

»Wieso muss er sterben?«, wagte ich es, meinen ehemaligen Meister zu fragen. Für General Iblis war ich ohnehin nur noch lästiger Dreck. Er würde mich liquidieren, sobald wir von hier verschwunden wären, dessen war ich mir sicher.

»Das geht dich nichts an. Dein Schicksal ist für ewig in meiner Hand«, erwiderte der General kühl.

»Können sie mir sagen, was sie da machen?« Neben General Iblis und mir war plötzlich einer der wenigen Polizisten aufgetaucht, die in der Stadt ihren Dienst verrichteten.

»Gibt es hier ein Problem, meine Herren?«

Die Frage, die er stellte, war dabei mehr als nur berechtigt. Denn mit einer Hand hielt General Iblis mich am Hals fest und mit der anderen, hatte er einen Arm von mir auf den Rücken gedreht.

»Das ist meine Angelegenheit, halten sie sich da raus!« Ungehalten antwortete General Iblis dem Polizisten und zog seinen Griff um meinen Hals noch ein Stück fester.

»Dieser Mann ist frei!« Als der Polizist diese Worte sagte, kam es mir so vor, als würde die Welt um uns herum anhalten. Ich spürte, wie der Griff des Generals sich lockerte und er mich nicht mehr halten konnte. Ich zerrte energisch an meinem Arm, löste mich aus seiner Umklammerung und schmiss mich nach vorne. Dann jagte ich hastig weiter durch die Menge und bahnte mir einen Weg. Erst in einiger Entfernung wagte ich es, mich umzudrehen und zurück zu schauen. Ich wollte sicher gehen, dass General Iblis mich nicht verfolgte.

Von dem Polizisten der für meine Befreiung gesorgt hatte, war nichts mehr zu sehen. Der Mann hatte mich in seinem Auftreten irritiert und gleichzeitig fasziniert. Doch am meisten verwunderte mich, dass alleine seine Worte eine solche Autorität besaßen, dass General Iblis nicht anders konnte, als zu gehorchen.

Mein ehemaliger Meister stand noch immer an dem gleichen Platz, doch ich war anscheinend nicht mehr wichtig für ihn. Sein Blick ruhte auf einer anderen Person und er war berauscht von dem, was sich vor uns anbahnte und was keiner mehr verhindern konnte.

Ich aber lief so schnell wie möglich weiter, um wieder in die Nähe des Erzherzogs zu kommen. Jedoch war ich mir nicht sicher, ob ich es noch rechtzeitig schaffen würde, denn der Wagen drosselte schon wieder seine Geschwindigkeit.

»Ich hatte ihnen doch gesagt, dass wir die Route geändert haben!« Erzherzog Franz Ferdinand, der bei seinen Worten die Hand seiner Frau losließ, war sichtlich verärgert.

»Fahren Sie zurück, aber schnell, dies hier ist die alte Route.« Sophie war die erste, die den Revolver sah, als das Auto anhielt. Auch ich sah den Revolver und die Augen des Mannes, der auf den Erzherzog zielte. Jetzt verstand ich auch, weshalb General Iblis ihm zum Abschied auf die Schulter geklopft hatte. Beide hatten die gleichen tief schwarzen Augen, in denen kein Funke von Erbarmen oder Liebe zu sehen war. Ich sah sie und mir war klar, dass ich zu spät kam, ich hatte versagt.

Als der erste Schuss fiel, fühlte es sich an, als ob mir selbst die Kugel in den Unterleib einschlug.

»Fahren sie! Losfahren! Die Herzogin ist getroffen«, schrie Franz Ferdinand panisch.

Der Fahrer, der erkannte, dass er genau an der richtigen Stelle hielt, tat so, als ob er sich bemühte den Rückwärtsgang einzulegen. In Wahrheit wusste er aber, dass ein Schuss alleine vermutlich nicht genügte.

Es krachte erneut und als daraufhin die Rufe des Erzherzogs verstummten, raste er davon.

Ich sackte auf meinen Knien zusammen, während einige Männer auf den ruhig dastehenden Attentäter zustürmten und ihn zu Boden zerrten. Tumultartig rannten die Menschen durcheinander, wobei manche stürzten und auf dem Gehweg niedergetrampelt wurden. Überall um mich herum ertönten Schreie und der Fahrer jagte die Straße hinunter, in die er ursprünglich hätte einbiegen sollen.

Zwischen all dem Schreien und dem Aufruhr, der herrschte, vernahm ich ein Geräusch, das mich zutiefst erschauern ließ. Es klang wie ein teuflisches Lachen. Als ich dann meinen Blick zum Himmel aufhob, entdeckte ich dort bedrohliche schwarze Schatten, die sich zusammenzogen und dann auf die Erde stürzten, während der Horizont sich rot färbte, obwohl es heller Tag war.

Wie betäubt erhob ich mich von meinen Knien. Mir war schwindelig und von allen Seiten hörte ich davonjagende Menschen. Ich hatte versagt. Entgeistert schaute ich mich um.

General Iblis stand noch immer am gleichen Platz. Er hatte die Hände zu Fäusten geballt und tat etwas, das ich noch nie bei ihm gesehen hatte: Er hob seinen Kopf zum Himmel.

»Sie werden dich hassen«, rief er in die Luft. Jetzt erkannte ich, wem ich einst dienen musste und ahnte, wen er dort anschrie.

Bevor General Iblis seinen Kopf senkte, rannte ich so schnell es ging weg. Ich hoffte, ihm entkommen zu können; jetzt, da seine Aufmerksamkeit nicht mehr mir galt. Einige Straßen weiter sackte ich zusammen und versteckte mich in einem Hinterhof.

Von meinen Fesseln hatte mich dieser umherziehende König befreit, mein altes Ich und meine Geschichte lagen hinter mir, auch wenn ich den ehrwürdigen Erzherzog und seine wundervolle Frau nicht hatte retten können. Nun lag es an mir, die Zukunft und die Reise meines Lebens zu bestimmen. Zumindest dachte ich dies.

General Iblis wusste, dass die Welt nun ins Chaos stürzen würde. Die Menschen würden sich bald selbst zerfleischen, dessen war er gewiss.

Dabei hatte er noch ein viel größeres Ziel. Eins, das er schon seit Jahrtausenden verfolgte. Er suchte den Baum des Lebens. Ihn wollte er samt Wurzeln aus dem Boden reißen. Dazu würde er, sobald der Flächenbrand des Krieges die Erde erfüllte, nach Baku reisen und dem Mann mit Namen Abid einen Besuch abstatten. Danach würde er ein paar Läufer auf die Suche nach seinem entflohenen Diener schicken, denn dieser sollte seiner Lektion auf keinen Fall entgehen. Allerdings musste immer eins nach dem anderen passieren, denn allgegenwärtig war ja nur sein Feind.

TEIL 2

Im Herzen des Krieges

Ihr werdet mich suchen und werdet mich finden. Denn wenn ihr mich von ganzem Herzen sucht, werde ich mich von euch finden lassen.

DIE BIBEL: JEREMIA 29,13–14

April 1916 – durch die Wüste

WEINEN KONNTE ICH SCHON LANGE nicht mehr. Meine Tränen waren aufgebraucht. Doch der Tod um mich wollte nicht enden, der Krieg – und mit ihm das Sterben – gehörten weiterhin zu meinem Leben. Wenn mich dieses Ungeheuer, das sich nun seit über einem Jahr durch ganz Europa fraß, eines gelehrt hatte, dann war es die Frage nach dem Sinn oder dem Unsinn unseres Daseins.

Genauso gut wie meinen Kameraden, vor dem ich gerade stand, hätte es mich treffen können. Doch dieser lag nun leblos vor mir und ein weiteres Leben war von der Erde verschwunden. Vergeudet. Ein namenloser Toter für die Geschichtsbücher. In wenigen Jahren wäre er vergessen. Wer sollte seiner gedenken, wo doch bald nichts mehr an ihn erinnerte? Ich hatte meine Antworten auf diese Fragen gefunden, doch im Angesicht des Todes fühlte ich nur Schmerz.

Mit meiner Hand tippte ich zum Gruß an meinen Helm und wandte mich ab. Dieser Schutz aus Kork und Leder saß vom Morgen bis zum Abend auf meinem erhitzten Kopf. Auch wenn das Artilleriefeuer des Feindes hin und wieder verstummte, kam der wahre Gegner in dieser nicht enden wollenden Wüste doch vom wolkenlosen Himmel: Die glühende Sonne, die wie der Sand einfach überall war. Sie hatte schon wieder einen tapferen Krieger ohne eine Kugel zu Boden gestreckt.

»Steh nicht dumm rum, wir müssen weiter!«, rief mir einer meiner Kameraden mit trockener Stimme zu. Ich konnte aus dem

Augenwinkel sehen, wie er sich ein Tuch um Mund und Nase wickelte.

»Komme ja schon«, gab ich kaum hörbar von mir und folgte meiner Kompanie. Apathisch setzte ich einen Fuß vor den anderen. Jeder meiner Schritte hinterließ einen vagen Abdruck in der Düne, die wir gerade überquerten. Der Wüstensand war in meine Hose und mein Hemd gekrochen. Meine Schuhe begannen sich aufzulösen und mit ihnen die Moral unserer Truppe. Von der Vorstellung, dass dieser Krieg ein rasches Ende finden würde, hatte sich jeder verabschiedet. Selbst wenn er morgen enden sollte, würde uns das, was jeder von uns mit ansehen musste, den Rest des Lebens begleiten.

»Na los, bis Kut al-Amara sind es nur noch zehn Tagesmärsche!«, brüllte unser Kommandant und trieb uns an. Mit geschulterten Gewehren setzten wir unseren Weg fort. Den Marsch im Gleichtritt hatten wir längst aufgegeben. Auch die Arme hingen schlaff herunter, anstatt in den Rhythmus der Füße einzustimmen.

»Zehn Tage? Die wird keiner von uns überleben.« Diese Worte nuschelte der magere Junge neben mir vor sich hin. Er hielt seinen Kopf gesenkt.

»Wir werden es schaffen«, flüsterte ich ihm zu und wir schlossen uns dem Ende unserer Truppe an. Mit seiner Hand griff er immer wieder an den ledernen Trinkbeutel, der an seinem Gürtel hing. Ich wusste, mit welcher Versuchung er kämpfte, wie sehr er sich nach einem Tropfen Wasser sehnte.

In Malatya hatte unsere Reise begonnen. Über den Landweg hatten wir Aleppo erreicht und waren seitdem lediglich in den frühen Morgenstunden oder der Abenddämmerung in Richtung Südosten marschiert. Unser Ziel war die Stadt Kut al-Amara. Hierhin hatten sich die Engländer nach der Schlacht von Ktesiphon zurückgezogen und wurden von der osmanischen Armee belagert – zumindest waren das die Informationen, die wir erhalten hatten. Unsere Kompanie aus knapp achtzig Mann, Kamelen, Pferden und Begleitwagen sollte die Artillerie des Belagerungsrings verstärken und so zum Sieg für die Mittelmächte beitragen.

Die Finger des Jungen hatten inzwischen schon den Hals der Flasche berührt. Im Gehen legte ich meine Hand auf seine und drückte sie leicht. »Heb dein Wasser auf, du wirst es später noch dringender brauchen«, teilte ich meine Bedenken mit ihm, ohne dabei aufzusehen.

»Wir werden sowieso sterben«, moserte er, drückte trotzig meine Hand vom Schraubverschluss und nippte jetzt doch an seiner Flasche.

Der Winkel, in dem er seinen Trinkbehälter halten musste, beunruhigte mich. »Dort hinten schlagen wir unser Lager auf.« Der Kommandant zeigte beim Sprechen auf eine unscheinbare Felsformation. Hier gab es weder eine Oase noch Sträucher, die uns lebensnotwendigen Schatten spenden konnten. Doch auch kahler Stein war immer noch besser als die erbarmungslose, gleichförmige Landschaft um uns herum.

»Immer zwei Mann in ein Zelt«, lautete seine Order. Verloren schaute ich mich um. Meinen Kameraden der letzten Wochen gab es nicht mehr. Die Anderen waren schon auf dem Weg zu den Begleitwagen und mir wurde klar, dass der Junge neben mir vermutlich mein neuer Zeltgenosse werden würde.

Schweigend beäugten wir uns und begannen den Platz für unsere Übernachtung vorzubereiten. Wenig später hatte die Kompanie ein kleines Zeltdorf errichtet und die Wachen waren postiert.

Als ich am Abend zu unserem Zelt ging und vorsichtig die Zeltplane hob, hörte ich bereits ein leises gleichmäßiges Atmen. Eine sanfte Brise wehte um meine Nase, bevor ich unter der Plane verschwand. In diesem Moment tat mir der Lufthauch gut. Noch eine ganze Weile lag ich mit offenen Augen dösend auf meiner Decke und fragte mich, was uns wohl in Kut al-Amara erwartete.

Abids Reise – das Haus

ABID KONNTE DIE MOSCHEE UND die Lehmbauten der alt-ehrwürdigen Stadt Kut al-Amara schon von weitem sehen, als er mit seinem Boot den Tigris stromabwärts fuhr. In diesen Gewässern war der Fischer dem Mann begegnet, der sein Leben verändert hatte, und dies war die Stadt, von der die Frau am Brunnen berichtet hatte.

Noch konnte Abid nichts Außergewöhnliches entdecken, jedoch erfüllte ihn ein seltsam wohliges Gefühl, als er sein Boot an einem der Stege befestigte und wieder festen Boden betrat. Um ihn herum liefen Menschen, wie er sie schon zu Tausenden gesehen hatte. Sie gingen ihren alltäglichen Beschäftigungen nach. Einige sahen geplagt und müde aus, andere waren fröhlich und lachten. Neugierig schritt er über den staubigen Weg und ging durch die Straßen der Stadt. Im Zentrum gab es einen kleinen Markt, auf dem Händler die Waren und Früchte der Region feilboten. Der intensive Geruch von überreifem Gemüse, undefinierbarem Fleisch, Kräutern und Gewürzen aller Art raubte einem fast die Besinnung.

Abid liebte Orte, an denen das Leben pulsierte. Hier wurde gefeilscht und gehandelt bis jeder das Gefühl hatte, ein gutes Geschäft gemacht zu haben.

Nicht weit von diesem Platz entfernt befand sich eine Zisterne, um die herum einige Männer standen; andere lagen im Schatten eines Baumes, der dort wuchs. Es waren Tagelöhner, die jeden Tag aufs Neue darauf warteten, dass jemand kam und sie für einen oder gar mehrere Tage anheuerte. Aber offensichtlich waren manche von ihnen verärgert. Sie gestikulierten wild und regten sich auf.

»Was ist denn passiert?«, fragte Abid ohne große Umschweife einen von ihnen.

»Heute ist ein guter Tag«, antwortete der Mann strahlend und spielte dabei mit einer Münze in seiner Hand.

»Klar ist es für dich ein guter Tag«, schimpfte ein Mann mit staubigem Gewand gekränkt. »Du arbeitest nur zwei Stunden und bekommst den gleichen Lohn wie alle anderen!«

Wieder entflammte zwischen den Männern eine wilde Diskussion. Abid verstand schnell, worum es ging.

»Das ist ungerecht!«, protestierte einer der Arbeiter.

»Wieso? Ihr habt doch bekommen, was euch versprochen wurde!«, spottete einer, der mit angewinkelten Beinen an der Zisterne hockte.

»Es ist einfach nicht richtig«, hielt ein anderer dagegen. Dann verstreute sich die Ansammlung. Manche der Männer trotteten verärgert davon, andere konnten ihr Glück kaum fassen.

»Wer war denn dieser Mann, der euch allen den gleichen Lohn gegeben hat, obwohl ihr unterschiedlich lang arbeiten musstet?«, fragte Abid erneut den Arbeiter, der immer noch die Münze zwischen seinen Fingern spielen ließ.

»Kann ich dir nicht genau sagen, aber er ist durch diese Straße davongegangen.« Mit ausgestrecktem Arm zeigte er dabei zum Nordtor der Stadt.

Sollte das vielleicht genau jener Mann gewesen sein, von dem er in den Tagen zuvor immer wieder gehört hatte? Sollte es der sein, den er suchte? Als Abid der Straße weiter folgte, beschlich ihn ein mulmiges Gefühl. Selbst wenn er den Mann finden würde, wusste er nicht, ob er bei diesem willkommen wäre. Denn anders als der Fischer hatte Abid nie genug bekommen können. Er war besessen vom immer mehr – er war gierig. Und nicht weil er ein findiger Kaufmann war, hatte er es zu Reichtum gebracht – er war ein Gauner: falsche Gewichte, überhöhte Preise, ausgestochene Konkurrenz. Wenn es um seinen eigenen Vorteil ging, war er nie zimperlich gewesen. Und nie hätte er jemandem für nur eine Stunde Arbeit einen ganzen Tageslohn ausbezahlt.

Missmutig hielt er inne. Als Ehemann und Vater war er gescheitert und seinen Reichtum hatte er ergaunert. Dieser seltsame Mann, von dem die Menschen auf seiner Reise erzählten, würde sein Leben wohl kaum gutheißen. Er würde ihn verurteilen und davonschicken. Doch dann dachte Abid an die Frau am Brunnen, diese Frau ohne Ehre. Sie, mit der keiner mehr etwas zu tun haben wollte, wurde von jenem geheimnisvollen Fremden, von dem alle erzählten, geachtet und keineswegs verurteilt.

Abid verwarf den Gedanken umzukehren. Mit wachsender Erregung eilte er weiter über die staubige Straße der Stadt. Zwischen den Häusern wuchsen Zypressen, Palmen und Kakteen. Vögel saßen zwitschernd in den Ästen der Bäume und ein Hund kaute auf einem alten Knochen. Abid steuerte auf das Nordtor zu und behielt dabei stets auch die Seitenstraßen im Blick, aber von einem Mann, wie ihn der Arbeiter beschrieben hatte, war nichts zu sehen.

Als er das Tor erreicht hatte, überlegte er kurz, wohin er sich nun wenden sollte. Nein, die Stadt wollte er nicht verlassen, denn er spürte, dass seine Reise hier erfolgreich enden würde. Sein Herz pochte gegen die Rippen, als er in eine leicht abschüssige Gasse zur rechten einbog. Alles ähnelte hier dem Rest der Stadt, bis auf ein Haus, das sich ein wenig von den übrigen abhob. Die Eingangstür war nur angelehnt und die Fensterläden halb geöffnet.

»Wer wohnt dort?«, fragte Abid einen der Männer, die auf Hockern vor dem Nachbarhaus saßen.

Der Mann zog noch einmal an seiner Wasserpfeife, bevor er etwas zögerlich auf Abids Frage antwortete. »Da wohnt ein Zimmermann, der ist aber nie da«, sagte er schließlich und blies den restlichen Rauch in die Luft.

»Das stimmt doch nicht, der Mann ist tot«, widersprach ihm ein anderer, der neben ihm hockte.

»Nein, er ist nicht tot, seine Eltern leben mit ihm in Ägypten«, wusste nun ein dritter, der zu dieser Runde gehörte.

Auf seinen Reisen hatte sich Abid angewöhnt, seinen Instinkten zu folgen. Diesmal merkte er, dass er dieses Haus würde betreten müssen, um die Wahrheit und das Leben zu finden. Dies war der Weg, den es zu gehen galt.

»Danke«, sagte Abid höflich zu den Männern und wandte sich zur Tür des Hauses. »Geh nicht hinein, es ist gefährlich!«, faselte einer, der zufällig vorbeikam. Abid hatte seine Entscheidung bereits getroffen. Er schob die Tür weiter auf und betrat das Haus. Alles sah gewöhnlich aus. Mit seiner Hand fasste er an einen der Stühle und sah einen Ölkrug, der vor ihm auf dem Tisch stand. Auf einer kleinen Bank an einer Wand lag ein zusammengewickeltes Tuch, der Duft von Essen lag in der Luft und eine Karaffe mit Wein stand neben einem Brotkorb. Am hinteren Ende des Raumes gab es einen Vorhang, und als er diesen beiseite zog, sah er eine herrliche Landschaft. Eine, wie er sie noch nie zuvor gesehen hatte und die sich in der unendlichen Weite verlor.

Als Abid einen Fuß über die Schwelle setzen wollte, legte ein Mann den Arm um seine Schulter und begann, ihm eine Geschichte zu erzählen.

Der Sturm

AM TAG QUÄLTE UNS IN der Wüste die Sonne und nun bündelte ein Sturm alle seine Kräfte gegen uns. Mit einem leichten Säuseln hatte es begonnen, aber noch in der Nacht verwandelte sich die sanfte Brise in einen gewaltigen Sturm. Der Kommandant rief uns aus unseren Zelten. Wild gestikulierend rannte er an mir vorbei und verteilte mit brüllender Stimme hektisch seine Befehle.

»Los, raus mit euch, schlagt zusätzliche Pflöcke ein, zieht alle Laschen fest und packt das lose Zeug zusammen.«

Von dem, was auf uns zukam, hatten wir alle nur eine schemenhafte Vorahnung. Aber auch ich spürte auf meiner Zunge und in den Augen die ersten Sandkörner, die der Wind in unser Lager trug.

»Zieh du die Laschen fest, ich kümmere mich um die Pflöcke«, brüllte ich und starrte auf unser Zelt, das sich bereits aufblähte. Kreischend verbissen sich die ersten Böen in den Begleitwagen und jagten durch unser Lager. Dem schmächtigen Jungen, der so unbeholfen wirkte, wollte ich nicht einmal zumuten, dass er die Heringe in den losen Wüstensand klopfte.

»Na los, macht schneller!«, ertönte der Ruf unseres Kommandanten, als er wieder an uns vorbei hastete.

Während der wenigen Minuten, in denen ich die Pflöcke um das Zelt so gut es ging befestigte, hatte die Kraft des Sturmes schon spürbar zugenommen. Die Zeltbahnen begannen zu flattern, die Pferde des Kommandanten scheuten und bäumten sich auf. Aus dem Brausen wurde kurz darauf ein Heulen, das sich in ein gewaltiges Brüllen verwandelte – dann brach die Hölle über uns herein.

»Halt das Zelt!«, schrie ich gegen den unerbittlichen Wind und auch hier zeigte dieser grausame Feind eine seiner unsichtbaren Waffen. Meine Worte verschwanden im Nichts und nicht einmal ich hörte das Ende meines eigenen Satzes.

Mit beiden Händen klammerten wir uns von innen an die Plane, während von außen der Sand dagegen prasselte. Der Wind suchte derweil nur eine kleine Stelle, an der er sich mit seinen allgegenwärtigen Händen unseres letzten Schutzes bemächtigen könnte.

Mein neuer Kamerad schlug sich besser, als ich dachte. Auch wenn er vermutlich nicht viel Kraft besaß, ließ er nicht locker. Verbissen klammerten wir uns in den nächsten Stunden an die Zeltplane und gemeinsam hielten wir dem Sturm stand. Uns hatte er nicht erwischt, auch wenn der Sand bis in Mund und Nasenlöcher eingedrungen war und unsere Augen blutunterlaufen waren. Wir spürten, wie die Kraft von außen nachließ und hatten überlebt.

Vor Angst und Anstrengung hatte ein Schweißfilm meine Haut überzogen. Erschöpft legte ich meine Hand in den Nacken und streckte den Kopf nach hinten. Dann zog ich die Plane auf. Der Morgen brach an und um mich herum bot sich ein Bild des Grauens. Zelte und Materialien hatten der Naturgewalt nicht standhalten können. Koffer, Munition und Gewehre lagen über Hunderte Meter verstreut und vieles war verloren. Von den Tieren unserer Kompanie konnte ich nur noch wenige sehen. Einige hatte sich losgerissen und waren in der endlosen Weite verschwunden. Andere hingen noch immer an ihren Seilen und Halftern. Aber auch sie würden den Tod finden, denn gebrochene Beine und verletzte Hufe bedeuteten ihr sicheres Ende.

Überall krochen nun die Männer aus ihren Zelten hervor.

»Sammelt euch!«, brüllte der Kommandant, nachdem er eine Tirade von Flüchen von sich gegeben hatte. Sein zweiter Befehl lautete: »Begrabt die Toten!«

Die Anzahl der Opfer war nicht sehr hoch, doch war jeder Toter einer zu viel. Wie schon so oft zuvor scharrten wir einzelne Löcher in den Sand und gaben die Gefallenen dorthin zurück, woher sie kamen. Aus Erde gemacht, würde die Hülle des Menschen nun wieder zu dieser werden. Asche zu Asche, Staub zu Staub, auch wenn sie es nicht wollten. In einigen Jahren oder Jahrzehnten würde vielleicht ein anderer Sturm diese Toten mit sich reißen; sie würden aus dem Sand auferstehen und im nächsten Sturm für andere den Tod bringen, so wie sie im Sand den Tod gefunden hatten. Leben und Sterben, Opfer und Täter, in der Hitze der Wüste verschmolzen diese Dinge miteinander.

»Ihr!« Sein Finger zeigte auf eine Gruppe von Männern neben mir, die umgehend ihre Köpfe zum Kommandanten drehten. »Ihr kümmert euch um die verstreuten Sachen und die ineinander verkeilten Wagen«, befahl er.

Dann lief er weiter und verschaffte sich einen Überblick über den Rest der Lage. Von den Zelten, die uns in den letzten Nächten noch Schutz vor der Kälte geboten hatten, schien mehr als die Hälfte nicht mehr zu gebrauchen zu sein. Unsere Vorräte, die in einem der Begleitwagen gelagert worden waren, waren zum großen Teil zerstört. Doch die eigentliche Katastrophe war, dass unsere knapp bemessenen Trinkwasserreserven für Tiere und Menschen der Kraft des Sturms nicht hatten standhalten können. Die Trinkschläuche waren zerrissen und die Kanister ausgelaufen.

»So ein Mist!«, tobte er resigniert.

Nicht nur der Kommandant sah, was wir verloren hatten. Jeder einzelne von uns wusste, was dies bedeutete. Ohne einen Tropfen Wasser wäre diese Hitze für unsere gesamte Kompanie der sichere Tod. Um diesem zu entrinnen würden viele den Freitod bevorzugen. Die Kugeln, die sich für die in Kut al-Almara eingekesselten Engländer in den Gewehrläufen befanden, würden für unser eigenes Ende herhalten müssen.

»Wir haben kein Wasser«, begannen die Ersten zu tuscheln und wie ein Lauffeuer verteilte sich diese Nachricht im ganzen Lager.

»Ihr zwei, kommt mal her!« Aus welchem Grund er gerade uns erkoren hatte, verstand ich nicht. Aber der Kommandant deutete unmissverständlich zu uns herüber.

»Na los, wird's bald?«, wiederholte er seine Aufforderung.

Verdutzt setzten wir uns in Bewegung.

»Ich habe dich beobachtet. Dir liegen deine Kameraden am Herzen«, sagte er zu mir, als ich vor ihm stand. »Und keiner kann so wie du mit Pferden umgehen«, führte er seine Gedanken fort. Auf diese Feststellung brauchte ich keine Antwort zu geben. Mir lagen die Menschen am Herzen und für Tiere hatte ich ein gutes Händchen. Meinen Kameraden schenkte ich Trost, wo ich konnte und gab Hoffnung, wo dies möglich war. Es wirkte fast so, als hätten mich alle meine Erfahrungen der letzten Monate für die Zeit in dieser Kompanie vorbereitet …

Nach dem Attentat von Sarajevo war ich verwirrt durch die Straßen der Stadt gerannt. Im Chaos des Tages hatte ich nach einem sicheren Platz für mich gesucht, doch ohne klares Ziel trieb ich nur dahin. Wohin hätte ich gehen sollen? Dann war es Abend geworden, der blaue Himmel hatte sich langsam in ein glattes Schwarz verwandelt und Dunkelheit hatte sich ausgebreitet. Ich war schließlich vor einem doppeltürigen Portal stehen geblieben, an dessen Seiten große Türme emporragten. Das letzte Licht des Tages brach sich in den Buntglasfenstern und ehe ich mich versah war eine Nonne neben mir aufgetaucht. Sie hatte mich liebevoll angesprochen und mir erlaubt, die Nacht in der Herz Jesu Kathedrale von Sarajevo zu verbringen. Aus der einen Nacht wurden Monate, die ich im benachbarten Kloster bei den Franziskanern verbrachte.

Diese Zeit hatte mich geprägt und verändert. Ich begleitete die Mönche bei ihren Riten, Studien und Gebeten und verstand schnell, dass diese nur den Rahmen setzten. Im Zentrum stand der Glaube an den, der uns befreit; und das Vertrauen auf den, der alles geschaffen hatte. Die Mönche lebten keinen statischen blinden Gehorsam, sondern standen in einer Beziehung mit dem dreieinigen Gott, dem sie in ihrem Leben folgten. Dem Gott, der mich aus meiner Sklaverei befreite.

Doch dann musste auch ich in den Krieg ziehen. Kein wehrfähiger Mann konnte sich seiner Einberufung widersetzen. Mein Weg führte mich in das osmanische Reich, um die dortigen Truppen zu unterstützen. Denn längst hatte dieser grausame Krieg auch den mittleren Osten erfasst und das Britische Empire kämpfte um die Vorherrschaft in Mesopotamien. Doch Deutschland und Österreich-Ungarn würden dieses Gebiet ihren Gegnern nicht kampflos überlassen. Um jeden Meter wurde hart gerungen.

»Wir befinden uns in etwa hier.« Der Finger des Kommandanten deutete auf der Karte des Mittleren Ostens in die Nähe der Stadt Rutba.

»Wir haben nur noch das Wasser in unseren Flaschen. Wenn wir unsere Vorräte nicht bald wieder auffüllen, werden wir alle sterben«, brachte er die Gefahr, in der wir uns befanden, auf den Punkt. Ohne zu zögern, fuhr er auf der Karte eine gerade Linie nach Süden. »Dort müsste die nächste Oase sein.«

Allein das Wort Oase ließ die Umstehenden hoffnungsfroh aufhorchen. »Es wird kein einfacher Weg werden, denn wir haben nicht ohne Grund die Straße durch die Wüste gewählt.«

Ich verstand, was er meinte. Hier in der Einöde waren wir nicht allein. Freund und Feind durchquerten dieses Gebiet.

»Ein paar brauchbare Kanister und drei Pferde, das ist alles, was wir noch haben.«

Der Kommandant legte beim Sprechen eine Pause ein, betrachtete die aufsteigende Sonne und schaute zu dem Rest der Truppe. »Bis morgen Abend müsst ihr zurück sein, sonst sind wir alle verloren.«

Er rollte die Karte zusammen und schüttelte seine Trinkflasche. Auch er hatte bereits Durst, aber jeder überhastete Schluck konnte ein zu frühes Ende bedeuten.

»Alle Trinkflaschen und Wasser zu mir«, donnerte er seinen nächsten Befehl.

Ab nun war keiner mehr für seine eigene Wasserration verantwortlich. Jeder musste seine Flasche abgeben und aus den restlichen Zeltplanen wurde ein großer gemeinsamer Sonnenschutz gebaut.

»Kommt ja zurück«, waren die letzten Worte, die er uns hinterher rief.

Mein neuer Kamerad und ich saßen fest in unseren Sätteln und ritten alleine in die Wüste.

Abids Reise – die Heimkehr

WIE LANGE SICH ABID IN dem Haus aufgehalten hatte, konnte er am Ende nicht mehr genau sagen. Die Zeit war stehen geblieben und seine innere Hast, die ihn um die ganze Welt getrieben hatte, war hier zur Ruhe gekommen.

Als sie dann den Tisch mit dem Festmahl verließen, war mehr als nur Abids Hunger gestillt. Sein Antlitz leuchtete. Der Mann hatte ihm seine Ehre wiedergegeben. Auf dem Weg nach draußen schaute Abid noch einmal zu dem Vorhang, der in diese faszinierende, sonnengeflutete Landschaft führte. Er konnte nicht anders, als ihn erneut zu öffnen.

Blühende Blumen, sprießende Wiesen, wilde Sträucher und leuchtend grüne Bäume taten sich vor ihm auf. Es gab Tiere, die er noch nie zuvor gesehen hatte und ein See funkelte in den prächtigsten Farben. Vögel hüpften durchs Geäst und ein lieblicher Blütenduft stieg in seine Nase.

»Eine Frage habe ich noch«, sprudelte es aus ihm heraus, als er gemeinsam mit dem Mann, der sich ihm als Elohim vorgestellt hatte, auf den Garten schaute.

»Frag ruhig«, ermunterte ihn der Mann mit seiner klaren Stimme.

Abid betrachtete das Laub in den Bäumen und die Algen am Ufer des Sees. Zwischen den Bäumen entdeckte er kleine Häuser, Weinreben rankten sich an deren Wänden nach oben und ein Weidenkorb mit Obst stand unter einem Fenster.

»Wann wird dieser Garten wieder vollkommen sein?«, brachte er hervor.

Mit leuchtenden Augen überblickte Abids neuer Freund die Natur, die sich in schier unendlicher Weite hinter dieser Tür auftat.

»Wenn er wieder von denjenigen bewohnt werden kann, für die ich ihn geschaffen habe«, war die einfache Antwort, die er erhielt.

Bevor er das Haus durch die angelehnte Tür verließ, drehte Abid sich um. Er verstand nun, dass dieser Mann ihn gefunden hatte und nicht umgekehrt. Alle Begegnungen und Reisen hatten ihn hierher, an diesen Ort geführt. Zu dem Ort, nach dem er sich sehnte, und zu der Person, die sein Herz heilte.

Er konnte nicht anders – der Fremde hatte es nicht eingefordert –, aber Abid ging in die Knie und verneigte sich tief.

Dann öffnete er die Tür und betrat wieder die Straßen der Stadt Kut al-Amara. Er gab Acht, die Tür nicht ganz zu schließen und trat ein paar Schritte zurück, um das Haus erneut zu betrachten.

Erst jetzt fiel ihm auf, dass fast genau das gleiche Haus auch in seinem Heimatort in Baku stand. Auch dort erzählten die Menschen, dass dort einst ein Zimmermann gewohnt hätte, der aber nun tot sei.

Die Heimreise dauerte nur wenige Wochen. Noch als er sich in der staubigen Straße befand, die zu seinem Haus führte, sah er wie sein Liebstes auf der Welt ihm entgegengelaufen kam.

»Papa, Papa, da bist du endlich.« Aufgeregt und voller Freude lief Abids Tochter auf ihn zu, sprang ihm um den Hals und küsste ihn.

»Ich habe dich so vermisst«, rief sie immer und immer wieder.

»Ich euch auch, ich euch auch!« Abid kniete nieder und umarmte seine Tochter. Seine Frau stand regungslos in der Tür. Sie hoffte, dass die Zeit seiner Reisen vorbei sei und diese letzte Fahrt seine Suche an ihr Ziel gebracht hätte.

»Was hast du uns diesmal mitgebracht?«, fragte seine Tochter Hamide voller Aufregung.

Abid legte den leeren Beutel neben sich.

»Nichts. Und doch alles«, sagte er und war in Gedanken bei dem Mann von Kut al-Amara.

»Kommt, wir gehen ins Haus, ich will es euch erzählen.«

Gespannt lauschten seine Tochter und seine Frau dem, was er ihnen zu berichten hatte. Den in Lumpen gehüllten Mann neben dem geöffneten Fenster bemerkten sie dabei nicht.

Wahn und Wirklichkeit

OHNE DEN REST UNSERER KOMPANIE erschien die Wüste noch leerer und einsamer als zuvor. Laut der Schätzung des Kommandanten betrug die Entfernung bis zu der Oase etwa dreißig Meilen. Mit Hilfe des Kompasses und der Karte, die er uns gegeben hatte, suchten wir uns seit Stunden einen Weg. Längst flimmerte die Luft vor Hitze und der Horizont flackerte vor unseren Augen.

»Ich will ihn wiedersehen«, zerschnitten die flehenden Worte meines Kameraden die Luft.

Er ritt dicht hinter mir und hielt die Zügel lasch in seinen Händen. Ich hatte ihn bisher nicht viel sprechen gehört. Wenn ich nun über die letzten Wochen nachdachte, kam mir dieser fragile Bursche immer seltsamer vor. Abends, wenn wir das Lager aufschlugen, hatte er sich immer am Rand aufgehalten. Irgendwie war es ihm so stets gelungen, als einer der wenigen ein Zelt für sich allein zu ergattern. Reden hörte man ihn nur, wenn er gefragt wurde. Er wirkte fast unsichtbar und scheute jede Aufmerksamkeit.

»Wen willst du wiedersehen?« Ich drehte meinen Kopf nach hinten und betrachtete das Häufchen Elend, mit dem ich durch die Wüste ritt. Sein Haupt schaukelte im Rhythmus seines Pferdes und er hielt sich gerade noch mit letzter Kraft an dem Knauf seines Sattels fest. Der Junge kämpfte mit dem Gleichgewicht. Ich drehte meine Handgelenke ein und lenkte mein Pferd zu meinem Kameraden.

Auf Nahrung würden wir noch einige Zeit verzichten können, aber ohne Wasser wäre dieser Kampf in Kürze verloren.

»Wen willst du wiedersehen?«, wiederholte ich meine Frage etwas lauter und hoffte, dass er mich diesmal zumindest hörte. Ob er mich allerdings noch verstehen konnte, wusste ich nicht.

Völlig entkräftet wandte er seinen Kopf zu mir. Sein Gesicht war verdreckt, die Lippen aufgeplatzt. Seine Augen waren halb geschlossen und obwohl der Körper bereits austrocknete, überdeckte ein Schweißfilm seine rissige Haut.

»Dort hinten sind Palmen«, fantasierte er und hob dabei sein Kinn leicht an. Sein Kopf begann Dinge zu sehen, die es nicht gab, um ihn herum verschwammen Wunsch und Wirklichkeit. »Hier.«

Vom Kommandanten hatten wir für unsere Reise zwei Trinkflaschen erhalten. Falls wir es bis zu der Oase schafften, wäre dort genug Wasser um alle unsere Kanister und Flaschen erneut aufzufüllen. Falls wir es schafften.

Sachte flößte ich ihm ein wenig Wasser ein und achtete darauf, dass nicht ein einziger Tropfen verloren ging. Wir ritten erst seit sieben Stunden und unser Ziel lag noch in weiter Ferne.

Einige Momente schaute ich mir meinen Kumpanen im Sattel neben mir an, dann wusste ich, dass ich keine Wahl hatte. Er war so entkräftet, dass er nicht mehr in der Lage war, sich auf dem Pferd zu halten. Die Oase jedoch, die wir uns herbeiwünschten, war noch lange nicht in greifbarer Nähe. Also musste er mit mir reiten, denn dann könnte ich ihn wenigstens halten, falls er das Gleichgewicht verlieren würde.

Mit wenigen Knoten knüpfte ich die Tiere aneinander, schnallte mir den Jungen vor den Bauch und dann setzten wir unsere Reise fort, immer Richtung Süden. Mit den anderen Pferden im Schlepptau und einem weiteren Mann vor mir auf dem Sattel kamen wir nun noch langsamer voran als zuvor. Von der Hitze wurde mir schummrig und schlecht. Alles hier sah gleich aus. Sand, soweit das Auge reichte, kein Punkt, an dem man sich hätte orientieren können. So schlichen wir Stück für Stück die nächste Düne hinauf.

Mein Pferd war von den Strapazen ebenso erschöpft wie ich. Mit gesenktem Kopf trug es mich, wohin ich es lenkte. Bisher hatte es auf alle meine Anweisungen reagiert. Erneut drückte ich meine Fersen in seine Flanke und presste meine Schenkel zusammen, doch diesmal wollte es nicht weitergehen.

Stattdessen hob es den Kopf, spitzte die Ohren und bohrte seine Vorderhufe abwehrend in den Sand. Um mich herum konnte ich keine Veränderung wahrnehmen. Sanft kraulte ich das Tier hinter seinem Ohr, aber es legte die Anspannung nicht ab. Steif stand es da und ich spürte, dass das Pferd sich nicht bewegen würde, was immer ich auch tat.

Ich wusste, dass schon viele eigenartige Dinge in dieser Wüste geschehen waren und ein störrisches Tier nichts Schlechtes bedeuten musste.

Zumindest wenn die Geschichte, die ich in Malatya gehört hatte, stimmte. Bevor unser Bataillon den Weg in die Wüste wählte, verbrachten wir zwei Tage in dieser kleinen Stadt. Dort durften wir uns noch einmal vergnügen, bevor wir nach Kut al-Amara aufbrachen. Jeder tat dies auf seine Weise und ich setzte mich zu den weisen Männern in die Straßencafés, trank mit ihnen Tee, zog an ihren Wasserpfeifen und lauschte den Geschichten aus einer vergangenen Zeit. Von dem, was geschehen war, als vor tausenden Jahren fremde Völker durch dieses Land zogen und Stämme gegeneinander kämpften. Eine dieser Geschichten kam mir nun wieder in den Sinn …

Einst befand sich Balak, ein König der Wüste, in einer verzweifelten Lage. Ein neues Volk im Westen breitete sich immer weiter aus. Sie waren Gesegnete und standen unter dem Schutz ihres Gottes, der sie aus der Sklaverei in ein fruchtbares Land geführt hatte. Deshalb sandte der König Balak nach einem Propheten aus dem Zweistromland. Der Seher Bileam, Sohn des Beor, der am Ufer des Euphrats lebte, sollte kommen und dieses Volk verfluchen. Darin sah der König Balak seine einzige Chance. Zweimal musste er nach ihm schicken lassen, denn zu Anfang weigerte sich der Prophet, dem Ruf zu folgen. Schließlich sattelte der Seher seinen Esel und machte sich auf den Weg. Er durchquerte das Land in Richtung Westen. Doch dann verweigerte sein Reittier, ein Esel, dem Propheten Bileam den Gehorsam und blieb mürrisch stehen. Dreimal prügelte Bileam den Esel, doch dieser wollte die Reise nicht fortsetzen. Denn der störrische Esel hatte etwas gesehen, was Bileam nicht sehen konnte. Doch dadurch rettete das Tier seinem Herrn das Leben.

Der Junge in meinen Armen wurde zusehends schwächer. Ich konnte spüren, wie er sich gegen mich lehnte und benommen hin und her schwankte. Noch wenige Schritte, dann würde ich über den nächsten Dünenkamm schauen können, doch vielleicht nahm mein Pferd ja etwas wahr, das mir noch verborgen war? Ganz wie der Esel vor langer Zeit, der damit seinem Herrn das Leben gerettet hatte. Also vertraute ich auf den Instinkt des Tieres, das mich trug. Ich rutschte aus dem Sattel, krabbelte auf allen Vieren die Düne hinauf und – erschrak, als ich vorsichtig über den Dünenkamm spähte.

Wäre das Pferd nicht so störrisch gewesen und nach meinen Anweisungen weitergegangen, wären wir vermutlich den Beduinen, die in der Ebene vor mir nach Norden zogen, in die Arme gelaufen und zum Opfer gefallen.

Eine Horde schwarz gekleidete Männer, deren Gesichter nahezu vollständig unter den großen Turbanen verborgen waren, ritt unterhalb der Düne an mir vorbei. Ihre langen Gewänder hingen locker herunter und manche ihrer Tiere waren um die Brust mit Ketten geschmückt. Das klirren ihrer Dolche und Krummsäbel zerschnitt die Stille und ich konnte nicht sagen, ob sie für uns oder gegen uns kämpften. In den Cafés von Malatya war hinter vorgehaltener Hand vermutet worden, dass sich die Araberstämme, die sich bisher zu den Türken gehalten hatten, von ihren bisherigen Herren lossagen wollten. Damit aber würde sich die Hoffnung der Deutschen zerschlagen, dass die Araberstämme an der Seite des osmanischen Reiches im Heiligen Krieg gegen die Alliierten kämpften.

Der Riss, der in diesem Krieg Völker und Nationen trennte, hätte somit auch die islamische Welt gespalten.

Da ich also nicht sagen konnte, ob die Männer hinter der Düne Freund oder Feind waren, vertraute ich meinem Pferd und blieb in Deckung. Als ich mich umblickte, stand mein Pferd noch unverändert an derselben Stelle, doch lag mein Kamerad inzwischen regungslos daneben im Sand. Wenn wir nicht bald zu einer Wasserquelle kämen, würde ich schon wieder einen Toten verscharren müssen.

Als die Beduinen außer Sichtweite waren, ging ich zurück zu meinem Tier. Mit großer Mühe schaffte ich es, den Jungen wieder in den Sattel zu hieven. Dann stieg auch ich auf und wir zogen weiter. Die Sonne brannte erbarmungslos und mein Verlangen nach Wasser wurde immer unerträglicher. Mein Begleiter schien in einen Fiebertraum gefallen zu sein, denn immer und immer wieder stöhnte er auf und gab unverständliche Laute oder Wortfetzen von sich: »Wo bist du? – Nein! – Lass ihn!«.

Er kämpfte ums Überleben, doch viel Zeit blieb ihm nicht mehr, dann würde er durch die Hitze sterben. Bei jeder Rast lege ich seinen Kopf in meinen Schoß und gab ihm einen Schluck zu trinken. Nun presste ich die letzten Tropfen aus der Trinkflasche und flößte sie meinem Kameraden ein.

Benommen blickte ich mich um. Wie lange würden wir diese Strapaze noch durchhalten?

»Halt mich! – Vater!« Wieder schallten Wortfetzen durch die Luft. Zwar hatte er nie ganze Sätze von sich gegeben, aber die vielen einzelnen Bruchstücke ließen mich vermuten, was diesen armen Kerl bewegte.

»Wo? Nein, ich hole Tee«, stammelte der Junge weiter.

Wir hatten keine Zeit mehr zu verlieren. Deshalb brachen wir auf und ritten abgekämpft und müde weiter.

Und wieder kämpfte sich mein Pferd eine Düne hinauf, die genauso aussah wie alle Dünen zuvor. Oben angekommen dauerte es mehrere Momente bis ich begriff, was ich da vor mir sah. Eine

Fata Morgana? Das war mein erster Gedanke, was sollte es anderes sein? Aber hätte eine solche Sinnestäuschung auch meine Ohren betrügen können? Leise plätscherte das Wasser über einen Felsen, und das nur etwa fünfzig Meter vor mir. Was ich sah, musste zweifellos Realität sein! Mein Herz schlug bis zum Hals.

Mit letzter Anstrengung erreichten wir die Oase. Vor Freude wollte ich schreien und tanzen, aber selbst dazu reichten meine Kräfte nicht mehr. Ich steckte meinen Kopf in das frische Wasser und fühlte, wie das Leben in meinen Körper zurückkehrte. Mehrere Sekunden verharrte ich jubelnd in dem kleinen Teich, dann richtete ich mich auf und holte meinen Kameraden aus dem Sattel. Schon seit einiger Zeit hatte er keinen Laut mehr von sich gegeben und vielleicht hatten die letzten Strahlen der Sonne ausgereicht, um ihn zu töten.

Ich fasste den schmächtigen Jungen und schleifte ihn zur rettenden Quelle. Soviel Wasser wie möglich sollte seinen ausgetrockneten Körper umspülen, aber noch immer reagierte er nicht. Welche Ungerechtigkeit, welcher Hohn: er lag in meinen Armen und verdurstete, umspült von klarem Wasser.

»Nein! Nein!« Mein heiserer von den Strapazen geschwächter Schrei erfüllte die Luft, während ich im seichten Nass kniete und den schmächtigen Jungen fest in meinen Armen hielt.

Erneut tauchte ich ihn unter und zog den leichten Körper nach oben. Nichts geschah. Also riss ich hektisch sein Hemd auf. Noch während des ersten Hustenanfalls wanderte mein Blick von seinem Gesicht zu dem Pressverband aus Tüchern und Stoffen, der um seine Brust lag. Auf einmal ergab alles einen Sinn. Die Schüchternheit, die dünnen Arme, das makellose Gesicht …

Wie zuvor teilten wir uns nach dem Erreichen der Oase ein Zelt, denn für die Nacht war der Weg zurück zum Lager zu weit. Doch diesmal war es anders. Befremdet und verstört grübelte ich über das nach, was mir hier geschehen war.

Nach unserer Rettung hatten wir kaum gesprochen. Sie blickte mich nicht an und ging mir aus dem Weg, als wir unser Zelt aufbauten. Ihre Scham war ihr deutlich anzusehen und ich wusste nicht, wie ich reagieren oder mich verhalten sollte.

Trotz der Strapazen der letzten Tage schlief ich nur unruhig und kurz. Noch vor der Morgendämmerung packten wir wieder unsere Sachen zusammen, sattelten unsere Pferde und füllten die Kanister mit Wasser.

Der Weg zu der Oase war ein Weg voller Strapazen gewesen. Immer von der Frage begleitet, ob wir unser Ziel erreichen würden oder nicht. Nun wusste ich, dass ich nicht nur Wasser zu unserer Kompanie zurück brachte, sondern auch ein Geheimnis mit mir herumtrug. Ein Geheimnis, das in einer Welt voller Entbehrungen und weit weg von den Frauen unserer Heimat gut geschützt werden musste.

Seitdem ich vor fast zwei Jahren meine Heimat verlassen hatte, hatte sich mein Leben komplett verändert. Befreit von meinem alten Meister lebte ich nun mein eigenes Leben. Vom Knecht war ich zum Freien geworden und vom Jungen zum Mann. Die letzten Monate hatten mich geformt und verändert, aber nichts von alledem hatte mich auf eine solche Begegnung vorbereitet.

Hilflos suchte ich nach Worten. Auf einmal erschien es mir fast leichter in der Wüste nach Wasser zu suchen, als in meinem Kopf die passenden Sätze zu bilden.

»Wie heißt du?«, brach ich das Schweigen und schaute sie dabei nicht an.

Es dauerte, bis sie antwortete. Sie ritt neben mir und saß nun aufrecht im Sattel.

»Hamide«, sagte sie knapp.

Auch ihre Stimme klang nun anders, als in den letzten Wochen.

»Danke«, fügte sie wenig später hinzu. Denn sie wusste, dass sie am Tag zuvor nur knapp dem Tod entronnen war.

»Was machst du hier? Der Krieg ist schlimm genug für Männer«, sagte ich und blickte fast vorwurfsvoll auf ihre graue Uniform mit silbernen Knöpfen.

Hamide stoppte ihr Pferd und drehte sich zu mir um, und auch ich ließ mein Tier anhalten.

Ihre Lippen wirkten schön, die Augen leuchteten schwarz wie Ebenholz und kleine Ohren schmückten ihren zierlichen Kopf.

»Ich suche meinen Vater«, sagte sie voller Entschlossenheit.

»Wo ist er?«, fragte ich vorsichtig nach, denn ich merkte, dass meine letzten Sätze sie verletzt hatten.

»In Kut al-Amara«, sagte sie und ein Schauer durchfuhr ihren Körper. »Nachdem der Krieg ausbrach, ist ein Mann in unser Dorf gekommen und hat meinen Vater gezwungen, ihn zu begleiten.«

»Konnte sich dein Vater dem Willen des Fremden nicht widersetzen?«, fragte ich erstaunt.

Hamide ließ den Kopf sinken. Die Erinnerung an das, was damals passiert war bedrückte sie. »Wir hatten keine Wahl«, sagte sie traurig, »wir hatten keine Wahl.« Und dann begann sie mir zu erzählen, was in ihrem Leben geschehen war …

Es klopfte an der Tür und der alte Antiquitätenhändler erhob sich. In seinem Laden gab es alle erdenklichen Kostbarkeiten aus nahezu allen Regionen dieser Erde. Gepolsterte Sessel, die angeblich einmal dem russischen Zaren gehört hatten, und Wandteppiche, die – zumindest wenn er recht hatte – von Hussein, dem Großscheich aus Mekka stammten. Schränke aus Europa, Elfenbeinschnitzereien aus Afrika und kostbare große Vasen aus China gehörten zu seinem Besitz.

Durch die kunstvoll gefertigten Fenstergitter drangen vereinzelte Sonnenstrahlen in den Verkaufsraum und spiegelten sich auf einem mit Ornamenten verzierten Tisch aus Rosenholz.

»Hamide, bring bitte zwei Tassen und Zucker für den Tee, wir bekommen Besuch«, rief Abid in die Küche, schnippte zweimal mit den Fingern und begab sich zur Tür.

Achtsam platzierte Hamide eine zweite Tasse zu dem Schälchen mit Zucker und den orientalischen Kostbarkeiten, die auf dem silbernen Tablett bereitstanden. Dann trug sie alles in den Verkaufsraum, stellte es auf den Tisch und eilte zurück in die Küche.

Sie hörte, wie ihr Vater die Tür öffnete und den Gast hereinbat. Trotz der Hitze des Tages fühlte sie einen eisigen Windhauch, als sich die Haustür öffnete.

Ihr Vater hatte auf seinen unzähligen Reisen durch die Welt viel erlebt und gesehen. Wenn sie ihn als Kind auch oft monatelang nicht sah, so genoss sie die Zeit umso mehr, in der er zu Hause war. Dann lauschte sie ihm voller Hingabe, wenn er von seinen Abenteuern erzählte.

Er konnte sie stundenlang in andere Welten entführen, ließ sie auf Elefanten durch Indien reiten, mit ihm in Afrika in einer Lehmhütte aus dunklen Bechern vergorene Ziegenmilch trinken und entführte sie ins Zweistromland. Sie mochte am liebsten, wenn er von den Zikkurats erzählte, die es dort vor langer Zeit gegeben hatte, und von den Königen, die dort einst in unglaublich prachtvollen Tempeln regierten: Säulen aus Marmor, vergoldete Türen und Türme, die bis in die Wolken reichten.

Leise hantierte Hamide hinter dem Vorhang verborgen in der Küche und brachte hier alles in Ordnung. Das, was dort im Verkaufsraum besprochen wurde, war sicherlich nicht für ihre Ohren bestimmt, aber ihr Vater hatte keine Geheimnisse vor ihr. Deshalb machte es keinen Unterschied, ob sie lauschte oder später ihren Vater fragen würde, was besprochen wurde.

»Ich weiß, dass du ihn gesehen hast!« Der vollbärtige Mann fixierte mit seinen leblosen Augen sein Gegenüber. Auf dem Tisch zwischen den Teetassen lag eine große Landkarte und wie es aussah, wollte der Fremde nichts kaufen, sondern etwas erfahren.

»Muss ich deutlicher werden?«

Die Stimme des Besuchers hallte hässlich und kühl durch die Räume und, um seine Drohung zu unterstreichen, fuhr er sich mit der Hand durch den Bart.

»Sie sind Gast hier«, sagte Abid und versuchte dem, was hier geschah Einhalt zu gebieten.

»Du hast ihn gesehen! Ich spüre es!« General Iblis träufelte ein wenig Zucker in seine Tasse, hob den heißen, dampfenden Tee an seine Lippe und nippte daran. Zwischen den Männern herrschte gespanntes Schweigen. Abid spürte wie sich seine Kehle zuschnürte, ohne dass ihn eine Hand berührte. Und dann beobachtete er voller Entsetzen, wie der Tee in seiner Tasse gefror.

Er hatte keine Ahnung, woher der Fremde es wusste, aber es stimmte: Seine Augen hatten das Unbeschreibliche gesehen. Eine Schönheit, die ihn verzaubert hatte. Aber er wollte und durfte nichts sagen, vor allem nicht diesem Mann. Auch wenn es sich um ihre erste Begegnung handelte, so befürchtete er doch, mit seiner Einschätzung richtig zu liegen. In seinem Leben hatte er bereits viele Menschen kennengelernt, doch niemanden, der ihm in ähnlicher Weise das Blut in den Adern gefrieren ließ.

»Ich weiß nicht, wovon sie reden«, gab Abid kleinlaut von sich, führte seine Fingerkuppen zusammen und streckte seinem gegenüber seinen Arm ein Stück entgegen. Dabei sorgte er sich weniger um sich, als um die ihm Anvertrauten.

Wie gelähmt schaute er auf die sich öffnende Tür. Hätte er doch nur gesagt, was er wusste, vielleicht wäre seine Frau diesem Mann dann nie begegnet. Aber es war bereits zu spät.

»Salam Aleikum.« Schnell zog seine Frau Rahid den Schleier vor ihr Gesicht als sie sah, dass ihr Mann nicht alleine war. Verwundert, keinen Gruß erwidert zu bekommen, eilte sie an den Männern vorbei, um sich in die Küche des Hauses zurückzuziehen.

»Aleikum Salam«, sagte General Iblis im letzten Moment und wusste, wie er den Anderen zum Reden bringen könnte.

»Setz dich doch zu uns.« Fragend schaute Rahid zu ihrem Mann und hoffte auf ein Zeichen, wie sie auf die Aufforderung dieses Fremden reagieren sollte.

Sein Nicken kam spät und auch nur zögernd, aber sowohl General Iblis als auch seine Frau sahen es. Nun saßen sie zu dritt da und Rahid schaute auf die Karte vor ihr. Auch wenn sie diese zum ersten Mal sah, ahnte sie doch schnell, worum es ging.

Als Rahid schließlich den Blick von der Karte hob, verstand sie auch, warum sie dort saß. Nicht weil sie etwas wusste, sondern weil sie zu ihrem Mann gehörte und dieser bisher geschwiegen hatte. In dem Moment, als der Fremde erneut seine Stimme erhob, betete Rahid, dass ihre Tochter schlau genug wäre, sich zu verstecken. Denn sie spürte die Augen ihres unschuldigen Mädchens, wie sie von der Küche aus zu ihnen herüber starrten.

Abrupt hatte Hamide aufgehört zu erzählen. Neben mir ritt eine Frau, die durch das Erlebte hart geworden war. Hart und gleichzeitig doch verletzlich, denn ihr Weinen wollte nicht mehr enden.

»Wir sind gleich wieder am Lager.« Meinem Orientierungssinn und der Karte nach zu folgern, konnte es nicht mehr weit bis zu unserer Kompanie sein. Hamide rieb sich die Tränen aus ihrem Gesicht, drehte sich von mir weg und zog alle Tücher und Stoffe so stramm, dass sie wieder wie ein hagerer Mann aussah.

Selbst ihre Stimme veränderte sich und klang wieder kratzig und ungelenk. Die Ungezwungenheit war dahin.

»Ich behalte dein Geheimnis für mich«, sagte ich und fasste ihre Hand.

Ein trauriges Lächeln formte sich um ihre Lippen. Sie schaute mich mit erschöpften Augen an, schwieg für einige Sekunden und löste sich aus meiner Hand.

Hatte ich etwas Falsches gesagt? Sie konnte sich auf mich verlassen. Mein kurzer Ärger darüber, dass sie als Frau hier nichts zu suchen hatte, war längst vergangen. Ich wollte sie wissen lassen, dass sie mir vertrauen konnte.

»Geheimnisse bringen einen nur um«, sagte sie voller Trauer.

Was für ein Trottel war ich eigentlich? Hatte ich denn nicht zugehört? Hamide wollte nach Kut al-Amara, weil ihr Vater anscheinend bereit war, für ein Geheimnis zu sterben. Wie töricht war ich nur gewesen. Eine Entschuldigung auf den Lippen, öffnete ich meinen Mund, um ihn dann doch wieder zu schließen, denn was ich von unserem Lager sah, verschlug mir die Sprache.

Nun wusste ich, dass die Beduinen nicht auf der Seite der Mittelmächte kämpften. Was der Sturm und die Sonne begonnen hatten, war von ihnen beendet worden. Ob meine Kameraden im Vollbesitz ihrer Kräfte eine Chance gehabt hätten, konnte im Nachhinein keiner sagen.

Verzweifelt hatte unsere Kompanie offensichtlich einen Kreis gebildet, um sich gegen die Angreifer zu verteidigen. Doch sie waren ihnen hoffnungslos ausgeliefert gewesen.

Wir fanden sie niedergemäht wie Weizen in der Ernte und dann zum Verdorren liegen gelassen. Beinahe achtzig Männer, die meisten in der Blüte ihres Lebens. Aufgerissene Augen, zerschmetterte Schädel, von der Sonne verbrannt, von Wind und Sand gebeutelt, von Kugeln durchbohrt und manche mit großen klaffenden Schnittwunden, die einem verrieten, dass hier auch Krummsäbel im Einsatz gewesen waren. Abgetrennte Arme lagen zwischen alledem, Köpfe hingen leblos nach hinten und Beine standen in seltsamen Winkeln vom Körper ab. Eine grauenhafte Szenerie mitten im Nichts. Keiner rührte sich mehr.

Es sah aus, als ob sich die Richtung meines Lebens erneut komplett änderte. Ohne Ziel stand ich hier mitten in der Wüste und überließ es dem Wind, die Toten zu vergraben. Eine dünne Sandschicht hatte sich bereits über die Getöteten gelegt.

Schon bald würde es wieder Nacht werden und wir mussten schnell entscheiden, wie es weitergehen sollte. Als erstes schritten wir durch das Lager und suchten schweigend die Dinge zusammen, die wir benötigten. Dann errichteten wir ein wenig abseits zwei Zelte und entfachten ein kleines Feuer. Der Krieg und was wir zusammen erlebt hatten, knüpfte ein Band zwischen uns. Als die Nacht anbrach, saßen wir schweigend vor dem prasselnden Feuer. Um uns herum erhoben sich die Dünen. Funken stoben in den Himmel, verglühten in der Dunkelheit und Hamide begann stockend, von ihrer Heimat zu erzählen. Von der gewaltigen Festungsmauer um ihre Heimatstadt Baku, den wunderschönen Hamams und dem süßen Honigkuchen, den es zum Tee gab. Dann verstummte sie wieder.

»Ich muss schlafen«, sagte sie ein wenig später mit flattriger Stimme, stand auf und verschwand in ihrem Zelt.

Ich blieb noch am Feuer sitzen, blickte mich mit einem ehrfürchtigen Staunen um und betrachtete die glatten mächtigen Sandhügel, die gleichmäßig heranwuchsen und sich dann sanft in der nächsten Ebene verloren. Während ich den Sand durch meine Finger rieseln lies, wanderte ich eine Düne ein Stück hinauf und warf mich in den Sand. Stumm saß ich da und blickte auf die glutstille gespenstische Szenerie unter mir. Am klaren Himmel funkelten die Sterne und warfen ein sonderbares Licht auf die Toten. In diesem sinnlosen Krieg starben die Menschen wie die Fliegen. Soldaten sehnten sich zurück in ihre Heimat, weg von den Schlachtfeldern dieser Welt. Zwischen Kanonendonner und Schreien wurde einem bewusst, was im Leben zählte. Doch es gab kein Zurück – und kein Vorwärts. Meine Generation war in diese Zeit hinein geboren und darin gefangen. Was zählte war allein die Gegenwart.

In diesem Moment begriff ich, dass ich, wenn ich wollte, mir nun selbst meinen Weg aus dieser von Menschen gemachten Hölle bahnen könnte. Ich könnte meine Geschichte selbst bestimmen. Mit Hilfe der Karte des Kommandanten wäre es mir möglich, mich bis zum Fuß des Ararats durchzuschlagen. Vielleicht würde ich dort in einem Bergdorf unterkommen und fernab des Krieges in Sicherheit sein.

Nach den Anstrengungen und Strapazen der letzten Tage kroch ich schließlich müde in mein Zelt und legte mich hin und fiel in einen unruhigen Schlaf. Etwas arbeitete in mir und ein unerwartetes Verlangen fing an sich zu regen.

Als ich am nächsten Morgen mein Zelt verließ, sah ich zuerst Hamide. Sie stand halb verborgen hinter einem der zerstörten

Wagen und zog gerade ihre Uniformjacke aus. Dann warf sie sich einen Beduinenmantel über, der dort zurück geblieben war.

Ich schaute ihr verstohlen zu und bewunderte sie. Der Sturm und die Sonne hatten sie nicht aufgehalten und sie würde ihren Weg weiterziehen, auch ohne den Schutz dieser Kompanie. Bevor sie merkte, dass ich sie beobachtete, ging ich zu einem der Pferde und zog die Stricke nach.

»Wir müssen aussehen wie einer von ihnen«, sagte sie, als sie neben mir auftauchte.

Sie war bereit, sich alleine nach Kut al-Amara durchzuschlagen. Für sie war es keine Frage, sie würde weiter ziehen, ob ich sie dabei begleitete oder nicht.

»Kommst du mit?« Hamide war bereits dabei, ihr Pferd zu beladen und sich für die vor ihr liegende Wegstrecke vorzubereiten: Einen Beutel mit der Soldatenkleidung, ein paar Vorräte und ein Zelt, das war alles, was sie mitnahm.

»Wir sollten losreiten, solange es noch kühl ist«, sagte sie und zeigte mit ihrem Kopf zu dem anderen Pferd.

Hamides rebellische Art begeisterte mich. Die Art, wie sie redete, sowie ihre funkelnden, dunklen Augen und das offene Gesicht gefielen mir. Irgendwie war Hamide kindlich naiv und in ihr brannte die Leidenschaft der Jugend, doch besaß sie auch die Anmut einer Frau, die wusste, was sie im Leben wollte.

Meine Entscheidung war gefallen: Ich würde mit ihr reiten. Schnell lief ich zu einem der toten Beduinen, nahm mir seinen Umhang, packte meine Ausrüstung zusammen und dann zogen wir gemeinsam davon.

Wir nahmen jedoch eine andere Route, als unser Kommandant ursprünglich geplant hatte, denn wir wählten den Weg am Wasser entlang und ritten nach Osten. Damit unsere Tarnung nicht auffiel, würde ich schweigen und mich als jemand ausgeben, der ich nicht war. Für Hamide war das leichter, denn sie kannte die hiesige Kultur und wusste, was zu tun war.

Wir ritten nebeneinander und ich war mir sicher, dass sie mir schon bald erzählen würde, was an jenem Tag, als sie hinter dem Vorhang stand, noch alles passierte …

»Spiel keine Spielchen mit mir!«, sagte General Iblis hitzig und rieb seine Faust in der offenen Hand. Doch von Abid kam keine Reaktion.

Mit zusammengekniffenen Augen ließ der General zweimal seine Hand abweisend von sich schnellen und forderte Abid auf näher zu kommen. Als dessen Gesicht nur eine Armlänge von ihm entfernt war, schlug General Iblis zu. Blut lief aus Abids Nase, doch der alte Händler wollte weiter sein Geheimnis schützen und schwieg.

General Iblis Geduld war am Ende. In Windeseile fesselte er die beiden und setzte sie so auf den Boden, dass sie einander anschauen konnten. Voller Ingrimm stellte er sich hinter Rahid, riss ihr den Schleier herunter und zog ihren Kopf zu sich. Ihr Keuchen erfüllte den Raum. Rahid flehte nach Hilfe und wandte ihren Körper in alle Richtungen, doch die Fesseln saßen zu stramm.

Eine Hand von General Iblis hinderte Abid am Schreien, mit der anderen griff er nach der Teekanne mit dem brühheißen Wasser und hielt sie in die Luft.

»Wo ist der Eingang zum Garten? Sprich endlich«, sagte er ruhig und neigte die Kanne ein Stück. »Und wenn du um Hilfe rufst, dann verbrühe ich sie«, fuhr er fort, als er seine Hand von Abids Mund wegnahm.

Abid schaute zu seiner Frau. Viel zu spät hatte er begriffen, was für ein Juwel sie war. Das letzte Jahr war das schönste ihrer Ehe gewesen. Jetzt erst hatte er ihr die Zeit geschenkt, die sie verdiente. Keine war wie sie und keine konnte je ihren Platz einnehmen. Verzweifelt überlegte er, der Frage des Eindringlings nachzugeben. Doch nie würde er die Scham ertragen, das er, Abid Sulima ibn Mechmet ibn Kali, das ihm anvertraute Geheimnis verraten hätte. Dass er wortbrüchig geworden war wie ein Schwächling, ein gebrochener Ast, der vom Baum gerissen worden war und ins Feuer geworfen würde.

Die Scham stand über dem Recht und die Ehre über der Liebe.

Während alledem verbarg sich Hamide mit versteinertem Gesicht hinter dem Vorhang zur Küche. Tränen liefen ihr über die Wangen. Zitternd und von Angst erfüllt stützte sie sich gegen die Küchenwand. Mit einer Hand griff Hamide nach dem Vorhang zum Verkaufsraum, mit der anderen nahm sie das lange Messer, das ihr Vater zum Schächten der Ziegen benutzte.

Ihre Finger umschlossen die äußere Kante und schoben ihn lautlos zurück. Der rote Stoff fühlte sich fest an. Niemand auf der Welt durfte ihrer Mutter oder ihrem Vater wehtun. Keiner hatte das Recht dazu.

In einem der vielen goldenen Spiegel sah Abid, wie sich der Vorhang zur Küche bewegte. Er hatte bereits einen Fehler gemacht und seine Frau in diese Situation hineingezogen. Als sie zur Tür herein gekommen war, hätte er »Halt!« schreien müssen, und als sie zur Küche ging, sie nicht aufhalten sollen. Aber was geschehen war, war geschehen; er konnte es jetzt nicht mehr ändern.

Doch niemals sollte seine Tochter diesem Scheusal in die Hände fallen. Denn Abid wusste, wer ihn hier quälte. Die Kälte, die er ausstrahlte, war etwas, das er noch nie erlebt hatte. Abid musste nicht mehr sehen, um zu begreifen, dass ihn hier kein Mensch aufsuchte. Dieser General Iblis war nicht von dieser Welt und seine Tochter könnte ihn mit keiner Waffe besiegen. Es gab den Verwirrer, Ankläger und Zerstörer also wirklich. Den, der gegen alles Gute stand. Das Böse war kein Geistesgift, sondern es existierte in dieser Welt. Und das Böse konnte Menschengestalt annehmen. Allerdings wusste Abid nicht, über welche Fähigkeiten der Eindringling verfügte und wo die Grenzen seiner Macht lagen.

Wäre er allwissend, so wüsste er, wo sich der Garten befand, und wäre er allgegenwärtig, so hätte er längst gespürt, dass sich auch Abids Tochter in der Wohnung aufhielt.

»Peechhe«, sagte Abid so laut, dass es auch seine Tochter hörte, deren Gesicht nun schon hinter dem Vorhang erschienen war. General Iblis verstand nicht, was Abid mit diesem Wort meinte, jedoch begriff Hamide direkt, was ihr Vater befahl, und zog sich wieder zurück. »Peechhe« war ein Kommando aus einer indischen Geschichte, die ihr Vater gestern erst erzählt hatte. Ein Befehl, den Elefantenführer benutzten, damit ihre Tiere sich mit ihren schweren Beinen rückwärts bewegten. Gestern hatte sie darüber gelacht, als sie sich in ihrem Kopf einen kleinen Mann auf einem so großen Tier vorstellte, der diesen Befehl gab.

Sofort schloss sie die Lücke im Vorhang und hielt die Luft an.

»Was stammelst du da?«, General Iblis erstarrte in seiner Bewegung. Seine Blicke streiften durch den Verkaufsraum. Um ihn herum standen tausende von Kostbarkeiten, aber außer den beiden, die vor ihm saßen, konnte er niemanden entdecken.

»Was soll das, alter Mann? Antworte auf meine Frage oder halt deinen Mund«, dröhnte der General.

Abid würde nicht antworten, sonst hätte er es längst getan. Niemals würde er diesem widerlichen Scheusal verraten, wo sich der Garten befand. Auch nicht, wenn der General nun sein grausames Werk fortsetzte.

Gemeinsam ritten wir durch die Wüste, die ich langsam nicht mehr ertragen konnte. An den Tagen, an denen sich die Seele nach Ruhe sehnte, bekam sie hier alles, was sie wollte. Aber wehe dem, der in der Stille seiner eigenen Einsamkeit begegnete. Was im einen Moment so wohltuend sein konnte, wurde einige Stunden später zu einer Grausamkeit, für die es keine Worte gab. Nachdem Hamide begonnen hatte, ihr Herz zu öffnen, hatte sie sich kurz darauf bereits wieder leise weinend in ihren Kokon zurückgezogen.

Beim Erzählen hatte sie keinen Namen genannt, aber es gab keinen Zweifel. General Iblis befand sich im Zweistromland und vermutlich sogar in Kut al-Amara, dem Ziel unserer Reise. Ich wusste, wozu er fähig war und wie er Menschen zerstören konnte.

Keiner konnte es mit ihm aufnehmen. Alleine bei dem Gedanken an ihn schüttelte es mich.

Doch die Zeit im Kloster hatte meine Augen geöffnet. Dort durfte ich den kennenlernen, der einen hält bis ans Ende dieser Zeit. Denjenigen, durch den der Tod die Macht verloren hat und dessen Wort genügt, um allem, was uns bedroht, Einhalt zu gebieten.

»Danke«, sagte Hamide wie aus dem Nichts. »Danke, dass du mir zuhörst.«

Seit langem sah ich sie zum ersten Mal wieder lächeln. Sie hatte ein sanftes, ehrliches Lächeln, das nichts Falsches enthielt und mich berührte.

»Die Stille hat mir gut getan. Du bist ein guter Zuhörer.«

Während ich die ganze Zeit nach den passenden Worten suchte, hatte ich genau das Richtige gesagt.

Noch hatte ich ihr nicht erzählt, dass ich den Mann kannte, der ihrer Familie solche Grausamkeiten angetan hatte. Absolut gehörig, hatte er mich zu seinen Zwecken missbraucht. Er hatte mich getäuscht und geschunden und erst jetzt, nachdem ich ihm nicht mehr diente, verstand ich seinen wahren Charakter.

»Wir werden das Ziel dieser Reise zusammen erreichen. Ich werde dir helfen«, sagte ich und sprach mir damit selber Mut zu.

»Du musst mich nicht begleiten, wenn du nicht willst.«

Mein Blick blieb hängen an ihren feinen Gesichtszügen. In diesem Moment wurde mir bewusst, dass ich längst schon wieder zu einem Gefangenen geworden war. Diesmal war es kein Herr, der mich trieb und mir Befehle erteilte; diesmal fesselten mich Sehnsüchte, Wünsche, Gedanken und ein Gefühl, das ich bis dahin noch nicht gekannt hatte. Ich wünschte mir auf einmal, dass dieser Ritt durch die Wüste niemals zu Ende ging.

»Ich komme mit dir, ich weiß …«

»Hörst du den Euphrat?«, unterbrach mich Hamide, bevor ich ihr von meinen Erfahrungen erzählen konnte. Ihr Gesicht machte einen konzentrierten Eindruck.

Sofort spitzte auch ich meine Ohren und ich konnte ein fernes Rauschen vernehmen.

»Für die jährliche Frühjahrsüberschwemmung ist es eigentlich noch zu früh.« Hamide hatte enorme Kenntnisse über diese Region. Sie wusste Bescheid über Land und Leute, die Gegebenheiten und das, was sie hier erwartete.

»Mein Vater hat mir immer und immer wieder von den Flüssen erzählt und normalerweise sollte die Flut erst in einigen Wochen oder gar Monaten einsetzen.«

Unsere Ohren hatten uns nicht getäuscht. Auf der nächsten Düne angekommen sahen wir riesige Wassermassen, die sich durch die Wüste schoben. Der Fluss benutzte dieses Jahr offensichtlich den Krieg als Vorwand, um ebenfalls Land zu erobern. Was die Menschen konnten, das konnte er schon lange. Sein Gebiet hatte sich gewaltig ausgedehnt und in den Fluten trieben Hütten, Boote und geborstene Stämme, die er mit sich gerissen hatte.

»Das ist unsere Rettung!« Hamide sprang von ihrem Pferd und betrachtete die Fluten des Euphrats, die unaufhaltsam an uns vorbeizogen.

»Kut al-Amara liegt direkt am Fluss. Wenn das Wasser sich so ausbreitet, dann müssen die Stellungen am Ufer verlassen werden.« Mit den Zügeln in der Hand, schritt sie aufs Ufer zu.

»Das scheint brauchbar. Daraus bauen wir uns ein Floß«. Hamide watete wenige Meter ins Wasser und zeigte auf eine Gruppe zusammengenagelter Bretter, die sich in einem der umfluteten Uferbäume verfangen hatten. Vielleicht bildeten sie einst die Wände eines Schuppens oder gehörten zu den Überresten eines Daches. Als Grundlage für ein Floß kamen sie wie gerufen.

Wir lösten die Seile, mit denen die Wasserkanister an unseren Pferden verzurrt waren, luden unsere Ausrüstung ab und ließen dann die Tiere ziehen.

Im Nu hatten wir aus Seilen, Treibgut und den geleerten Wasserkanistern ein Floß gebaut.

Schon kurz darauf trieb uns die Strömung unserem Ziel entgegen. Mit einem Holzbrett steuerten wir das Floß.

Auch wenn sich die Einheiten und Bataillone vom Ufer zurückgezogen hatten, befanden wir uns doch nicht alleine auf dem trüben Wasser. Hinter uns tauchten zwei grünen Augen auf, die uns schon eine Weile auf dem Fluss beobachtet hatten und uns lautlos folgten.

Hamide genoss nun die Sonne über uns. Sie hatte ihren Umhang ein wenig geöffnet und ein linder Lufthauch wehte durch ihr Gesicht. Dann schaute sie wieder ernster, seufzte sorgenvoll und tauchte in das ab, was ihr Leben für immer verändert hatte ...

Abid schloss die Augen. Er war überwältigt vom Schmerz – körperlich und seelisch. Nicht weit von ihm entfernt stand General Iblis und genoss es, Rahid zu quälen.

»Na, wie gefällt dir das?« Mit diesen Worten schlug er Abid ins Gesicht.

»Schau hin was passiert, das ist deine Schuld, sie muss nur leiden, weil du so stur bist.« Ein teuflisches Lachen erfüllte den Raum. »Eure Schönheit ist so vergänglich«, höhnte General Iblis.

»Schau sie dir an. Schau hin. Dafür bist du verantwortlich, also sag mir jetzt, was ich wissen will«, brüllte der General. Doch Abid schwieg.

»Ich gebe dir jetzt eine letzte Chance! Wenn du mir nicht sofort sagst, wo der Garten ist, dann gehe ich durch das Haus und suche deine Tochter. Ich weiß doch, dass sie hier ist, und ich werde sie entweihen, wie du es dir nicht vorstellen kannst.«

Abid wusste, worum es diesem Mann ging. Er suchte den verlorenen Garten und den Baum in dessen Mitte. Den Baum des Lebens, dessen Früchte dem Tod den Schrecken nahmen. Das wollte er! Es ging dem General nicht um Gold oder Schätze. Diese waren für ihn wertlos. Er wollte zu dem Baum des Lebens und vermutlich nicht, um dessen Früchte zu essen, sondern um ihn zu zerstören. Das war sein einziges Ziel: Leid, Zerstörung und für die Menschen den ewigen Tod.

Mit seinen knochigen Fingern strich General Iblis sich durch seinen schwarzen Bart und schlenderte durch den Raum auf den Vorhang zu.

Hamide kauerte immer noch versteinert in der Küche. Ihr Körper war bis in die letzte Faser angespannt und sie hörte die Schritte auf sich zukommen. Sie atmete tief durch und ergriff erneut das raue Messer. Sie würde sich diesem Monster nicht kampflos ergeben.

Abid begriff, dass seine Tochter verloren war, wenn er jetzt nicht handelte. Anlügen könnte er den Erfinder der Lüge nicht, so blieb ihm nur, das Geheimnis preiszugeben.

»In Kut al-Amara ist der Eingang. Nun lass uns leben«, sagte Abid mit so viel Würde und Festigkeit, wie er noch aufbringen konnte.

Doch General Iblis dachte nicht daran. Er lachte sich vielmehr ins Fäustchen, wie naiv die Menschen doch waren. Seine Gnade war ein schneller Tod, aber auf keinen Fall das Leben.

»Glaub mir, du hast sie erlöst«, sagte General Iblis, drehte sich um, ging zu Rahid und durchschnitt ihr langsam die Kehle.

Abids Zähne klapperten unter Schock. Dann schrie er vor Kummer auf, doch sofort legte sich die Hand des Generals um seinen Hals. Die Laute verstummten und Abid ächzte nach Luft.

»Was mach ich nur mit dir?« General Iblis hielt in seiner freien Hand das gebogene Messer und es gelüstete ihn, noch einen Menschen von dieser Welt zu nehmen. Er suhlte sich in Leid und Schmerz, dem Tod und der Traurigkeit, die ihn umgab. Deshalb konnte er der Versuchung kaum widerstehen, diesem nichtsnutzigen Antiquitätenhändler das Messer in die Brust zu rammen und dann zu verschwinden. Aber noch nie war er seinem Ziel, diesen verhassten Baum zu finden, so nahe gekommen. Vielleicht könnte er den Mann auf seinem Weg noch gebrauchen.

»Du kommst mit mir mit, denn es könnte ja sein, dass es da noch ein paar Dinge gibt, die du mir bisher nicht verraten hast.«

General Iblis war zufrieden. Niemand und nichts könnte sich mehr in seinen Weg stellen. Wer sollte ihn noch aufhalten? Nun würde er nach Kut al-Amara reisen und das Leben auf ewig zerstören.

Abid hatte alles verloren: Seine Frau, seine Würde – und wenn er nun mit General Iblis ziehen müsste, würde er wohl auch seine Tochter nie wieder sehen.

Hinter dem Vorhang merkte Hamide, dass sie sich entscheiden musste. Der fremde Mann hatte gefunden was er suchte und lange würde es nicht mehr dauern, bis er das Haus wieder verließ. Sie kämpfte mit sich und mit der Frage, ob sie sich dem Befehl ihres Vaters widersetzen sollte. Er meinte es gut mit ihr, das wusste sie, und er würde nichts zulassen, was ihr schadete.

Die zufallende Außentür nahm ihr die Entscheidung ab, mit der sie gerungen hatte. General Iblis war gegangen und ihr Vater verschwunden.

Zitternd schob Hamide den Stoff zur Seite und trat hervor. Tränen strömten über ihr Gesicht, als sie ihre tote Mutter erblickte. Stundenlang schluchzte und trauerte Hamide, warf sich auf den Boden neben ihre Mutter und wollte nichts als sterben. Sie war unfähig, irgendetwas anderes zu tun. Gefühle von Schmerz, Angst und Schuld wallten durch ihren Körper. Und irgendwann überkam sie die Wut. Auch wenn es nichts brachte, stieß sie die alten Vasen um und warf die goldenen Spiegel auf den Boden. Sie schrie und hasste sich selbst dafür, dass sie nicht aus ihrem Versteck gekommen war. Die Nacht kam und ging. Am Morgen fand sich Hamide apathisch in einem zerstörten Raum sitzend. Sie fühlte nichts mehr. Ihre Hände und ihre Kleider waren rot vom Blut ihrer Mutter, die sie lange in den Armen gehalten hatte, sich selbst vor und zurück wiegend wie ein Kind. Nun waren ihre Tränen versiegt und sie fasste einen Entschluss. Auch wenn sie ahnte, dass ihr Vater es nicht gewollt hätte, würde auch sie einen Weg nach Kut al-Amara finden. Wenn ihr Vater noch lebte, wollte sie ihn befreien.

Gefährliche Fluten

MIT TRÄNEN IN DEN AUGEN saß Hamide mir gegenüber. Sie hatte ihre Arme um die Beine geschlungen und den Kopf auf das Knie gestützt.

»Wo kommst du denn eigentlich her?«, fragte sie nach einigen Momenten der Stille.

Zwischen uns war eine Vertrautheit entstanden. Wir kamen uns näher und fingen an, uns zu öffnen.

»Von einem Bataillon nicht weit von hier«, brachte ich stockend hervor und wich ihrem Blick aus.

»Ich meine, wo kommst du ursprünglich her?«, bohrte sie sanft und ohne Argwohn nach.

Ich wollte sie nicht anlügen. Sie vertraute mir und öffnete vor mir jede Kammer ihres Herzens. Auch ich wollte die Tür zu meiner wirklichen Identität nicht verschlossen lassen.

»Ich diente einem mächtigen Mann. Mein ganzes Leben wurde von ihm bestimmt. Wir lebten auf einer Insel mit dem Namen Hellis.«

Hamide schwieg eine ganze Weile, dann betrachtete sie mich und schüttelte den Kopf.

»Mein Vater hat die ganze Welt bereist, aber nie von einer Insel mit solchem Namen berichtet.«

»Es muss sie geben, denn ich habe dort gelebt«, rechtfertigte ich mich.

Mit dem Ruder steuerte ich unser Floß durch den Euphrat, aber in meinen Gedanken zogen die dunklen Wolken meiner Vergangenheit auf und ballten sich um mein Herz. General Iblis hatte mich geprägt und zurechtgestutzt, ganz so wie er mich haben wollte. Seiner Stimme war ich blind gefolgt und was er mir befahl hatte ich ausgeführt. Hellis gab es, da war ich mir sicher. Es war ein deprimierender Ort, eine Einöde jenseits der Hoffnung. Doch je mehr ich über diesen Ort nachdachte, desto mehr verschwamm er. Vielleicht war Hellis auch ein Zustand. Die Art des Daseins, wo alles Leben stirbt und der Tod regiert. Vielleicht war Hellis nirgends und gleichzeitig überall. Ich konnte diese Gedanken kaum fassen und noch weniger wiedergeben. Aber ich hatte die Realität dieser Worte erlebt und wusste auch, was wahre Freiheit bedeutet. Davon wollte ich Hamide erzählen.

Das Wasser um unsere Planken schimmerte von dem Schlamm, den es unterwegs aufwühlte, ganz braun. Immer wieder trieben einzelne Holzstücke, Äste oder Unrat an uns vorbei.

Hamide saß mir gegenüber, die Arme hatte sie inzwischen auf das Floß gestützt. Ein Bein hatte sie angewinkelt, das Zweite lag flach auf den Brettern. Sie war eine schöne Frau – wunderschön. Selbst in der Kleidung eines Beduinen.

»Als der Krieg ausbrach, lebte ich für viele Monate bei Franziskanern«, berichtete ich weiter aus meiner Vergangenheit.

Auf Hamides Stirn zeigten sich einige Falten und sie biss sich kaum sichtbar auf die Unterlippe. Offensichtlich hatte sie noch nie von diesen Männern und Frauen gehört.

»Die Franziskaner leben in Klöstern und sie konnten mir zeigen, wer ich bin und was wirkliches Leben ist«, fing ich an, meine Zeit bei den Mönchen zu beschreiben.

Hamide hatte inzwischen ihren Turban gelöst und spielte mit einer Hand in ihren kurzen schwarzen Haaren. Während ich nach den passenden Worten suchte, um ihr weiter von dem zu erzählen, was ich in der Herz Jesu Kathedrale alles über diese Welt und mich begriffen hatte, wanderten meine Augen von Hamide in das trübe Wasser um uns. Der Krieg hatte mich verändert; meine Reaktionen geschult und meine Sinne geschärft. Es war unerklärlich, aber manchmal konnte ich die Gefahr spüren, bevor ich sie sah.

Schlagartig griff ich nach dem Messer in meinem Gürtel und warf das Steuerbrett auf das Floß. »Hamide! Weg da!«, schrie ich. Alles geschah in Bruchteilen von Sekunden. Die spitzen Zähne bohrten sich in das Holz und verfehlten nur um Haaresbreite ihr Ziel. Hamide stürzte vom Floß und auch ich verschwand in den Fluten. Das Wasser schäumte. Zuschnappende Zähne streiften mein Bein. Schnurstracks klammerte ich mich um den Rücken der Bestie und jagte mein Messer von unten in den Körper zwischen Kopf und Rumpf. Sekundenlang wusste ich nicht, wo oben oder unten war, doch plötzlich durchstieß ich die Wasseroberfläche und japste nach Luft. Das Raubtier war verschwunden und nur das davontreibende Blut zeugte von dem, was hier eben geschehen war.

Das Floß war inzwischen ein ganzes Stück flussabwärts gedriftet. Irgendwie war es Hamide gelungen, wieder nach oben zu kommen, wo sie – nach mir Ausschau haltend – versuchte, es an die Böschung zu lotsen. Auch ich ließ mich ans Ufer treiben, wo ich völlig erschöpft zusammenbrach. Nach kurzer Zeit kam Hamide angerannt und kniete sich neben mich. Eine ganze Weile hielten wir uns in den Armen.

»Danke«, sagte Hamide, »Danke, danke, danke.«

Wieder hatten wir dem Tod getrotzt und waren ihm nur knapp entronnen. Sie half mir auf die Beine und zusammen humpelten wir zu unserem Floß. Vollkommen entkräftet ließ ich mich auf den Planken nieder. Dann stießen wir uns vom Ufer ab und setzten unsere Reise fort. Auch ich war dankbar, dass wir noch am Leben waren.

Seit der Begegnung mit dem Krokodil war inzwischen einige Zeit vergangen. Es konnte nur noch zwei oder drei Stunden dauern, bis die Sonne untergehen würde.

Aber jeder von uns wusste, dass wir in der Nacht nicht auf dem Fluss unterwegs sein konnten. Also steuerten wir auf das Ufer zu und zogen gemeinsam unser Floß an Land. Kut al-Amara lag süd-östlich des Tigris, doch nur die Sonne, die hinter uns versank, half uns bei der Orientierung. Denn wir besaßen weder eine Karte noch einen Kompass. Nur der Beutel mit unserer Soldatenkleidung, der sich an einem Nagel im Floß verfangen hatte, war uns geblieben. Alles andere hatten wir bei dem Angriff durch das Krokodil verloren.

»Wo können wir nur schlafen?«, lauteten die fragenden Worte von Hamide, die von einem ebenso skeptischen Blick begleitet wurden.

Mit der hereinbrechenden Nacht kam die Kälte zurück, wir mussten einen Schlafplatz finden. Mein Blick schweifte über das Ufer. Auf unserer Fahrt über das Wasser hatten wir immer wieder kleine Siedlungen passiert. Einfache Menschen lebten hier. Auch sie waren von der Überschwemmung des Euphrats in diesem Jahr überrascht worden, denn das Wasser war früher und stärker gekommen als in den Jahren zuvor.

»Wir sollten uns zu einem der Dörfer durchschlagen«, sagte ich. Hamide war damit einverstanden.

»Außerdem müssen wir deine Wunden versorgen und brauchen unbedingt Essen«, ergänzte sie.

Ich legte meinen Arm um ihre Schulter und stützte mich bei ihr, während wir gemeinsam Richtung Osten gingen. Hier in dem Land zwischen Euphrat und Tigris sah die Landschaft ganz anders aus als dort, wo wir uns mit unserem Teil der Armee einen Weg gesucht hatten.

Hier gab es fruchtbaren Boden, Bäume und Sträucher; das Grau der Wüste war verschwunden. Dieses Delta zwischen den beiden Flüssen, bevor sie sich zu einem vereinten, war etwas Einzigartiges.

»Siehst du das da?«, rief Hamide plötzlich, als wir auf einer kleinen Anhöhe standen. Nicht weit von uns erhob sich ein Berg aus Steinen in der Landschaft.

»Mein Vater hat mir von diesen seltsamen Bauwerken zwischen Euphrat und Tigris erzählt. Zikkurats hat er sie genannt, sie sind Tempel aus der alten Zeit.«

Das Wort Zikkurat hatte ich noch nie gehört. Hamide erzählte mir, dass die Menschen hier einst Tempel gebaut hatten. Es sei das Gebiet, in dem wohl die Wiege der Zivilisation stand.

»Diese Gebäude sind sogar älter als die Pyramiden, zumindest hat mein Vater das gesagt. Es gibt nur sehr wenige dieser Bauten«, begann sie zu schwärmen.

Doch dann stockte sie. Die Erinnerung an ihren Vater quälte Hamide. Die Ungewissheit darüber, was mit ihm passiert sein mochte, raubte ihr die Kraft zu sprechen. Ihre Hand schloss sich um meine.

Sie war zwar stark, aber auch sie brauchte einen Halt. Ich sollte nun der Starke an ihrer Seite sein, sie verließ sich auf mich.

»Dies müssen die Reste des Tempels von Babylon sein. Genau so hat mein Vater ihn beschrieben; dann kann es bis Kut al-Amara nicht mehr weit sein«, fuhr sie fort, während wir gemeinsam auf die Ruine des Tempels zuschritten. Ich konnte ihr Gesicht nicht sehen, aber ich wusste, dass auch sie nun strahlte.

Es war egal, was dort auf uns warten würde, ob wir auf alte Geheimnisse stoßen würden oder nicht, denn unsere Geschichte hatte gerade erst begonnen. Unsere Herzen hatten sich berührt und ein neues Band entstand, das keine Macht dieser Welt trennen konnte. Mein Hunger und die Wunden waren vergessen.

»So hatte ich mir diese Bauten vorgestellt!« Hamide klang fasziniert. In ihr steckte eine Entdeckerin, sie wollte die Welt erobern.

»Lass uns einen Eingang suchen! Ein Dorf werden wir vor Einbruch der Dunkelheit sowieso nicht finden«, sagte ich von ihrem Enthusiasmus angesteckt.

»Es muss hier einst große Aufgänge gegeben haben, auf denen die Tiere zum Opfern auf einen Altar getrieben wurden.« Hamide schaute beim Sprechen auf die einzelnen großen Steine, die sich vor uns auftürmten. Hier hatte vor vielen Jahren etwas sehr Gewaltiges gestanden, denn allein die Überreste der Grundmauern brachten mich zum Schweigen.

»Lass uns auf die andere Seiten gehen, denn hier kann ich keinen Zugang entdecken.« Noch während sie sprach, löste sie sich von mir und verschwand um die Ecke. Bevor mein Kopf eine Entscheidung treffen konnte, begannen meine Beine ihr bereits zu folgen.

Ein seltsamer Krieg war das, in dem wir uns hier befanden. Ich wusste nicht, wer auf den großen Schlachtfeldern gewinnen würde, aber mein Verstand hatte bereits eine völlige Kapitulation unterschrieben und mein Herz sich ihrem ergeben.

«Schau mal«, sagte sie, als ich sie erreicht hatte. Mit ihrer Hand zeigte sie auf eine Reihe von Steinen, die von den Grundmauern zu einer Senke führten.

»Das muss ein solcher Aufgang gewesen sein.«

Sie hatte sicherlich Recht. In meiner Fantasie konnte ich mir vorstellen, wie hier einst Männer, die nur mit Lendenschurzen bekleidet waren, Tiere zu einem Opferaltar trieben. Vor tausenden von Jahren hatten an dieser Stelle Menschen getanzt, sich mit Messern in die eigene Haut geritzt und mit riesigen Opferfeuern die Dunkelheit erleuchtet. Mir war, als würde der Zauber dieser alten Zeit noch immer bestehen, und die Haare auf meinem Arm stellten sich auf.

»Komm weiter!« Voller Tatendrang begann Hamide, über die Steine und Blöcke zu steigen.

»Hier haben schon andere nach einem Weg ins Innere gesucht«, stellte sie fest, als wir zwischen dem Geröll den Stiel eines Werkzeuges entdeckten. Allerdings musste das schon einige Zeit her gewesen sein, denn die Schaufeln und der Beutel mit einer Öllampe waren völlig verdreckt.

»Vielleicht haben unsere Vorgänger ja hier einen Weg gefunden und brauchten das Werkzeug dann nicht mehr«, vermutete Hamide und schlug die Schippe gegen einen der Steine, um deren Dreckkruste zu entfernen.

Ich hielt inzwischen den Messinggriff der kleinen Öllampe in meiner Hand und prüfte skeptisch das Leuchtmittel. Der Docht der Lampe fühlte sich trocken an und das Schütteln verriet mir, dass sich im Lampenbauch noch Öl befand.

»Die hier sollte noch funktionieren«, folgerte ich und suchte in dem Beutel nach meiner Militärhose und dem Feuerzeug des Kommandanten, das sich hoffentlich noch dort befand. Es dauerte ein wenig, aber dann brannte der Docht.

»Wo würdest du zuerst suchen?«, fragte Hamide und deutet auf die Grundmauer.

Skeptisch betrachtete ich die Reste der ehemaligen Zikkurat. Der Bau lief in der Mitte zusammen, es gab verschiedene Plattformen und das Herzstück dieses Gebäudes hatte sich entweder auf dessen Spitze oder tief im Inneren befunden.

»Vermutlich hätte ich den Zugang etwas außerhalb dieses Tempels gebaut.« Ich wandte mich von der Grundmauer ab und folgte dem ehemaligen Aufgang, dessen Überreste sich im offenen Feld verloren. In der Verlängerung der Rampe leuchtete ich mit der Öllampe den Boden ab. Meter für Meter tasteten Hamide und ich uns über das Gelände.

»Hier! Komm mal hier herüber! Schau dir das an. Was meinst du? Könnte das etwas sein?«, sprudelte Hamide los.

In der Dunkelheit kniete ich mich neben sie und leuchtete über den Boden. Im Schein des aufgegangenen Mondes begannen wir, Sand und Geröll zu entfernen. Schnell stießen wir auf eine Reihe von Brettern, die einen Zugang verdeckten. Als wir sie entfernt hatten kamen steinerne Stufen zum Vorschein: Eine Treppe, die nach unten führte und deren Ende sich in der Dunkelheit verlor. Ein schmaler Weg in das Innere der Zikkurat tat sich auf. Jetzt hatte uns endgültig das Entdeckungsfieber gepackt.

»Ich gehe vor«, sagte ich und stieg langsam hinab. Die Luft hier unten war stickig und im schmalen Gang wirkten die Wände nicht schützend, sondern erdrückend. Meter für Meter bewegten wir uns unter der Erde nach vorne.

»Meinst du, wir sind schon unter dem Fundament?«, flüsterte Hamide, obwohl uns ja eigentlich keiner hören konnte.

»Das kann ich nur schwer abschätzen, aber ich vermute es, ja.« Unmerklich begann der Gang breiter zu werden, bis er sich schließlich vor uns gabelte. Dabei sah keiner der beiden neuen Gänge einladender aus, als der, aus dem wir kamen.

»Was jetzt?«, fragte Hamide, die ebenso ratlos wirkte wie ich.

Mit meiner Lampe leuchtete ich in den Gang zu meiner Linken. Der Schein reichte nur zwei Armlängen entlang des unbekannten Weges. Verzagt lenkte ich meine Hand zu dem rechten Gang. Der Schein reichte nicht viel weiter. Ich versuchte das Dunkel mit meinen Blicken zu durchdringen, als mir das Flackern der Lampe auffiel. Hier gab es einen Luftzug! Wir hatten unsere Antwort.

»Lass uns diesem Weg folgen«, sagte ich und ging nach rechts. Mühevoll schoben wir uns hintereinander durch den nächsten Gang, in dem die Wände noch dichter zusammenstanden als zuvor, bis wir uns durch eine schmale Öffnung zwängten und eine kleine unterirdische Halle betraten.

Diejenigen, die einst diesen Zugang angelegt hatten, wollten es fremden Eindringlingen anscheinend so schwer wie möglich machen. Denn erneut verästelten sich vor uns die Gänge und vier unterschiedliche Wege führten von der Halle weg.

»Allah, steh uns bei …«, Hamide schaute mich an. Ihr Blick enthielt plötzlich die gesamte Erschöpfung dieses langen Tages. Müde lehnte sie sich mit dem Rücken an die nächste Wand und ließ sich dann auf den Boden gleiten. Frustriert hob sie einen Stein auf und warf ihn verdrossen gegen die ihr gegenüberliegende Wand.

Die Reise mit General Iblis lag zwar schon lange hinter mir, aber ich konnte mich noch an das Abenteuer in Island erinnern, als ich dem Mann aus der Scheune gefolgt war. Er hatte die Kutsche nach Hohlräumen abgeklopft und war dabei auf etwas Verborgenes gestoßen.

»Kannst du das noch mal machen?«

Hamide schaute mich verwirrt an und warf erneut einen Stein gegen die Wand. Da war es wieder, dieses hohl klingende Echo. Ohne ihr zu sagen, woran ich gerade gedacht hatte, hob ich einen Stein auf und ging zur gegenüberliegenden Seite. Dort klopfte ich vorsichtig die ganze Wand ab: oben, unten, rechts und links.

»Was machst du denn da?«, fragte Hamide und stand auf.

Nach der Untersuchung der ganzen Wand war ich mir gewiss, dass ich mit meiner Vermutung richtig lag.

»Ich bin mir ziemlich sicher, dass hier ein Hohlraum ist«, sagte ich. »Wir sollten rausgehen und mit ein wenig Werkzeug genau hierher zurückkommen.«

Es dauerte einige Momente bis ich Hamide überzeugen konnte. Doch schließlich machten wir uns auf den Weg.

Der Rückweg in die kleine Halle kam uns jetzt viel kürzer vor und bald klopften wir den Jahrhunderte alten Mörtel zwischen den Steinen weg, bis der erste sich bewegte. Hunger und Müdigkeit hatten wir inzwischen völlig vergessen. Vorsichtig lösten wir Stein für Stein heraus, bis wir eine Öffnung freigelegt hatten, die gerade groß genug war, dass wir uns gebückt hindurchzwängen konnten. Ich ging vor und half dann Hamide, mir zu folgen.

Auf der anderen Seite standen wir wieder aufrecht. Als wir nun die Öllampe in die Höhe hoben, verschlug es uns die Sprache. Im flackernden Schein begann es überall im Raum zu funkeln. Es dauerte eine Weile, bis wir begriffen, was wir hier vor uns sahen. Wir hatten unermessliche Schätze aus einer längst vergessenen Zeit gefunden. Wir standen einfach nur da und staunten.

Im Schein der Lampe glitzerte das Gold um uns herum. An den Wänden standen messingbeschlagene Truhen, die bis zum Rand mit Edelsteinen und Schmuck gefüllt waren. Perlen, gefaltete Decken und Stoffe, kostbare Mäntel und mit schillernden Steinen besetzte Schalen stapelten sich an den Wänden.

Hand in Hand gingen wir durch den Raum und konnten uns gar nicht satt sehen. Zwischen zwei großen Statuen stand ein länglicher steinerner Sarg. Hier lag jemand begraben, dessen Macht und Reichtum ihn aus dieser Welt auch in die Nächste begleiten sollte.

»Was denkst du, wer liegt hier?« Mit ihrer Hand zeigte Hamide dabei auf die Abbildung eines Frauenkopfes neben einer der Truhen.

»Keine Ahnung, aber sie muss unglaublich mächtig gewesen sein«, dachte ich laut.

Zwischen den Decken und Mänteln lagen große Teppiche. Ich zog einen ein Stück hervor und bewunderte das Muster und die weiche Struktur.

»Ich wusste, dass wir etwas Besonderes finden«, sagte Hamide ehrfurchtsvoll, als ihre schmalen Füße den weichen Teppich berührten.

Sie schaute mich an. Und endlich schmolz etwas von der Härte um ihren Mund und der Traurigkeit in ihren Augen hinweg. Eine einzelne Träne lief plötzlich ihre Wange hinab.

»Du hast mir schon zweimal das Leben gerettet, und beim ersten Mal wusstest du nicht einmal, wer ich bin! Du hast ein Herz aus Gold.«

Wortlos blickte ich zu ihr, sie war der größte Schatz, der mir jetzt schon mehr bedeutete als das Gold und die Perlen um mich herum. Unbeobachtet von der übrigen Welt legten sich unsere Finger ineinander. Ein Prickeln erfüllte den Raum und mein Herz begann zu flattern.

Hamide durchfuhr ein Zucken, ihre Brüste kribbelten und von ihren Knien aufwärts bis zum Bauch erfüllte sie ein unbekanntes Gefühl, als sie sich gemeinsam auf die Teppiche legten und dort den Schlafplatz für ihre Nacht fanden.

Als wir viele Stunden später wieder erwachten und uns durch die Gänge zurück ans Tageslicht begaben, waren wir nicht mehr die gleichen Menschen wie zuvor. Diese Nacht hatte uns verändert, wir waren eins geworden. Im Körper und im Geist. Ausgelaugt wie wir waren, hatten wir bis zum späten Vormittag des folgenden Tages geschlafen. Nun war es umso wichtiger, schnell ein Dorf zu finden, denn der Hunger ließ sich nun nicht mehr länger verdrängen. Dennoch achteten wir sorgfältig darauf, dass die verborgene Treppe wieder von Dreck und Schutt verdeckt wurde. In einem kleinen Bachlauf konnten wir unseren Durst löschen und wilde Früchte, die dort wuchsen, stillten unseren ersten Hunger.

Nach einigen Stunden entdeckten wir in der Ferne eine Ansammlung von Häusern und das Blöken von Schafen verriet, dass unweit von uns eine Viehherde sein musste. Hier würden wir die Hilfe finden, die wir suchten. Die Hitze des Tages ließ zwar schon nach, doch eigentlich war es zu früh, um Tiere zu tränken. Noch ließ jeder die Arbeit ruhen.

»Sie muss eine Geächtete sein«, sprach Hamide ihre Vermutung aus, als sie die verschleierte Frau sah, die ihre Schafe zu einer Furt führte.

»Lass mich mit ihr reden.« Zögerlich löste sich Hamide von meiner Hand, band den Turban vor ihr Gesicht und ging los. Ich wollte sie nicht gehen lassen und als ihre Finger sich aus meinen lösten, fühlte es sich an, als ob ein Teil von mir mit ihr davonging.

Bis vor wenigen Tagen war ich mir selbst genug gewesen und nun fühlte ich mich leer und verlassen. Eigentlich war ich doch noch die gleiche Person – sie war doch nur dazu gekommen; und trotzdem fühlte ich mich auf einmal ohne sie nun weniger, als ich zuvor alleine gewesen war. Etwas Unsichtbares, Magisches war mit uns geschehen, und ich spürte, dass die Verbindung zweier Liebender mehr ist als nur eine Addition. Wer kann das schon erklären?

Zuerst schreckte die Frau vor Hamide zurück, doch als diese ihre beiden Hände zum Zeichen des Grußes hob und sich bedächtig näherte, blieb sie stehen. Nun standen die beiden Frauen dicht beieinander und steckten die Köpfe zusammen.

Gut, dass Hamide sich in dieser Kultur bewegen konnte, als ob es ihre eigene wäre. Mir war doch vieles noch fremd, aber das Leben hatte mich hierhin getrieben und nun wollte ich auch an keinem anderen Ort der Welt sein.

Schließlich drehte sich Hamide zu mir und winkte mich heran – ich seufzte erleichtert.

»Das ist Cahit«, stellte Hamide ihre neue Bekannte vor, als ich die Frauen erreichte.

»Salam Aleikum«, grüßte ich die Fremde.

»Aleikum Salam«, erwiderte sie.

»Cahit wohnt nicht weit von hier«, sagte Hamide und deutete von der Schafherde zum nächsten Tal.

Im Schatten warteten wir, bis die Tiere genug getrunken hatten. Dann gingen wir gemeinsam zu ihrer Behausung und Cahit trieb die Schafe in ein eingezäuntes Areal mit einem Unterstand. Neben den leise blökenden Vierbeinern, die nun mit gesenktem Kopf einzelne Grasstummel suchten, weideten zwei eingezäunte Kamele.

»Bleibt doch bitte zum Essen«, sagte Cahit zu Hamide und begab sich in ihre kleine Hütte.

In Windeseile hatte Cahit ein Feuer entflammt und kochte für uns ein Gericht aus Mais und Linsen. Die nächsten Stunden aßen wir gemeinsam im Schatten des Hauses.

Während des Mahls hatten wir viel geredet und gelacht und ganz am Ende hatten wir unserer neuen Bekannten auch erzählt, dass wir nach Kut al-Amara wollten. Als wir diese Stadt erwähnten, schwieg Cahit für einen Augenblick und musterte mehrere Sekunden das Gesicht von Hamide.

»Du erinnerst mich an jemanden«, sagte sie, schob den letzten Löffel Maisbrei in den Mund und griff nach der Karaffe mit Wasser. Dann schüttelt sie grübelnd den Kopf und wir beendeten unser Essen.

»Lasst uns zu den Ställen gehen; wenn ihr rechtzeitig los reitet, dann könnt ihr heute noch vor der Dunkelheit die Fährstelle nach Kut al-Amara erreichen«, sagte Cahit und erhob sich.

»Wir können dir für die Kamele aber nichts geben«, warf Hamide ein, als Cahit sich auf den Weg machte ihre zwei Kamele von der Koppel zu holen.

»Ich schenke euch die Tiere, keine Widerrede.« Mit diesen Worten streckte sie Hamide einen der Baststricke entgegen.

Es stimmte, wir hatten nicht viel, doch ich besaß etwas, dass ich eigentlich für Hamide aus der Grabkammer mitgenommen hatte. Ein goldenes Amulett befand sich in meiner Jackentasche, es war für meine Königin gedacht, aber sie würde dadurch nicht schöner werden, als sie schon war. Das Amulett würde an ihr, so kostbar es auch sein mochte, nur wertlos und alt aussehen.

»Bitte nimm das hier, als Dank, für deine Hilfe«, ich verneigte mich vor ihr und streckte ihr das Amulett entgegen.

Die Augen von Cahit leuchteten und strahlend legte sie sich das Amulett um den Hals.

»Ila al-liqaʾa.«

«Ila al-liqaʾa«, sagte auch ich zum Abschied.

Auf den Kamelen sitzend, schaukelten wir gen Osten davon. Wir konnten es beide kaum glauben: Noch heute sollten wir Kut al-Amara erreichen und am Ziel unserer Reise sein. Hamide schaute dabei von ihrem Sattel zu dem Kamel, auf dem ich saß, und ihr Blick beunruhigte mich.

»Stimmt etwas nicht?«, fragte ich.

Sie schüttelte abwehrend den Kopf, sagte dann aber doch: »Mag sein, dass ich mich täusche, aber dieses Kamel kommt mir seltsam bekannt vor.«

Kapitulation

GENERAL IBLIS ZOG AN SEINER Pfeife und schaute vom Bela-
gerungsring um Kut al-Amara auf die Mauern der Stadt. Alles war
so gut gelaufen und nun, direkt vor seinem Ziel ereilte ihn das
Pech. Trotz all seiner Macht stieß er immer wieder an Grenzen.
Mit Tricks und Lügen hatte er einen Platz unter den befehlshabenden Generälen gefunden. Seit Monaten musste er nun jedoch
warten. Dabei war er seinem größten Wunsch, dem, was er schon
so lange verbissen suchte, endlich zum Greifen nah.

Seinen Gefangenen gab er als seinen Adjutanten aus und vor
Angst hatte Abid geschwiegen. Er wollte leben, er hatte seine Frau
verloren, aber seine Tochter lebte und er wollte sie wiedersehen.

»General Iblis, wir sind soweit«, sagte einer der Soldaten und
salutierte.

»Wir sind mit dem Tunnel in der Stadt angelangt«, berichtete
der Soldat und stand stramm.

Die verschiedenen Zugänge zu der Stadt wurden von der
osmanischen Armee, der General Iblis sich mit seinen Einheiten
angeschlossen hatte, belagert. Es schien unmöglich, die Stadt zu
erobern, die Mauern konnten sie nicht überwinden und die Tore
blieben verschlossen. Sie wollten sie aushungern, aber die Engländer hielten hartnäckig ihre Stellung und würden womöglich dieser
Art der Kriegsführung noch lange trotzen.

Deshalb hatte General Iblis vor einigen Wochen vorgeschlagen,
sich unter den Mauern hindurch zu graben. In diesem Terrain ein

durchaus wagemutiges Unterfangen, jedoch nicht unmöglich –
und seine Anweisungen waren über alle Zweifel erhaben.

»Ich werde persönlich im Schutz der Dämmerung Erkundungen
einziehen und mein Adjutant wird mich begleiten.«

Von den übrigen Befehlshabenden kam keine Widerrede auf
diese Anordnung. Es gehörte nicht zum üblichen Vorgehen, dass er
als General hier voranging, aber widersprechen wollte ihm keiner.
Dafür kannten sie ihn schon zu gut und wussten, wozu er fähig war.

Noch vor Sonnenuntergang schlich sich General Iblis in den
Tunnel. Er konnte die Wände an beiden Seiten spüren und sich
nur auf allen Vieren kriechend über den Boden bewegen, während
er seinen Adjutanten an einem Strick hinter sich herzog. Diesmal
würde er es schaffen, er würde diesen Baum fällen und jede Einzelne seiner Früchte zertreten. Dieser Abid sollte ihm anschließend
auf Hellis dienen und treu ergeben sein. Anders als dieser Nichtsnutz, den er in Sarajevo hatte ziehen lassen. Dieser Verräter, der
sich, als sie von der Insel auf die Welt übersetzten, tatsächlich gegen
ihn entschieden hatte.

Stück für Stück schlängelte sich General Iblis durch den Tunnel
und erreichte schließlich staubig und verschrammt die kleine Öffnung, die sie in eine einsame Seitenstraße führte.

Der Geruch von Feuer lag in der Luft und ohne es zu sehen,
wusste General Iblis, was hier passierte. Die Engländer versuchten,
das Ausbreiten von Seuchen zu verhindern. Deshalb verbrannten
sie die Leichen und die Überreste der toten Tiere.

»Sei still«, fauchte er zu Abid und drückte sich an eine Häuser-
wand.

Um ihn herum konnte General Iblis sehen, wie die Belagerung
die Stadt zerstörte. Hunde und Katzen gab es nicht mehr, denn
auch das Kleinvieh war bereits in den Mägen der Soldaten verschwunden.

Nicht weit vom Ausgang des Tunnels sah General Iblis, wie sich
die englische Fahne auf einem großen fensterlosen Bau langsam
im Wind bewegte. Lediglich schmale Schießschächte waren in den

Schützenturm eingelassen und dienten dazu, Eindringlinge unter Dauerfeuer zurückzudrängen. Wenn jedoch der Feind einfach vor den Toren wartete, bis es hier drinnen keine Vorräte mehr gab, war dieses Verteidigungsbollwerk völlig nutzlos.

Im Schatten der Häuser schlich sich General Iblis in die nächste Straße.

»Wo ist der Garten?«

»Ich kann mich nicht genau erinnern, es ähnelt sich hier alles so sehr«, erwiderte Abid auf die Frage des Generals.

Für einen Moment schloss General Iblis die Augen und öffnete sie dann lediglich zu einem Schlitz. Er zog Abid dichter an sich heran und hielt ihm die Handsichel an die Kehle.

»Du hast ihn gesehen und du weißt, wo er ist!«

Liebend gerne hätte General Iblis diesem Nichtsnutz die Kehle aufgeschnitten und ihn anschließend ausgeweidet. Bei den vielen Toten kümmerte dies hier niemanden. Aber er brauchte ihn, denn alleine würde er vermutlich scheitern.

Als feststand, dass sie durch den Tunnel in die Stadt gelangen konnten, war es General Iblis Ziel gewesen, so schnell wie möglich den Baum zu zerstören und dann aus der Stadt zu verschwinden, um auf Hellis seinen Triumph zu feiern. Doch genau in diesem Augenblick erschallte vom Minarett der Ruf des Muezzin zum Freitagsgebet. Gleich würden Männer mit Gebetsteppichen beladen durch die Straßen gehen und zur Moschee eilen. Die Gassen würden sich dann mit Menschen füllen. Deshalb blieb ihm nichts anderes übrig, als seinen Plan zu ändern. Er musste abwarten, bis die Lage sich wieder beruhigt hatte. Immerhin war er in der Stadt und somit seinem Ziel einen gewaltigen Schritt näher.

»Los, wir suchen uns einen Unterschlupf.«

Mit schnellen Schritten hastete General Iblis mit Abid zum Schützenturm. Im Dunkeln schlich er die Wendeltreppe nach oben und zog seinen Gefangenen hinter sich her.

Auch wenn sich dort oben vier Schützen aufhalten konnten, so befanden sich im Augenblick lediglich zwei Soldaten auf ihrem

Posten. Mit ein und derselben Bewegung durchtrennte General Iblis die Kehlen der beiden Männer, die dort oben ihre Wache hielten. Röchelnd spuckten sie rote Brocken aus ihren Kehlen und versuchten das Unaufhaltsame zu stoppen. Vergebens.

Aus der Schießscharte lugte General Iblis auf den Markt von Kut al-Amara. Niemand konnte ihn hier sehen und falls ungebetener Besuch kam, würde er dafür mit dem Leben bezahlen. Sobald das letzte Gebet des Abends in den Straßen verhallt war und die Menschen sich wieder in ihren Häusern befanden, würde er sich auf die Suche machen, um seinen Traum zu verwirklichen.

Hätte er gewusst, welche Entscheidungen nach diesem Gebet getroffen würden, hätte er sich trotz aller Risiken jetzt schon auf die Suche gemacht. Doch so musste er mit ansehen, wie auf dem nahegelegenen Marktplatz die führenden englischen Generäle zusammenkamen und über Maßnahmen entschieden, die auch auf ihn hier oben im Schützenturm einen Einfluss hatten.

Auf unseren Kamelen schaukelten wir durch die wundersame Landschaft zwischen Euphrat und Tigris. Während die Sonne unterging, erzählten wir uns aus unserem Leben. Es gab für mich nichts Besseres auf der Welt, als einfach in der Nähe dieser Frau zu sein. Ich genoss es, ihre Stimme zu hören. Sie zu beobachten, wie sie ihren Mund bewegte oder sich mit ihrer feinen Hand durchs Gesicht strich. Ich konnte mein Glück nicht fassen.

Allein durch Hamide gewann alles um mich herum an Schönheit. Selbst Steine am Wegesrand oder ein verdorrter Strauch in der Ferne hatten auf einmal etwas Liebliches. Alles war schön, wirklich alles, denn ihre Schönheit strahlte darauf.

Inzwischen hatten wir den Tigris erreicht und ritten auf dem Weg, den Cahit uns beschrieben hatte. Es war ein Pfad, den weder die Araber noch die osmanischen Truppen benutzten. Nun konnte es nicht mehr weit sein, bis wir die Stelle erreichen würden, an der die Belagerer eine Fährverbindung zum Ostufer geschaffen hatten.

Auf diese Weise sicherten sie ihren Nachschub und konnten sich im schlimmsten Fall schnell in Sicherheit bringen.

Auf der nächsten Anhöhe fanden wir die Dinge genau so, wie Cahit sie beschrieben hatte. Am Flussufer sahen wir das Lager der osmanischen Truppen, allerdings befand sich die Einheit in Aufruhr. Offenbar sammelten sie sich und waren drauf und dran, in der Abenddämmerung zum anderen Ufer überzusetzen.

»Wir sollten uns beeilen«, sagte ich. Meinen Worten zustimmend, brachte Hamide ihr Kamel zum Stehen und wir zwangen unsere Tiere in die Knie zu gehen. Zwischen den Höckern schwangen wir uns auf den Boden und entledigten uns unserer Beduinenkleidung.

Hamide nahm meine Hand und drehte mich zu sich. Sie lächelte mich an und ich küsste dieses Lächeln. Unsere Lippen berührten sich. Wir spürten den anderen und vergaßen uns selbst. Wie lange wir dort standen und uns küssten, konnte ich nicht einschätzen. Die Zeit existierte nicht mehr. Dort, wo alles von Liebe erfüllt ist, berührt der Mensch die Ewigkeit und Zeit verschwindet, fliegt dahin, treibt ins Nichts und löst sich auf.

»Wir sind gleich am Ziel unserer Reise«, sagte Hamide, als sich unsere Lippen voneinander lösten.

Hamides Worte erinnerten mich an längst vergessene Empfindungen, als ich vor langer Zeit zusammen mit General Iblis in Hellis auf der Kutsche saß. Damals war ich auf eine ziellose Reise gegangen, doch nun hatte alles seinen Platz gefunden.

»Wir müssen diese Situation nutzen«, entfuhr es Hamide und sie griff nach dem Beutel mit der Militärkleidung.

»Kannst du mir helfen?«, fragte sie und reichte mir die Tücher und Stoffe, die ihr halfen, wie ein hagerer Junge auszusehen. Wortlos öffnete sie ihr Kleidung. Wohlgeformte Brüste, vollkommene Schönheit – eine gütige Schöpfung lachte mich an.

Innerhalb von wenigen Minuten war Hamides wahres Wesen wieder verborgen und ich sehnte mich nach nichts mehr, als sie so bald wie möglich davon zu befreien.

»Wir sollten uns von unseren Kamelen trennen«, schlug ich vor, als Hamide wieder wie ein schmächtiger Junge mit zu dünnen Armen und verdrecktem Gesicht vor mir stand. Die Tiere würden sich ihren eigenen Weg suchen. Um sie brauchten wir uns keine Sorgen zu machen.

Stattdessen beschäftigte mich vielmehr der Gedanke, ob ich in Kut al-Amara wieder auf General Iblis stoßen würde. Ich wusste, wozu er in der Lage war, und auch, dass ich es nicht mit ihm aufnehmen konnte. Trotzdem brannte in mir der Wunsch nach Vergeltung, Iblis sollte für das bestraft werden, was er Menschen antat. Ich wünschte mir Gerechtigkeit und hatte Angst um Hamide. Ich konnte sie zwar weder beschützen noch Iblis besiegen, aber ich wollte dennoch auf das vertrauen, was ich von den Mönchen gelernt und gehört hatte.

Wie Soldaten, die zu dieser Einheit gehörten, platzierten wir uns ans Ende der Infanterie, die nun mit der Fähre übersetzte. Auf der anderen Flussseite formierten sich die Reiterstaffeln der Osmanen. Soldaten standen zum Einmarsch bereit und die Geschützwagen richteten ihre Kanonen auf die sich öffnenden Tore von Kut al-Amara.

Die Engländer hatten kapituliert. Erneut war eine Schlacht in diesem Krieg entschieden und gemeinsam mit den osmanischen Soldaten zogen wir in die Stadt ein.

Dieser Kampf würde für die geschlagenen Engländer noch lange nicht zu Ende sein. Ausgemergelte Körper, eingefallene Wangen und ausgezehrte Blicke ließen erahnen, in welcher Verfassung sich die Männer befanden. Die Zeit der Entbehrung, des Leidens und der Schmerzen während der Belagerung hatte ihre Herzen vernarbt und verwundet. Erst wenn die unsichtbaren Wunden aus der Zeit der Belagerung verheilt waren, fände auch der Krieg für sie ein Ende.

Die englischen Generäle hatten an diesem Abend im Anschluss an das letzte Gebet des Tages die richtige Entscheidung getroffen.

Sonst wäre das, was in der Nacht davor in einer Seitenstraße geschehen war, nur der Anfang von etwas viel Schlimmeren gewesen.

Soldaten hatten die Ausgangssperre kontrolliert und dabei Schritte gehört. Schon die Tage zuvor waren grausame und unvorstellbare Gerüchte im Umlauf gewesen. Da waren plötzlich zwei junge Männer unauffindbar, wie vom Erdboden verschluckt, und selbst eine groß angelegte Suche blieb erfolglos. Mütter ließen ihre Kinder nicht mehr vor die Tür und Männer schickten ihre Frauen nicht mehr alleine auf die Straßen. Keiner traute mehr dem anderen, doch traute jeder dem anderen alles zu. Beschuldigungen wurden hinter vorgehaltener Hand geflüstert und Menschen, die sich bis vor kurzem noch als Freunde bezeichnet hatten, schrien sich lauthals an und bezichtigten einander des Mordes.

Dabei ging es hier um weit mehr als nur um Mord. Die letzten Tiere waren gegessen und alle Kammern leergeputzt, aber der Hunger blieb. Man musste sich entscheiden: Verhungern oder sich an seinesgleichen vergehen. Der Krieg lehrte einen, wozu der Mensch fähig war.

Als die wachhabende Patrouille dem auffälligen Geräusch gefolgt war und durch das kleine Fenster in die Innenseite des Hauses geschaut hatte, sah sie im flackernden Licht einer Kerze das, was keiner sehen wollte. An dem Fleischerhaken, der für das Schlachtvieh bestimmt war, hing ein Mensch, und zu Tieren gewordene Menschen standen mit Messern und Beilen davor.

Das Blut tropfte von den Füßen des Toten und in der hinteren Ecke des Raumes wurde ein Feuer erhitzt.

Deshalb hatten die englischen Generäle während des Abendgebets entschieden, die Tore der Stadt zu öffnen und sich dem Feind zu ergeben. Ansonsten hätten sich die Angehörigen zusammengerottet und wären mit Fackeln und Stöcken bewaffnet als wütender Mob durch die Straßen gezogen. Die Schuldigen wären bis zum Kopf eingegraben und dann gesteinigt worden – und trotz dieses Lynchmordes hätten spätestens in einer Woche andere das Gleiche getan. Sie hatten keine Wahl. Sich zu ergeben, war die einzige Chance.

Aus den Schlitzen der Schießscharte sah General Iblis erstaunt, was sich genau vor seinen Augen abspielte. In Reih und Glied marschierten die Türken in die Stadt, nahmen sie unter Kontrolle und die gegnerischen Truppen in Gefangenschaft. Nun wimmelte es an allen Ecken von Leuten. Soldaten marschierten auf und ab, Räume, Wohnungen und Häuser wurden inspiziert und Hektik machte sich breit. Ein Wirrwarr entstand. Vielleicht sollte diese allgemeine Unruhe ja am Ende sogar von großem Nutzen für ihn sein. Noch hatten sich Freund und Feind nicht endgültig sortiert und als General der Siegermacht würde ihn keiner aufhalten. Von seinem erhöhten Punkt beobachtete er die Truppen, die sich in der Stadt verteilten.

Das Duell

TATSÄCHLICH BAHNTEN WIR UNS VERDECKT in den Reihen der Infanterie einen Weg in die Stadt. Die Tore wurden wie für uns geöffnet und keiner hinderte uns daran, mit unserer Suche nach Hamides Vater zu beginnen.

»Wo denkst du, könnte dein Vater sein?«, fragte ich und drehte meinen Kopf in alle Richtungen.

»Ich kann es nicht sagen. Ich weiß ja nicht einmal, ob wir unter den Türken oder den Engländern suchen sollen«, antwortete Hamide und war den Tränen nahe.

»Vielleicht ist er ja auch bereits tot oder er ist zum Invaliden geworden«, fuhr sie fort und schaute hektisch in jedes Gesicht, das wir passierten. Aber es waren einfach zu viele Menschen unterwegs und das Chaos war überwältigend. Leute schrien und wurden aus ihren Häusern gezerrt. An einzelnen Stellen knieten Engländer, die Hände im Nacken, und schauten in Gewehrläufe.

»Wenn er hier ist, werden wir ihn finden«, sagte ich und sprach ihr und mir den Mut zu, den wir brauchten.

In all dem Getümmel gelang es uns, uns abzusetzen. Wir kamen vorbei an verfallenen Marktständen, die etwas von der früheren Bedeutung dieser Stadt ahnen ließen. Als der Ort noch nicht vom Krieg heimgesucht worden war, hatten hier die Händler ihre Teppiche verkauft, Marktschreier Granatäpfel und Drachenfrüchte gehandelt oder Tagelöhner ihre Dienste angeboten. Nun war von der Schönheit, die diese Stadt einst besessen hatte, nicht mehr viel zu erkennen. Nebeneinander lehnten wir uns an die Zisterne am Markt und schauten uns um.

Aus seiner Schießscharte blickte General Iblis auf den Markt herunter und konnte kaum glauben, was er dort sah. Der Junge an der Zisterne war mit Sicherheit sein ehemaliger Diener. Wie sich doch alle Dinge zu seinem Besten wandten. Dieser Nichtsnutz von einem Sklaven sollte heute noch seine Lektion erhalten. Ihm würde er zeigen, wozu er in der Lage war. Vom Rücken dieses Taugenichts sollten bald die Fleischstücke herunterhängen. Bis auf das Rückgrat würde er ihm die Haut von den Knochen schlagen und ihm anschließend den ersehnten Tod verwehren. Heute noch, doch vorher würde er den Baum zerstören.

Hinter General Iblis kauerte Abid wie ein Tier auf dem Boden. Dieser Abid hatte den Baum gesehen, den er suchte. Er schaute sich die elende Kreatur an und je länger er ihn betrachtete, umso mehr tauchte General Iblis in die Zeit ab, als die ersten zwei dieser nichtsnutzigen Rasse in völliger Glückseligkeit durch den Garten wandelten. Die verbotenen Bäume sahen damals selbst für ihn, den General, lieblich und verlockend aus. Ja, sie waren etwas Besonderes und vor allem die Frau hatte sich damals ihrem Bann nicht entziehen können.

Ein hässliches Lächeln zuckte über sein Gesicht, als ihm ein teuflischer Gedanke kam. Er würde gleich das Schneideblatt wechseln, um aus der Todessichel eine Säge zu machen. Damit würde er ihn fällen, den Baum des Lebens, und er, der Tod selbst, würde dann der triumphierende Sieger sein.

Wenn dieser Abid den Baum wirklich gesehen hatte, könnte er nicht anders – er würde sich mit Sicherheit auf die Suche begeben und schauen, ob er ihn noch einmal zu Gesicht bekäme. Dann müsste er ihm nur folgen …

»Ich muss etwas mit den anderen Generälen bereden«, sagte General Iblis beiläufig, denn er wollte nicht, dass Abid seine List durchschaute. »Du wirst brav hier bleiben.« In Wahrheit wollte er ihm jedoch die Möglichkeit zur Flucht geben. Mit einer lässigen Bewegung befestigte er das Ende des Stricks an einer Metallstange vor der Schießscharte und verließ den Turm. Doch den Knoten hatte er so locker gebunden, dass es nicht lange dauern würde, bis Abid ihn geöffnet hätte.

General Iblis lauerte unter der gemauerten Treppe und nach einigen Minuten hörte er, wie Abid langsam die Treppe herunterschlich. Diese Menschen waren so dumm und so berechenbar.

Abid konnte sein Glück kaum fassen. Mit wenigen Handgriffen hatte er den Knoten gelöst und als er in den Schacht lugte, sah es so aus, als ob er hier alleine war. Als freier Mensch trat er hinaus auf den Marktplatz, schaute sich vorsichtig um und verschwand dann unauffällig in der Menschenmenge.

In den Gassen konnte Abid überall die türkischen Soldaten sehen, wie sie die Engländer zusammentrieben, doch um ihn scherte sich keiner. Manches, was er sah, kam ihm von seiner ersten Reise hierher bekannt vor. Damals war der Markt belebter gewesen und die Menschen hatten glücklich und zufrieden ausgesehen. Seine Füße wanderten wie ferngesteuert auf das hintere Ende des Marktes zu. Bevor er gleich durch das Nordtor verschwinden würde, wollte er noch einmal den Garten sehen – zu schön war er gewesen und zu sehr hatte ihn dieser verzaubert. Ein einziger kurzer Blick in diese endlose Landschaft wäre schon genug, dann würde er von hier fliehen und sich auf den Weg nach Baku machen, denn er hoffte, dass seine Tochter noch lebte und dort auf ihn wartete.

Er war schon einige Meter gegangen, als ihm in einiger Entfernung plötzlich zwei Personen ins Auge stachen.

Ratlos standen Hamide und ich an der Zisterne. Wo sollten wir anfangen zu suchen? Es gab so viele Gassen in dieser Stadt und wenn wir herumfragten, würde uns sicher einer der Offiziere in Gewahrsam nehmen.

Zögerlich begann Hamide, von den Geschichten ihres Vaters zu erzählen. Von dem, wie er einst durch diese Straßen gewandert war und ihn der Markt verzaubert hatte. Er war auf seiner Reise tief in das Herz dieser Stadt eingedrungen und hatte dabei jeden Winkel und jede Straße erkundet.

»Du musst wissen, dass seine Erzählungen immer vor einem kleinen verfallenen Haus stoppten«, endete Hamide mit dem, was sie sagte.

»Ich habe ihn dann oft gefragt, was denn in diesem Haus sei und warum er es mir nicht erzählte. Dann hat er immer nur gelächelt und mir gesagt, dies müsse jeder selbst herausfinden.«

Völlig orientierungslos stand ich da und ließ das Gesagte auf mich wirken.

»Wenn dein Vater so von diesem Haus und dem, was dort zu finden ist, begeistert war, dann ist er bestimmt dort.«

Mit einem fragenden und zögernden Blick schaute sie mich an.

»Vielleicht. Vielleicht auch nicht und ich weiß bis heute nicht, warum mein Vater mir nicht erzählt hat, was er dort gesehen hat.«

»Das werden wir nur herausfinden, wenn wir uns selbst auf die Suche begeben, denn den Weg dorthin hat er dir ja beschrieben.«

Unversehens lösten wir uns von der Zisterne und steuerten im allgemeinen Trubel durch die Gassen der Stadt.

Für General Iblis war es ein komisches Schauspiel, das sich dort vor seinen Augen entfaltete. Sein ehemaliger Sekretär ging mit einem türkischen Soldaten durch die Straßen und dahinter folgte dieser Nichtsnutz von Abid.

Was für ein seltsamer Tag. Aber er befand sich dicht genug hinter dieser Truppe, um jederzeit eingreifen zu können. Immer wieder suchte er Deckung: Zwischen den Soldaten, in Hauseingängen, hinter Barrikaden. So bemerkte keiner, wie er den dreien folgte.

Als er hinter einer zerbröckelnden Hauswand kauerte, konnte er beobachten, wie sein ehemaliger Sklave mit dem schmächtigen

Jungen durch eine angelehnte Tür in ein verfallenes Haus eintrat. Abid folgte ihnen kurz darauf.

Was ging hier vor sich? Ihm war auf einmal unwohl. Strahlte dieses heruntergekommene Haus für ihn eine Gefahr aus? Er, der General und Meister fürchtete sich vor nichts und niemandem – und doch zögerte er den anderen in das Haus zu folgen. Trotzig ging er weiter. Keiner auf dieser Erde konnte es mit ihm aufnehmen. Mit seiner Sichel tötete er wann, wo und wie er wollte. Vor wem sollte der Tod sich fürchten? Und doch konnte er es nicht leugnen: Hier stimmte etwas nicht. Als er die angelehnte Eingangstür berührte, spürte er fast qualvoll eine überwältigende Aura der Macht. Sie drang wie Kristallsplitter in sein Bewusstsein und schnürte sich um das Nichts in seinem Inneren.

Mit Abscheu vor dem, was er dort spürte, zog er den Mantel dichter um seinen Kopf. Sollte er hier wohnen, der Schöpfer allen Lebens? Befand sich etwa sein größter Feind hinter dieser Tür? Das würde zu ihm passen: Er wohnt mitten unter den Menschen und lässt sich von ihnen finden, wenn sie ihn suchen. Er streckt seine Hand aus und weist keinen ab. Er begnadigt selbst die, die einmal die treuesten Diener des Generals waren.

Angewidert spuckte General Iblis aus. Dann umklammerte er die Sichel unter seinem Mantel noch fester. Bevor diese drei dahergelaufenen Schwächlinge das Angebot annehmen könnten, das sein Feind ihnen mit Sicherheit unterbreiteten würde, würden sie sterben.

Purer Hass trieb ihn voran. Die Angst, wieder drei Seelen für immer zu verlieren, gab ihm die Kraft, das unerträgliche Haus zu betreten. Knarzend drückte er die angelehnte Tür auf, holte seine Sichel hervor und betrat den Raum.

Noch war es nicht zu spät. Noch könnte er ihrem Leben ein Ende setzen.

Der Raum sah noch genauso aus wie an dem Tag, als Abid ihn entdeckt hatte. Der Brotkorb, die Karaffe voll Wein, das Lager aus

Kissen. Auf dem Tisch stand eine Schale mit Trauben und sogar den Gesang der Zikaden konnte er wieder hören. Doch diesmal war er nicht alleine hier. Unweit von ihm, direkt vor dem Vorhang stand seine Tochter und neben ihr ein Soldat in türkischer Uniform.

»Hamide!«, rief Abid voller Überschwang.

In den Gassen war er sich nicht hundertprozentig sicher gewesen, aber jetzt gab es keinen Zweifel mehr, dass sie es war. Nur wenige Meter lagen zwischen ihnen und es konnte niemand anders sein als seine Tochter, die mit ihrer Hand nach dem Vorhang griff. Sofort erkannte Hamide die Stimme ihres Vaters und drehte sich um. Beide hatten sich seit ihrer Trennung verändert. Sie war reifer geworden und hatte kurzes Haar. Er wirkte hager und tiefe Furchen zogen sich durch sein Gesicht. Jedoch bestand kein Zweifel, sie hatten sich wieder. Freudestrahlend warf sich Hamide ihrem Vater um den Hals und beide hielten sich in den Armen. In diesem Haus fanden Kinder wieder zu ihrem Vater und diejenigen, die verzweifelt waren, wurden getröstet. Ein fast vollkommener Moment, in dem beide vor Freude weinten.

Ich stand einfach nur da und genoss, was ich sah. Für diesen Augenblick hatte Hamide die Strapazen der Reise auf sich genommen und ich durfte es nun miterleben.

Dann lösten sie sich voneinander und Hamide schaute zunächst zu mir und dann zu ihrem Vater auf.

»Das hier ist …«

Sie stockte, dann schaute sie wieder zu ihrem Vater und vollendete den Satz mit einem Lächeln.

»Das hier ist mein Mann.«

So reichten Abid und ich uns die Hände. Es schien mir, als ob mich etwas mit diesem Mann verband. Ich konnte nicht sagen, was es war, aber wir hatten etwas gemeinsam. Wenn wir irgendwann diese Stadt verlassen würden, sollten wir uns gegenseitig unsere Geschichte erzählen, wie wir nach Kut al-Amara und in dieses Haus gelangt waren.

Gemeinsam drehten wir uns um und betrachteten den Vorhang, der in den nächsten Raum führte, als uns eine gallige Stimme erschauern ließ.

»Abid, du Niemand!«

Mit einem Schwall aus Kälte wehten die Worte zu uns herüber. Keiner von uns musste sich umdrehen, um zu wissen, wer hinter uns stand. Ich hatte ihm gedient, Abid war sein Gefangener und Hamide verfolgte er in ihren Träumen.

»Nicht mit mir. Hier endet eure Reise!«, tönte General Iblis hässlich lachend.

Jeder von uns wusste, dass wir gegen die Macht von General Iblis nichts ausrichten konnten. Er war uns überlegen und wir waren verloren. So fassten wir uns an unseren Händen und drehten uns zu ihm um.

»Ich wusste gleich, dass ihr für nichts zu gebrauchen seid!«, brüllte er, stieß die Karaffe mit Wein zur Seite und sprang auf den Tisch. Aus seinen Schultern wuchsen eiserne Flügel und ein behaarter stacheliger Schweif mit einer giftigen Spitze schwänzelte hinter seinem Rücken.

Wutentbrannt stand er dort vor uns. Sein Inneres glühte vor Zorn, seine Augen verschwanden, er bündelte alle seine Kräfte und die Wesen, die in ihm hausten, krochen in einer Wabe aus Dunkelheit aus ihm heraus. Kein Mensch sollte dieses Haus lebend verlassen.

Mit einer rasenden Wut jagten Tod, Teufel und General Iblis auf ihre Opfer zu. Mit einem Schrei aus Hass und Verderben, Pest und Feuer, Schmerz und ewiger Finsternis wollte er sie zermalmen. Eine Wand aus Dunkelheit wuchs empor und machte Anstalten, sie für immer zu begraben.

Als General Iblis ausholte und das Metall der Sichel auf Hamides Hals zukam, wusste ich, was ich zu tun hatte. Schon einmal war ich bereit gewesen, für sie zu sterben, und wenn er Hamide töten wollte, dann musste er zuerst mich umbringen. Schützend warf ich mich vor die Frau, die ich liebte.

Doch als mich seine tödliche Klinge berührte, entglitt sie seiner Hand. Der glühende Teufel erlosch und die Sense des Todes zersplitterte in einem Moment.

Mein ehemaliger Herr und ich standen uns Auge in Auge gegenüber. Keiner sagte ein Wort, dann schaute General Iblis an mir vorbei und starrte mit geöffnetem Mund auf den Vorhang. In all der Zeit, in der ich General Iblis diente, hatte ich ihn nie in solch einer Verfassung gesehen. Doch genau in diesem Moment schien dem Tod ein Schauer über den Rücken zu laufen. Ein gleißendes Licht erfüllte den Raum, umgab uns und vertrieb alle Finsternis. Ich begriff: Was immer General Iblis auch vorhatte, er konnte uns nichts anhaben.

Ein verwegener Gedanke erfüllte in diesem Augenblick meine Sinne, denn möglicherweise bot sich hier und jetzt die einzige Chance, dieses Scheusal für immer zu stoppen. Während General Iblis noch wie versteinert vor mir stand, ergriff ich die Sichel und zog sie ihm durch den Hals.

Da stand er vor mir, der Mann, der mit seiner Sichel und der Sanduhr die Welt bereist hatte. Pulsierend begann sein schwarzes Blut aus der offenen Wunde zu laufen. Aber General Iblis berührte dies nicht. Der Tod konnte nicht sterben. Noch nicht.

Voller Erschrecken musste ich ansehen, wie sich die Wunde wie von Geisterhand schloss. Dann riss General Iblis mir die Sichel aus der Hand und rannte ohne sich umzudrehen aus dem Haus. Dabei schrie und heulte er, schlug wild um sich und ergriff die Flucht. Fragend drehte ich mich um und sah den Weg zum Garten offen stehen. Im Türrahmen lehnte der Mann, der mich in Sarajevo von meinen Fesseln befreit hatte. Sein Anblick vertrieb alle Furcht und tiefer Friede erfüllte mich. In der einen Hand hielt er das Zepter eines Königs und in der anderen einen siebenarmigen Leuchter. »Schön, dass ihr da seid, lasst uns gemeinsam essen.«

Epilog

MEIN FUSS HING VON DER Hängematte herunter, unter meinem Kopf lag ein Kissen aus Moos und ein sanfter Windhauch wehte um meine Nase. Nicht weit von mir entfernt band Hamide einige Rosen hoch und pflegte den Garten. Wir freuten uns an der Schönheit und dem Leben, das uns umgab. Seitdem wir hier wohnen durften, war der Garten perfekt, auch wenn das für uns so manche Arbeit mit sich brachte.

Aus der Ferne hörte ich das Brausen eines mächtigen Wasserfalls. Funkelnd fielen dessen Tropfen in die Tiefe und speisten den See darunter mit Wasser. Schwäne glitten über die leichten Wellen, Lachse sprangen in einem Flusslauf, Schmetterlingsschwärme flogen umher und ein Dachs reckte den Kopf aus seiner Höhle. In den Ästen eines gewaltigen Baums saß ein Adler in seinem Horst und putzte sich sein Gefieder.

In der Ebene hinter dem See galoppierte eine Gruppe von Reitern mit Pferden durch die Prärie, Wanderer bahnten sich eine Route auf einen Berg, Kinder spielten in den Feldern und aus einem Kamin einer beschaulichen Hütte stieg eine Rauchfahne empor.

Von jedem Platz im Garten konnten dessen Bewohner die beiden Bäume in der Mitte sehen. Sie waren so groß und funkelten so hell, dass sie alles andere übertrafen. Ihre Kronen ragten in den endlosen Himmel und ihre Früchte schmeckten köstlich. Ich liebte diesen Ort und genoss es, manchmal einfach nur hier zu liegen und alles um mich herum zu bestaunen. Doch eins war für mich größer und schöner als alles andere: Zusammen mit meinen

Freunden am Tisch des Herrn zu essen. Dort verstand ich meine Geschichte. Dort erkannte ich mit großer Freude, dass ich kein Sklave mehr war, sondern ein Kind des Königs, dem der Garten und mein Leben gehörten.

An die Leserinnen und Leser

IM JAHR 2010 WURDE DIE Idee zu diesem Buch geboren und mit dem ersten Satz begann ein großes Abenteuer.

Seelenkrieg sollte kein gewöhnlicher Roman werden, sondern Menschen zum Nachdenken bringen. Ein Roman, der provoziert und unser Weltbild hinterfragt. Ein Roman, der uns mitnimmt auf eine Reise, uns berührt und uns verändert.

Welche Wirkung *Seelenkrieg* auf Sie hat, kann ich nicht wissen, denn jeder wird diesen Roman und seine Charaktere auf ganz eigene Weise interpretieren.

Wenn Ihnen das Buch gefallen hat, freue ich mich über Ihre Rückmeldung und natürlich über Ihre Rezension, zum Beispiel bei Ihrem Online-Buchhändler. Empfehlen Sie das Buch weiter, verschenken Sie es an Ihre Freunde – dazu ist es da.

Wenn Ihnen das Buch nicht so gefallen hat, dürfen Sie mir das auch gerne mitteilen.

> *Wie wenig du gelesen hast, wie wenig du kennst – aber vom Zufall des Gelesenen hängt es ab, was du bist.*
>
> ELIAS CANETTI

Viele Grüße,

Christian Geiß

www.christiangeiss.de

Danksagung

Ich danke Gott für geschenkte Zeit, bereichernde Begegnungen und kreative Gedanken.

Ich danke Treasure für allen Ansporn und alles Verständnis in den letzten Jahren.

Ein großer Dank gilt auch Sarah. Vielen Dank für alles Kämpfen, Mitdenken und hilfreiche Kritiken.

Des Weiteren danke ich: Joris, Elli, Nathanael, Jennifer, Co und Michel. Danke für alle Vorschläge, Ideen und Korrekturen.

Ebenso danke ich allen Freunden und Verwandten, die immer für mich da waren und mir zur Seite standen.

Befreit zum Leben

Ein Glaubenskurs zum Roman *Seelenkrieg*

GLAUBENSKURS – KLINGT DAS NICHT ETWAS komisch? Es hört sich fast so an, als ob Glauben erlernbar wäre.

Dabei ist das mit dem Glauben so eine Sache. Warum sollte ich überhaupt an irgendetwas glauben? Und wie ist das mit dem Glauben an den Gott der Christen? Ist dies in unserer modernen Welt nicht überholt, haben wir nicht längst bewiesen, dass es diesen Gott nicht gibt? Und sollte es vielleicht doch einen Gott geben, wie müssten wir uns diesen Gott dann vorstellen?

Viele Fragen sind das – und damit das beste Argument für diesen Glaubenskurs.

Der Kirchenvater Augustinus soll gesagt haben: »Gott ist so unergründlich wie das Meer und trotzdem können wir ihn ergreifen.« Genau dabei soll dieser Glaubenskurs helfen. Er will dazu beitragen, dass wir uns, unsere Welt und Gott ein Stück mehr entdecken und begreifen.

Die kurzen Einheiten machen Mut, sich auf die Suche zu begeben. Sie laden auch dazu ein, dem Gott der Bibel zu vertrauen, sich ihm anzuvertrauen, zu glauben.

Man kann diesen Kurs alleine durcharbeiten oder in einer Gruppe – für diesen Fall sind die Einstiegsgeschichten eine gute Gesprächsgrundlage. Optimal ist es, wenn man vor dem Gruppentreffen schon mal den Abschnitt persönlich gelesen hat. Weitere Ideen, Anregungen, zusätzliches Arbeitsmaterial und noch viel mehr findet man auf der Website:

www.seelenkrieg.com

Im Folgenden finden Sie Ausschnitte aus Kapitel 1, 2 und 4 des Glaubenskurses. Den kompletten Kurs sowie weitere Informationen zum Aufbau erhalten Sie als PDF ebenfalls auf der Website.

KAPITEL 1

Der verlorene Garten

»HAMIDE, LIEBES, BIST DU HIER?«, hörte man die flattrige Stimme rufen. Mit dem Handrücken schob Abid den kupfernen Behälter auf seinem Schreibtisch zur Seite und legte die Feder auf das Pult.

»Du hast nach mir gerufen, Vater?« Hamide stand nun dicht neben ihrem Vater, denn nicht nur dessen Stimme war nicht mehr so kräftig wie einst, auch seine Ohren vernahmen nicht mehr jedes Wort.

»Gut, dass du da bist. Bring mir doch ein neues Tintenfass, dieses ist schon wieder leer.«

»Wie weit bist du denn?« Während Hamide fragte, griff sie nach dem leeren Töpfchen, ging zum Schrank in der anderen Ecke und holte einen kleinen mit Tinte gefüllten Behälter heraus.

»Er ist zu groß und zu mächtig, um ihn in einzelne Worte zu fassen. Er ist so unermesslich wie das Meer und es ist einfach unmöglich, ihn in seiner ganzen Fülle zu beschreiben«, sinnierte Abid über das nach, was ihn beschäftigte.

Mit einem Lächeln zog Hamide einen der hölzernen Stühle heran und setzte sich neben ihren Vater.

»Wenn du nicht weißt, wo du anfangen sollst, dann starte doch mit dem, wie alles begann«, schlug sie ihm vor und tätschelte ihn liebevoll am Arm.

Unter der Lampe auf Abids Schreibtisch befand sich eine aufgeschlagene Bibel. Dieses in Leder gebundene Buch war sein Ein und Alles. Falls er jemals fliehen müsste oder sein Haus und seine Heimat verlieren würde, so würde er vieles zurücklassen, aber nicht diese Worte.

Auf seinen Reisen hatte er verschiedene Denker und Philosophen kennengelernt, doch keine Sicht auf diese Welt schien ihm so plausibel, so einleuchtend, so verändernd und so persönlich wie das, was er in der Heiligen Schrift, der Bibel, las.

Mit immer noch ruhiger Hand, griff er nach dem kleinen Etui, in dem er seine Lesebrille aufbewahrte. Leise klickend öffnete sich der Deckel und die runde Nickelbrille kam zum Vorschein. Genau wie diese Brille ihm verhalf, klar zu sehen, so betrachtete er die Welt und sein Leben seit einigen Jahren durch die Worte der Bibel. Diese Worte erklärten und erhellten die Welt. Die Sätze und Erzählungen, die darin für Generationen festgehalten waren, ergaben so viel Sinn. Nur in ihnen hatte er die Antworten auf die Fragen seines Lebens gefunden: Wer bin ich? Warum lebe ich? Wohin gehe ich?

Er lehnte sich in seinem Stuhl zurück, schlug seine Bibel auf und begann zu lesen: »Am Anfang schuf Gott Himmel und Erde.«

Langsam ließ er die Bibel wieder auf sein Schreibpult sinken und drehte den Globus, der nicht weit entfernt von ihm auf dem Tisch stand. In seinem Leben hatte er auf alle Kontinente seinen Fuß gesetzt. Afrikaner hatten ihn mit auf eine Löwenjagd genommen, in Südamerika war er bis zu den Galapagos-Inseln vorgedrungen und im Amazonas hatte er bei Einheimischen gewohnt. Diese Welt war schön – atemberaubend schön. Bei den ersten Sonnenstrahlen des Tages zu beobachten, wie Zebras durch die Savanne streifen, auf einer Bootsfahrt mit Delfinen zu tauchen oder am Gipfel eines Berges zu stehen und den Wind in den Haaren zu spüren – in all dem sah er Gottes Werk, seine Schöpfung. Sie war überwältigend, unvergleichlich, unbeschreiblich.

»Liebes, kannst du mir bitte einen Tee holen?«

Ohne Widerworte stand Hamide auf und verschwand hinter dem Vorhang in der Küche.

Er löste seinen Blick und schaute von der Bibel zum Globus, der sich immer noch langsam bewegte. Wie sollte er jemandem erklären, dass Gott die Welt geschaffen hatte? Er konnte Gott ja nicht beweisen. Und doch erblickte er ihn, wohin er auch schaute.

Die Welt, dieser Globus mit all seiner Schönheit war nichts Abstraktes; sie war konkret, greifbar, die Wirklichkeit. Dahinter musste ein realer Schöpfer stecken. Es musste jemanden geben, der mehr war als nur eine Idee, ein Wesen mit Herz und Verstand.

Allerdings gab es in seinem Ort viele, die eine andere Sicht hatten. An einen Gott, den sie nicht sehen konnten, konnten und wollten sie nicht glauben.

Abid schüttelte bedächtig seinen Kopf. Es war doch genauso wie mit seiner Tochter. Gerade jetzt konnte er Hamide auch nicht sehen und er wusste trotzdem, dass sie sich ganz in seiner Nähe befand. Er müsste nur in die Küche gehen, und da wäre sie direkt vor ihm. Im Augenblick war sie vor ihm verborgen, er vermisste sie und sie fehlte ihm.

Einen Beweis dafür, dass sich Hamide gerade in der Küche befand, hatte er nicht – ebenso wenig wie er die Existenz Gottes beweisen konnte. Allerdings gab es Indizien: Geschirr klapperte, der Vorhang bewegte sich und es war ein leises Pfeifen zu hören. Aber letzte Sicherheit gab es nur, wenn Hamide aus der Küche heraustrat oder man selbst dort hineinging; anders ließ sich Hamides Gegenwart nur erahnen, nicht aber belegen.

Der Globus stand nun still und Abid griff nach seinem Stift. Nein, Gott beweisen könnte er nicht. Aber ebenso wenig konnte belegt werden, dass es ihn nicht gab.

»Hier ist dein Tee.« Hamide war hinter dem Vorhang hervorgetreten und kam nun mit einer dampfenden Tasse auf ihn zu.

»Bist du vorwärts gekommen?« fragte sie und reichte ihm den Tee.

Wortlos schaute er sie an. Wie schön seine Tochter doch war. Sie hatte das dunkle Haar und die Augen ihrer Mutter und zugleich schmerzte ihn ihr Anblick. Nie würde er den Tag vergessen, an dem seine Frau sterben musste. Eine Träne rollte über seine Wange und tropfte auf die offene Bibel.

Hamide wusste, was in ihm vorging. Sie kannte diese Stunden, in denen er sich zurückzog oder einsam durch die Felder streifte.

Auf seinen Reisen hatte Abid zwar Gottes Schöpfung gesehen und war ihm, dem Herrn der Welt persönlich begegnet, aber er kannte auch den Schatten dieser Erde. Er hatte die Hungernden und Kranken gesehen, diejenigen, die ein Krieg zu Waisen gemacht oder verstümmelt hatte, und er musste immer wieder an den Tod seiner Frau denken. Manche Menschen klammerten sich in ihrem Leid an Gott, andere verwünschten ihn. Abid wusste, dass es beides gab.

»Am Anfang schuf Gott Himmel und Erde.« Immer und immer wieder murmelte er diese Worte vor sich hin.

Offenbar wollte die Bibel überhaupt keine Antwort darauf geben, woher Gott kommt. Genauso wenig gibt sie eine Antwort auf den Ursprung des Bösen. Es geht in diesem Buch um Gott und seine Geschichte mit den Menschen und dieser Welt.

Sein Blick wanderte weiter über die Verse und er saugte die Worte in sich auf.

»Und Gott schuf den Menschen in seinem Bild, im Bild Gottes schuf er ihn; als Mann und Frau schuf er sie .«

Abids Gelenke knirschten und knackten als er sich erhob und er merkte, dass nicht nur seine Haut, sondern auch seine Knochen älter wurden. Aber auch wenn das Gehen ihm immer schwerer fiel, noch konnte er alle Dinge ohne fremde Hilfe verrichten.

»Wohin willst du denn?«

Hamide stellte sich neben ihren Vater, zog seinen Stuhl zurück und hakte sich bei ihm ein.

»Ich muss mich ein wenig bewegen, das hilft meinem Kopf, klarer zu denken.« Durch die Jahre der Wanderschaft und Reisen hatte sich der Raum mit allem Möglichen gefüllt und der Platz zum Gehen beschränkte sich nun auf einen schmalen Weg, der durch die Erinnerungen seines Lebens führte.

Jeder einzelne Gegenstand erzählte eine Geschichte. Mit jeder Lampe, Vase oder gar dem großen Wandteppich neben dem Fenster verband Abid etwas ganz Besonderes.

Dann hielt er auf der Reise durch seine Vergangenheit an. Das, wovor er stand, schien eigentlich nichts Besonderes zu sein. Einem Besucher wäre es zwischen all diesen Kostbarkeiten vielleicht überhaupt nicht aufgefallen. Der matte Rahmen mit dem geraden Rand stach einem nicht direkt ins Auge. Verglichen mit allem anderen machte er einen unscheinbaren Eindruck. Vorsichtig griff Abid nach dem verstaubten Teil auf dem Boden und hob den Spiegel hoch, den er einst von einer Reise nach Indien mitgebracht hatte.

»Der Mensch als Ebenbild Gottes«, wiederholte Abid den letzten Gedanken, den er eben in seiner Bibel gelesen hatte.

Oberflächlich betrachtet schien der Mensch doch nicht mehr zu sein als ein Tier. Er wird geboren, wächst auf, altert und stirbt. Andererseits ist er den Tieren weit überlegen. Menschen können selbst Dinge erschaffen und sie besitzen ein Gewissen. Nur der Mensch ist unter den Geschöpfen in der Lage, die Erde zu bebauen und zu bewahren.

Wer oder was ist der Mensch? Was macht ihn so einzigartig? Einerseits reine Materie und automatisch ablaufende chemische Prozesse, und andererseits auf rätselhafte Art und Weise ein Wesen mit Gewissen, Bewusstsein und Persönlichkeit: ein Ebenbild Gottes.

Als Abids Gesicht auf der Glasfläche auftauchte, verwandelte sich der einfache Spiegel in den wertvollsten Gegenstand des Raumes.

Ohne weiter sein Spiegelbild zu betrachten, ging Abid zurück zu seinem Schreibpult. Diese Gedanken musste er unbedingt niederschreiben. Kratzend bewegte sich die Schreibfeder über das Papier.

»Gott hat den Menschen als sein Gegenüber geschaffen. Als jemanden, der etwas gemeinsam hat mit dem Schöpfer selbst. Wir sind keine Maschinen und auch keine Tiere. Wie Gott sind wir Person und können selbst Dinge erschaffen. Ja, viel mehr noch, wir dürfen tätig sein und eigene Entscheidungen treffen.«

Abid schaute auf seine Hand und schien dabei etwas begriffen zu haben. Vor seinem geistigen Auge konnte er sehen, wie Adam und Eva einst im Garten Eden lebten, hineingestellt in eine Beziehung mit Gott. Sie wussten, wer sie waren und wozu sie lebten. Ihr Leben war auf ihn, den Herrn aller Dinge ausgerichtet. Es muss wunderbar gewesen sein und unvergleichlich, paradiesisch, denn am Anfang war alles sehr gut.

Wie mochte wohl diese Liebe zwischen Gott und Mensch gewesen sein? Verträumt schaute Abid zu seiner Tochter, die in diesem Moment aus der Küche kam. Er liebte sie und würde alles für sie opfern. Doch gleichzeitig würde er ihr auch die Freiheit lassen, die sie brauchte. Denn Liebe bedeutet keinen Zwang. Liebe bedeutet Freiheit. Sie bedeutet das Beste für den anderen zu wollen, ohne ihn zu einer Marionette zu machen.

In ihrer Hand balancierte Hamide das Geschirr und sie steuerte damit auf den Eckschrank neben der Sitzecke zu. Diesen Weg war sie schon so oft gegangen, dass sie ihn sicher auch im Schlaf finden würde. Noch nie hatte sie sich dabei gestoßen oder war aus dem Gleichgewicht gekommen – aber diesmal passierte es. Ihr Fuß verhakte sich in dem Läufer, der auf dem Boden lag, sie stolperte und die Teller glitten ihr aus der Hand. Klirrend und laut brach das Service auseinander und die Scherben verteilten sich über den Fußboden. Was einst so gut ausgesehen hatte, lag nun in Scherben.

Abid schaute traurig auf die zerbrochenen Teller und ging dann zu Hamide und half ihr die Einzelteile einzusammeln. Stück für Stück legten beide die Überreste zusammen und als die letzte Scherbe vom Boden aufgelesen war, verstand Abid, was vor langer Zeit geschehen sein musste.

Damals im Garten Eden zerbrach viel mehr als nur Geschirr. Genau wie bei seiner Tochter, hatte etwas – oder jemand – Adam und Eva zum Stolpern gebracht.

Der Mensch hatte einen Willen, mit dem er sich für oder gegen Gott entscheiden konnte, doch von alleine hätte er sich nie von seinem Schöpfer abgewendet. Allerdings lauerte im Paradies einer, der nur darauf wartete, diese Beziehung zu zerstören. Einer, der selbst einmal in der Gegenwart Gottes gelebt hatte und sich dann gegen Gott stellte. Mit geschickten Fragen brachte er die Menschen zum Fallen und eine durch die Lügen des Bösen eingefädelte Entscheidung brachte auch Adam und Eva ins Stolpern; die Beziehung zu ihrem Herrn zerbrach.

In dem Moment, als die Menschen gegen die Anweisung Gottes handelten, brach die schlimmste Tragödie über die Menschheit herein. Der Kosmos, die Welt und der Mensch wurden beschädigt. Wie ein Scherbenhaufen lag die einst perfekte Beziehung in Trümmern und der Tod betrat diese Welt.

»Entschuldigung, Vater, ich weiß, dass dir das Geschirr viel bedeutet hat.« Hamide stand mit traurigen Augen in der Haustür, in ihrer Hand der Eimer mit den eingesammelten Bruchstücken.

»Ist nicht schlimm, es waren ja nur Teller; wir finden bestimmt schnell Ersatz«, antwortete Abid und wandte sich wieder seinem Schriftstück zu.

Wenn doch aller Zerbruch so einfach zu beseitigen wäre, dachte sich Abid und schrieb die nächsten Sätze.

Da standen sie also, Adam, Eva und ihr Schöpfer. Jeder trauerte über das Geschehene, aber alle waren sie in diesem Moment nicht in der Lage, die Scherben wieder zusammen zu fügen. Was sollte nun geschehen? Der heilige, liebende Gott, zu dessen Wesen es gehört, dass er absolut gerecht und gleichzeitig barmherzig ist, tat, was er tun musste: Er sandte den Menschen weg aus seiner Gegenwart.

Ja, wie sollte ein heiliger, völlig reiner Gott in enger Gemeinschaft bleiben können mit Menschen, die ihre Reinheit verloren hatten? Es ist unmöglich. Auf diese Weise kam die große Trennung zwischen Gott und Mensch in diese Welt und Gottes Ankündigung des Todes hatte sich erfüllt. Dabei bedeutete der Tod für Adam und Eva in diesem Moment nicht das Ende ihres Lebens, sondern das Ende ihrer innigen Beziehung zu Gott.

Der Mensch wurde von seinem Schöpfer getrennt und musste den Garten verlassen. Adam und Eva waren als Menschen nicht in der Lage, das Geschehene aus der Welt zu räumen. Was würde Gott nun unternehmen, um gleichzeitig gerecht und barmherzig zu sein? Denn eines stand für ihn trotz alledem fest: Er wollte seine Menschen nicht aufgeben.

Knarrend öffnete sich die Haustür und Hamide kam mit dem leeren Eimer zurück. Sie hatte die Scherben beseitigt. Mit ihr kam ein frischer Windhauch durch die Tür.

»Hamide, mein Schatz. Habe ich dir eigentlich schon einmal den Römerbrief erklärt?«

Mit diesen Worten blätterte Abid in seiner Bibel in den hinteren Teil und suchte in dem Brief, den der Apostel Paulus an die Christen in Rom geschrieben hatte, das 3. Kapitel.

»Nein«, antwortete Hamide, stellte den Eimer ab und ging hinüber zu ihrem Vater.

»Dann nimm dir doch mal einen Stuhl. Ich will dir etwas Wichtiges zeigen.«

Bücher zum Weiterlesen …

- Manfred Lütz: *Gott, Eine kleine Geschichte des Größten.* Berlin: Knaur Taschenbuch

- Martin Schleske: *Der Klang. Vom unerhörten Sinn des Lebens.* München: Kösel Verlag

- Timothy Keller: *Warum Gott? Vernünftiger Glaube oder Irrlicht der Menschheit?* Gießen: Brunnen Verlag

KAPITEL 2

Gott sucht den Menschen

AUS DEM FENSTER SAH ABID, wie sich der Horizont in ein Farbenmeer aus Violett und Rot verwandelte, als die Sonne versank und die Nacht hereinbrach. Ein weiterer Tag neigte sich seinem Ende und gleichzeitig wurde aus dem Sommer langsam der Herbst. Bald müsste er eine Lampe entzünden, falls er abends weiter an seinem Schreibpult arbeiten wollte.

Wie sehr brauchte der Mensch doch das Licht, um zu leben und zu arbeiten. Erst im Licht wurden die Dinge sichtbar, nur durch diese Strahlen, die nicht einzufangen und selbst nicht zu sehen waren, traten die Elemente aus ihrer Verborgenheit hervor.

Neben seiner Bibel lagen mehrere beschriebene Blätter, die seine Erinnerungen und die Erlebnisse seines Lebens enthielten. In vielem glich sein Leben dem seiner Nachbarn. In dem kleinen Stall hinter seinem Haus lag eine Ziege mit ihren Jungen auf einem Strohbett, er besaß einige Kühe und sogar Pferde. Aber er war auch ein Reisender gewesen. Anfangs sagten die Leute ihm, dass er arm würde, wenn er immerzu durch die Welt reiste. Aber genau das Gegenteil war der Fall. Sein Leben wurde reicher und die kostbaren Dinge, die er von seinen Reisen mitbrachte, hatten ihn sogar zu einem wohlhabenden Mann gemacht.

Als er über die Zeit seiner Wanderschaft nachdachte, kam ihm wieder seine erste Reise nach Kut al-Amara in den Sinn. Sicherlich, er hatte sich auf die Suche gemacht, und doch waren es die verschiedenen Begegnungen und Erfahrungen des Lebens gewesen, die ihn zu Gott geführt hatten. Er war auf der Suche gewesen, doch Gott hatte ihn gefunden. Beides gehörte zusammen und beides wurde in der Bibel beschrieben.

Im flackernden Schein der Öllampe senkte er seine Schreibfeder auf das Pergament. Die Spitze berührte die rechte obere Ecke und aus etwas bis dahin Schlichtem wurde nun etwas Besonderes. Genau das Gleiche geschah doch auch, wenn der Schöpfer das Leben eines Geschöpfes berührte und wieder das Recht erhielt, ein Leben zu formen und zu gestalten. Darüber würde er später noch zu schreiben haben.

Wie die Beziehung zwischen Gott und den Menschen zerbrochen war, hatte Abid verstanden. Aber wie konnten diese wieder zusammenfinden? Nachdem die Sünde in die Welt gekommen war, lag die Beziehung zwischen Gott und den Menschen in Scherben. Adam und Eva mussten das Paradies verlassen und die Lasten und Schmerzen des Lebens nun am eigenen Leib spüren und tragen.

Abid kannte die schwere Feldarbeit. In endlosen Stunden hatte er seine Äcker bearbeitet und dabei immer wieder über jenen Ruf Gottes nach dem Sündenfall nachgedacht.

»Adam, wo bist du?«, hatte es damals durch den Garten Eden geschallt. Wieso hatte Gott nach Adam gerufen? Gott war doch allmächtig, allgegenwärtig und allwissend. Er musste Adam und seine Frau gesehen haben, aber warum rief er ihn dann?

Immer und immer wieder beschäftigten ihn diese Fragen. Brauchte Gott den Menschen, um vollkommen zu sein? Aber wenn Gott den Menschen brauchte, dann wäre er doch kein vollkommener Gott. Dann wäre er jämmerlich. Jemand, der zwar etwas schaffen konnte, dies aber nur tat, um nicht einsam zu sein. Doch das traf sicher nicht zu.

Der Gedanke an das verlorene Paradies schmerzte, aber Abid wusste es genau: Gott war vollkommen. Er war drei und doch eins. Er brauchte niemanden sonst. Sein Geist schwebte bei der Schöpfung über dem Wasser und durch und für seinen Sohn war alles geschaffen. Die Welt, der Kosmos und der Mensch existierten zur Ehre Gottes und nicht, weil dieser das Geschaffene zwingend gebraucht hätte.

Einmal, er konnte sich noch gut daran erinnern, hatte Abid bei der Feldarbeit den Blick von der Erde gehoben, zum Himmel geschaut und sich gefragt, welchen Klang die Stimme Gottes wohl damals im Garten Eden hatte?

»Adam, Mensch, wo bist du?«

Adam war der erste Mensch und stand damit gleichzeitig auch für die Menschheit. Was für ein weiser Gott hatte der Krone der Schöpfung diesen Namen gegeben.

»Adam, Mensch, du, der du meine Stimme hörst – ja, ich rufe nach dir: wo bist du?«

Die Stimme im Garten klang bestimmt weder emotionslos noch gelangweilt. In ihr schwang sicher der Schmerz eines Vaters, der sein Kind suchte. Gottes Herz begann zu schreien, genau so hatten auch seine suchenden Worte geklungen. Sie waren voller Schmerz, Trauer und im Letzten auch entschlossen, den Menschen, der sich von ihm abgewandt hatte, zu suchen.

Denn der dreieinige Gott ist nicht nur ein gerechter und barmherziger Gott, er ist auch die Liebe selbst. Er ist die reinste Form der Liebe und er liebt seine Menschen. Das war es! Das war der Grund, weshalb Gott nicht wollte, dass der Mensch in der Gottesferne verginge. Gott rang und kämpfte, denn nur Gott selbst konnte einen Weg finden, der seiner Gerechtigkeit entsprach und das Geschehene aus der Welt schaffen würde.

Gott hatte tatsächlich die ganze Zeit gewusst, wo sich seine Kinder befanden. Nach dem Rufen trat er auf sie zu und sprach mit ihnen. In einem Akt der Liebe stellte er ihnen Kleider zur Verfügung, damit sie sich bekleiden konnten und sich nicht voreinander und vor ihm schämen mussten. Gott wollte dem Menschen, der seine Ehre verloren hatte, diese wieder zurückgeben. Gerechtigkeit, Barmherzigkeit, Liebe – alle diese Dinge sah Abid, wenn er sich die Ereignisse im Garten Eden vor Augen stellte.

Eine seiner Reisen, hatte Abid auch in die Sixtinische Kapelle nach Rom geführt. Er wusste, dass er bei Weitem nicht in der Lage war, wie ein Michelangelo zu malen. Aber ein ähnliches Bild formte sich auf einem seiner Blätter.

Gott und Mensch waren getrennt. Doch wenn es dem Menschen gelang, sich von seiner Arbeit, der Last des Lebens oder dieser Welt abzuwenden, dann konnte er genau das erleben, was dieser große Künstler der Renaissance an die Decke des Apostolischen Palastes gemalt hatte: Gott war auf der Suche nach ihm, dem Verlorenen. Der Ruf des Schöpfers schallte immer noch durch diese Welt und er streckte jedem seine Hand entgegen.

Gott war so anders, so viel reiner und schöner, als die Menschen heute über ihn dachten. Denn das Gottesbild in dieser Welt war von vielen falschen Bildern gekennzeichnet und der Begriff »Gott« hatte einen negativen Klang erhalten. Ein Gott, für den Menschen töteten, in dessen Namen Kirchen grausame Dinge taten, dessen Lehre anscheinend nur aus Verboten bestand. Für viele wurde der Begriff negativ oder ambivalent, da jeder ihn so füllte, wie es ihm beliebte: Philosophen, Religionsgemeinschaften, Historiker – jeder füllte den Begriff »Gott« mit einem anderen, eigenen Inhalt.

Doch der Gott, dem Abid begegnet war und den die Bibel beschrieb, war ein liebender, ein sehnender Gott. Einer, der für die Menschen das Glück und nicht das Unglück wollte. Gott ist weder negativ noch widersprüchlich, sondern der suchende und liebende Gott.

»Verehrter Vater, willst du dich nicht langsam schlafen legen? Es ist schon spät.« Die Worte von Hamide rissen Abid aus seinen Gedanken. Abid wusste, dass es Hamide nur gut mit ihm meinte. Und je älter er wurde, umso mehr verließen ihn die Kräfte und er brauchte die Erholung der Nacht, aber noch konnte er sich nicht schlafen legen.

»Nein, meine Gute, lass mich noch einen Moment. Ich will kurz hinaus und dann werde ich noch ein wenig arbeiten.«

Hamide wusste, dass es zwecklos war. Es gab Dinge, von denen nichts auf der Welt ihren Vater abbringen konnte, und wenn er sich vorgenommen hatte, die Schreibfeder noch nicht zur Seite zu legen, dann würde er sein Vorhaben auch zu Ende führen. So ging sie in ihr Schlafgemach und ihr Vater trat aus dem Haus ins Freie.

Endlos erstreckte sich über ihm der Sternenhimmel. Auch wenn die Gestirne in dieser Nacht hell leuchteten, schien es unmöglich zu sein, ihre Menge zu zählen. Welch eine Weite, welch eine Größe! Er selbst hatte in seinem Leben viele kleine und große Wunder mit seinem Herrn erlebt, immer wieder sanft die Hand des Schöpfers gespürt und vernommen, wie dieser zu ihm sprach. Jedoch wusste Abid, dass Gott sich im Lauf der Weltgeschichte nicht zu allen Zeiten den Menschen auf diese Weise gezeigt hatte.

Die Menschheit hatte den Kontakt zum Schöpfer verloren. Vertrieben aus dem Paradies, verblasste die Erinnerung an die Zeit mit ihm zusehends. Wer und wie er war, sein wahres Wesen kannten die Menschen immer weniger. Wenn Gott den Menschen suchte und wieder in Verbindung mit ihm treten wollte, dann musste er einen Weg wählen, bei dem er sich Stück für Stück offenbaren konnte. Alles andere würde den Menschen überfordern und auch dem Wesen Gottes nicht gerecht.

Wie sollten sie lernen, ihm, dem Herrn der Welt, zu vertrauen und zu glauben? Gottes Suche war immer liebevoll, nie überfordernd. Dennoch trat er mit aller Macht in die dunkle Welt ein.

Abids Blick in den Sternenhimmel verriet ihm, wo er fündig würde, um das Suchen Gottes weiter zu beschreiben. Er wusste genau, wo er jedes einzelne Teil seiner Reisen verstaut hatte. So ging er zurück in sein Haus und öffnete eine große Truhe mit eisernen Beschlägen. Sicherlich, dieses Schmuckstück war nicht die verlorene Bundeslade, aber in ihr bewahrte er seine Erinnerungen an die Begegnungen mit dem Volk der Juden.

Vorsichtig hob er den siebenarmigen Leuchter, den die Juden »Menora« nannten, heraus. Inspiriert von seinen Gedanken entzündete er eine einzelne Kerze und betrachtete das flackernde Licht. Stück für Stück, ganz langsam und behutsam war Gott vorgegangen, um aus der Dunkelheit zu treten und den Weg für das Licht der Welt zu ebnen. So wie Abid zu Beginn nur eine Kerze an diesem Leuchter entflammte, so ähnlich hatte sich auch Gott verhalten.

Sein erstes Rufen und sein ausgestreckter Arm fanden einen Mann in Ur, einer Stadt in Persien. Er war ein Nomade, der anscheinend selbst nach Gott suchte und den dieser dann fand. Gefunden von dem suchenden Gott, machte sich der Mann mit Namen Abram auf den Weg, verließ seine Heimat und zog in ein fremdes Land; damit begann die Geschichte der Verheißung.

Gott hatte Abram mit der Absicht erwählt, um durch seine Familie und seine Nachkommen eines Tages die ganze Menschheit zu segnen. Aber bis dahin sollten noch viele Jahrhunderte vergehen. Denn Gott zwingt dieser Welt seinen Weg zur Rettung nicht auf. Um der Welt seine Macht und Größe zu zeigen, schuf er sich aus diesem Mann ein Volk, an dem in zukünftigen Zeiten jeder erkennen könnte, wie Gott ist. Eine Geschichte mit Höhen und Tiefen entfaltete sich. Immer und immer wieder zeigte sich der Schöpfer der Welt und seinen Menschen. Er begegnete ihnen in Träumen, er vollbrachte große Taten und Wunder, er rettet sein Volk aus der Gefangenschaft, er erhörte ihre Gebete und zeigte so alle Seiten seines Wesens.

In einem brennenden Dornenbusch verriet er ihnen sogar seinen Namen: Ich bin, der ich bin. Mit dieser Beschreibung unterstrich er seine Unwandelbarkeit: Ich war, bin und bleibe in Ewigkeit derselbe.

Inzwischen hatte Abid auf jeder Seite des Leuchters zwei weitere Kerzen entzündet und diesen auf einen erhöhten Platz in der Nähe seines Schreibtischs gestellt. Es wurde hell und der Schein zog einen in seinen Bann. Am Volk Israel sollten die Völker der damaligen Zeit erkennen, dass es dem wahren Gott diente. Sein Schein sollte die Menschen aus der Dunkelheit rufen und zu dem suchenden Gott führen.

Mit Bedacht blätterte Abid in seiner Bibel. Erzählungen über Erzählungen von Menschen, die Gott begegneten und mit ihm lebten. Gesammelte Gebete, Worte der Weisheit und immer wieder die Geschichte Gottes mit den Menschen.

Dabei war das Verhalten des Volkes Israels nicht immer vorbildlich. Doch Gott ließ nicht locker. Er sandte Propheten und Könige und legte mit den Bundesschlüssen das Fundament für den kommenden Eckstein. Die Erzählungen der Bibel zeigten, wie Gott sich mehr und mehr den Menschen offenbarte und seinen Ruf »Adam, wo bist du?« in die Weltgeschichte hineinwob. Der Tag würde kommen, an dem die Menschen in der Lage wären, ihrem Schöpfer wieder Auge in Auge gegenüber zu treten.

Allerdings blieben die Offenbarungen im Alten Testament noch bruchstückhaft. Puzzleteile, die noch kein vollständiges Bild frei gaben. Zu vieles blieb im Verborgenen.

Abid musste an den gestrigen Tag denken. Hamide war in die Küche verschwunden – er wusste es nicht mehr genau, aber hatte sie nicht vorher noch zu ihm gesagt: »Ich komme gleich zurück«? Hamide hatte Dinge vorzubereiten und erst, wenn alles bereit wäre, wollte Sie aus der Küche wieder in sein Leben treten. Der richtige Zeitpunkt musste erst kommen.

Seine Augen wanderten wieder zu dem siebenarmigen Leuchter und seine Gedanken führten ihn zurück zur Feldarbeit. Manche Dinge brauchten Zeit und sollten gut vorbereitet sein. Es wäre Vergeudung gewesen und hätte zu nichts geführt, den Samen einfach so auf den Boden zu streuen. Dieser musste vorher bearbeitet sein. In Gottes Geschichte mit dem Volk Israel hatte der Schöpfer den Boden der Welt für das Eigentliche vorbereitet. Für den Moment, in dem er selbst wieder unter den Menschen leben würde. Er, das Licht, bereitete alles dafür vor, in die Dunkelheit zu kommen und sich der Welt in seiner ganzen Art zu zeigen.

Abids Blick erhob sich von seinen Blättern, wanderte durch den Raum und wurde dann von den vier brennenden Kerzen des Leuchters angezogen. Mit einem Lächeln auf den Lippen stand er auf und brachte die drei letzten Kerzen zum Brennen. Die sieben fackelnden Dochte erhellten den ganzen Raum und dort, wo das Licht hinfiel, musste die Dunkelheit weichen.

Seine Hand griff nach der geöffneten Bibel. Dann stellte er sich neben den Leuchter und blätterte bis zu dem Evangelium, das er schon fast auswendig kannte. Im tänzelnden Licht begann sein Gesicht zu strahlen und seine Augen glänzten vor Freude. Gott hatte den Menschen nicht nur gerufen. Wie viele riefen nach den Menschen und ließen sie dann doch in die Irre laufen! Gott war nicht wie diese Menschen. Doch er wurde zum Menschen – der Höhepunkt seiner Suchaktivitäten. Gott rief nicht nur, er lief dem Menschen hinterher. Er gab alles auf und wurde verletzlich und schwach, und das allein aus einem einzigen Grund: Der Mensch sollte ihn wieder erkennen und seinen Ruf verstehen.

Gott streckte nicht nur seine Hand entgegen. Er verließ seine Herrlichkeit, gab seinen Glanz auf, um in die Dunkelheit der Welt und zu den Menschen zu treten. Aus Liebe, Schmerz, Sehnsucht und der Trauer um die Verlorenheit seiner Geschöpfe hatte Gott sich Stück für Stück offenbart, bis er sich schließlich ganz zu erkennen gab und seinen Sohn in die Welt sandte.

Bevor Abid zu Bett ging, schrieb er noch einen letzten Satz unter seine Aufzeichnungen.

»Gott sucht uns, er ruft uns, er hat die Menschen nie aufgegeben. Er kam in unsere Verlorenheit, damit wir aus der Dunkelheit wieder ins Licht finden. Seine Liebe hört niemals auf und seine Güte währet ewiglich.«

Was für ein guter Gott, der ihn, den Verlorenen, gefunden hatte. Doch jetzt musste er schlafen, denn sein Kopf war müde und morgen wollte er weiter schreiben. Dann würde er von seiner eigenen Suche erzählen. Denn nicht nur Gott hatte ihn gesucht – aber das war ein anderes Kapitel.

Bücher zum Weiterlesen …

- C. S. Lewis: *Pardon, ich bin Christ.* Gießen: Brunnen Verlag
- Hans Küng: *Christ sein.* München: Piper Verlag

KAPITEL 4

Gott und Menschen finden zusammen – ein Bericht

Philippus und der äthiopische Hofbeamte
Apostelgeschichte 8,26ff

²⁶ *Ein Engel des Herrn forderte Philippus auf:* »*Geh in Richtung Süden, und zwar auf die einsame Straße, die von Jerusalem nach Gaza führt.*«

²⁷⁻²⁸ *Philippus machte sich sofort auf den Weg. Zur selben Zeit war auf dieser Straße auch ein Mann aus Äthiopien mit seinem Wagen unterwegs. Er war ein Hofbeamter der Königin von Äthiopien, die den Titel Kandake führte, und verwaltete ihr Vermögen. Eben kehrte er von Jerusalem zurück, wo er als Pilger im Tempel Gott angebetet hatte. Während der Fahrt las er im Buch des Propheten Jesaja.*

²⁹ *Da sprach der Heilige Geist zu Philippus:* »*Geh zu diesem Wagen, und bleib in seiner Nähe.*«

³⁰ *Philippus lief hin und hörte, dass der Mann laut aus dem Buch Jesaja las. Er fragte den Äthiopier:* »*Verstehst du eigentlich, was du da liest?*«

³¹ »*Nein*«, *erwiderte der Mann,* »*wie soll ich das denn verstehen, wenn es mir niemand erklärt!*« *Er bat Philippus, einzusteigen und sich neben ihn zu setzen.*

³² *Gerade hatte er die Sätze gelesen:* »*Wie ein Schaf, das geschlachtet werden soll, hat man ihn abgeführt. Und wie ein Lamm, das sich nicht wehrt, wenn es geschoren wird, hat er alles widerspruchslos ertragen.*

³³ *Er wurde gedemütigt, nicht einmal ein gerechtes Urteil war er seinen Peinigern wert. Niemand glaubte, dass er noch eine Zukunft haben würde. Denn man hat sein Leben auf dieser Erde vernichtet.*«

³⁴ *Der Äthiopier fragte Philippus:* »*Von wem spricht hier der Prophet? Von sich selbst oder von einem anderen?*«

³⁵ Da begann Philippus, ihm die rettende Botschaft von Jesus anhand dieses Prophetenwortes zu erklären.

³⁶ Als sie bald darauf an einer Wasserstelle vorüberfuhren, sagte der äthiopische Hofbeamte: »Dort ist Wasser! Spricht etwas dagegen, dass ich jetzt gleich getauft werde?«

³⁸ Er ließ den Wagen halten. Gemeinsam stiegen sie ins Wasser, und Philippus taufte ihn.

³⁹ Nachdem sie aus dem Wasser gestiegen waren, entrückte der Geist des Herrn den Philippus. Der Äthiopier sah ihn nicht mehr, aber er reiste mit frohem Herzen weiter.

⁴⁰ Philippus wurde danach in Aschdod gesehen. Von dort aus zog er von Stadt zu Stadt und predigte überall die rettende Botschaft von Jesus, selbst im entfernten Cäsarea.

Zum Nachdenken

Der Äthiopier hatte vermutlich vieles in seinem Leben erreicht und war als Finanzminister und Schatzmeister zu Wohlstand und Ansehen gelangt. Trotzdem scheint seine Sehnsucht nach Leben noch nicht gestillt. *Welche Vergleichspunkte gibt es zu unserer gegenwärtigen gesellschaftlichen Situation?*

Die Strecke von Äthiopien nach Jerusalem beträgt ca. 3 000 Kilometer. Der Schatzmeister nahm also viel auf sich, um Gott zu suchen. *Was habe ich schon unternommen, um Gott zu suchen?*

Gott sah die Sehnsucht und Fragen des Mannes und greift ein. Dazu schickt er ihm einen anderen Menschen über den Weg, der ihm die Bibel erklärt. *Welche ähnlichen Erfahrungen habe ich gemacht? Welche Frage über die Bibel und Gott würde ich einem anderen stellen?*

Philippus erklärt dem Äthiopier, warum der Text aus dem Jesajabuch von Jesus spricht und zeigt ihm auf, dass nur Gott uns finden kann. *Welche Erfahrungen habe ich bei meiner Suche nach Gott gemacht? Warum ermöglicht nur Jesus einem Menschen den Zugang zu Gott?*

Ein paar Worte zu mir ...

Geboren wurde ich 1979 in Simmern und verbrachte meine Kindheit und Jugend im ländlichen Hunsrück auf dem wunderschönen Erlebnisferienhof Höhenhof.

www.hoehenhof.de

Im Laufe meines Lebens arbeitete ich als Bankkaufmann, Tourismusbetriebswirt und Jugendreferent. Fasziniert von der Arbeit mit Menschen und dem Erkunden ferner Länder, engagierten sich meine Frau und ich für ein Jahr bei einer sozialdiakonischen Straßenarbeit in Westkanada. Inspiriert durch die Wanderungen in den Rocky Mountains und die fremde Kultur, entwickelten sich die Plots für meine Romane *D-Negativ* und *Seelenkrieg*.

Während der Zeit in Westkanada entstand auch mein Lebensmotto, nachdem ich seitdem versuche, zu leben:

Ich will beten und im Vertrauen gehen.

Ich will mit einem großzügigen Herzen geben.

Ich will Menschen und mich ermutigen,
zu ihrem maximalen Potenzial zu gelangen,
Gott zu vertrauen und mit ihm zu leben.